DAVID PETIT-QUÉNIVET
d'après
JULES VERNE

L'Oncle Robinson

© 2024 David PETIT-QUÉNIVET

Édition : BoD · Books on Demand GmbH, In de Tarpen 42, 22848 Norderstedt (Allemagne)
Impression : Libri Plureos GmbH, Friedensallee 273, 22763 Hamburg (Allemagne)

Illustrations : David PETIT-QUÉNIVET
Couverture : Composition adaptée par David PETIT-QUÉNIVET de l'affiche publicitaire HETZEL pour les Étrennes de 1889

ISBN : 978-2-3225-5813-1
Dépôt légal : Octobre 2024

DAVID PETIT-QUÉNIVET

d'après

JULES VERNE

L'Oncle Robinson

PREMIÈRE PARTIE

LES ABANDONNÉS

L'ONCLE ROBINSON – Par Jules Verne

Nous sommes heureux de pouvoir annoncer à nos abonnés qu'en outre de la *Découverte de la terre, histoire des grands voyages et des grands voyageurs*, M. Verne nous préparait une surprise.

Sous le titre, *L'Oncle Robinson*, l'auteur des *Enfants du capitaine Grant* nous remettra en temps utile, pour succéder à *Vingt mille lieues sous les mers*, une œuvre destinée à faire pendant aux *Enfants du capitaine Grant*. Il n'y a pas de donnée épuisée pour un écrivain véritablement original. Le talent, aidé du progrès naturel des choses, peut renouveler les sujets en apparence les plus rebattus. Il est évident qu'un Robinson moderne, au courant des progrès de la science, résoudrait les problèmes de la vie solitaire d'une tout autre façon que le *Robinson Crusoé*, type de tous ceux qui l'ont suivi.

Nous n'en voulons pas dire plus long sur le livre de M. Verne. Nos lecteurs comprendront à demi-mot ce que cet esprit inventif a pu trouver et créer de nouveautés de tout genre en un pareil sujet.

Magasin d'éducation et de récréation, Tome XIII, 1870 – 1871, 1er semestre, 1er volume, page 31.

AVIS – Très-prochainement : La Roche-aux-Mouettes, par M. Jules Sandeau, membre de l'Académie française, – et successivement : L'Oncle Robinson, de Jules Verne (en trois parties). – Le Chemin glissant, de P.-J. Stahl. – Les Métamorphoses de Pierre le Cruel, etc.

Magasin d'éducation et de récréation, Tome XIII, 1870 – 1871, 1er semestre, 1er volume, page 199.

Valeureux artisan incliné sur la table,
recouvre ton feuillet, que ta plume noircit,
de ces signes discrets. Ton fantasque récit
nous emporte et conduit en un périple affable.

Laisse ton cœur rêver, messager véritable
des sentiments humains. Ton discours éclaircit
l'élément partisan que l'erreur obscurcit
par les avis brutaux, l'ignorance coupable.

Enrichis-nous l'esprit tout comme la rivière
prodigue bonnement sa richesse minière,
ses fertiles limons jusque dans son liman.

Nous te remercions, écrivain solitaire,
de nous développer, dans ce digne roman,
un voyage inventé mais extraordinaire.

À Gesnes, le 21 Août 2024.

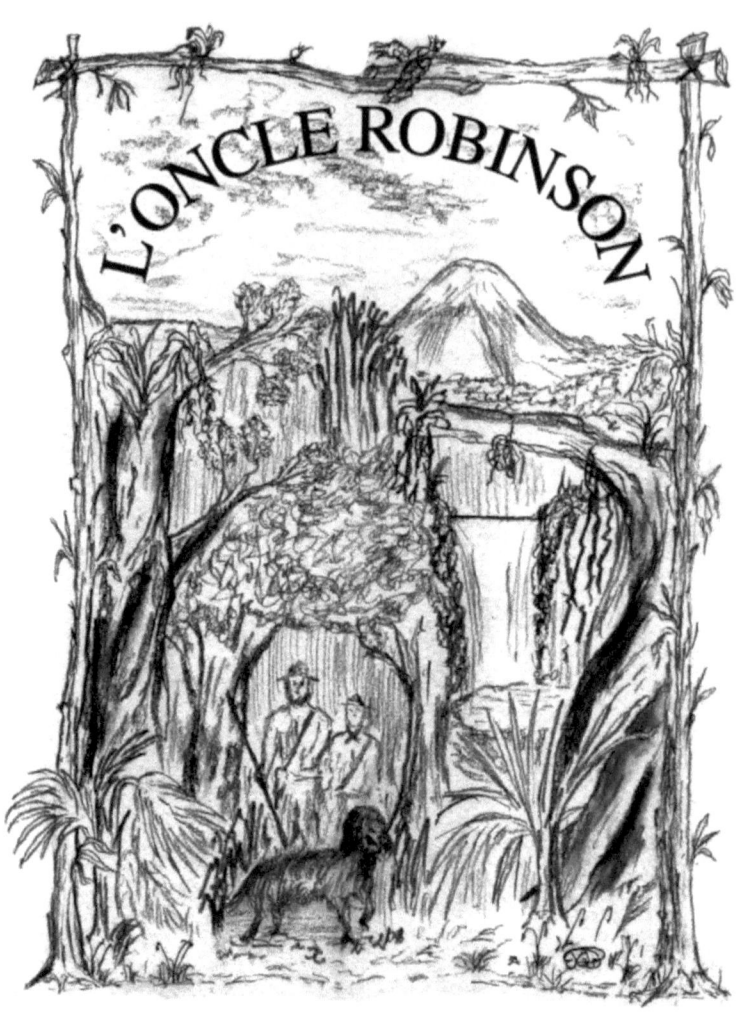

MMXXIV

DAVID PETIT-QUÉNIVET

d'après

JULES VERNE

L'ONCLE ROBINSON

I

LES ABANDONNÉS

73 illustrations, 6 vignettes et 3 cartes
Transcription du manuscrit corrigé et complété

— 2024 —

PREMIÈRE PARTIE

LES ABANDONNÉS

CHAPITRE I

Le nord de l'océan Pacifique – Un canot abandonné
Une mère et ses quatre enfants – L'homme qui tient la barre
Que la volonté du ciel soit faite ! – Une demande sans réponse

La portion la plus déserte de l'océan Pacifique est cette vaste étendue d'eau bornée par l'Asie et l'Amérique, à l'ouest et à l'est, et par les îles Aléoutiennes et les Sandwich, au nord et au sud. Les navires marchands s'aventurent peu sur cette mer. On n'y connaît aucun point de relâche et les courants y sont capricieux. Les long-courriers qui transportent les produits de la Nouvelle-Hollande à l'Ouest-Amérique se tiennent entre les latitudes plus basses ; seul le trafic entre le Japon et la Californie pourrait alimenter et animer cette partie septentrionale du Pacifique, mais il est encore peu important. La ligne transatlantique qui fait le service entre Yokohama et San Francisco suit un peu plus bas la route des grands cercles du globe. Il existe donc là, du quarantième au cinquantième degré de latitude nord, ce que l'on peut appeler *le désert*. Peut-être, quelque baleinier se hasarde-t-il parfois sur cette mer presque inconnue, mais bientôt il se hâte de franchir la ceinture des îles Aléoutiennes, afin de pénétrer dans ce détroit de Béring, au-delà duquel se sont réfugiés les grands cétacés trop vivement poursuivis par le harpon des pêcheurs.

Sur cette mer grande comme l'Europe, existe-t-il encore des îles inconnues ? La Micronésie s'étend-elle jusqu'à cette latitude ? On ne saurait ni le nier ni l'affirmer. C'est peu de chose qu'une île au milieu de cette vaste superficie liquide. Ce point presque imperceptible a pu aisément échapper aux explorateurs qui ont parcouru ces flots. Peut-être même, quelque terre plus importante s'est-elle dérobée jusqu'ici au relèvement des chercheurs ? On sait, en effet, que dans cette partie du globe, deux phénomènes naturels provoquent l'apparition d'îles nouvelles : d'une part, l'action plutonique qui peut élever subitement une terre au-dessus des flots : d'autre part, le travail permanent des infusoires qui crée peu à peu des bancs coralligènes, lesquels, dans quelques centaines de mille ans formeront un sixième continent sur cette partie du Pacifique.

Cependant, le 25 mars 1861, cette portion du Pacifique qui vient d'être décrite n'était pas absolument déserte. Une embarcation flottait à sa surface. Ce n'était ni le *steamer* d'une ligne transocéanienne, ni un bâtiment de guerre allant surveiller les pêcheries du nord, ni un bâtiment de commerce, trafiquant des produits des Moluques ou des Philippines et qu'un coup de vent aurait jeté hors de sa route, pas même un bateau de pêche, pas même une chaloupe. C'était un frêle canot portant une simple misaine. Il cherchait à gagner une terre qui lui restait à neuf ou dix milles au vent. Il louvoyait donc et tentait de s'élever par le plus près contre la brise contraire, et malheureusement, la marée montante, toujours faible dans le Pacifique, aidait insuffisamment sa manœuvre.

Le temps, d'ailleurs, était beau, mais un peu froid. De légers nuages se dispersaient sur le ciel. Le soleil allumait, çà et là, la petite crête écumeuse des lames. Une longue houle balançait le canot, sans lui imprimer cependant de trop fortes secousses. La voile, bordée à plat afin de mieux serrer le vent, inclinait parfois la légère embarcation, au point que l'eau rasait son plat-bord ; mais elle se relevait aussitôt et se lançait dans le vent en se rapprochant de la côte.

À le bien considérer, un marin eût reconnu que ce canot était de construction américaine, et fait en sapin du Canada, d'ailleurs, sur son tableau d'arrière, il eût pu lire ces deux mots : *Vankouver-Montréal*, qui indiquaient sa nationalité.

Ce canot portait six personnes. À la barre se tenait un homme de trente-cinq à quarante ans, ayant certainement une grande habitude de la mer, qui dirigeait son embarcation avec une incomparable sûreté de main. C'était un individu vigoureusement constitué, large des épaules, bien musclé, dans toute la force de l'âge. Il avait le regard franc, la physionomie ouverte. Son visage dénotait une grande bonté. À ses vêtements grossiers, à ses mains calleuses, à quelque chose d'inculte empreint dans toute sa personne, au sifflement continu qui s'échappait de ses lèvres, il était facile de voir qu'il n'appartenait pas à la classe élevée. Marin, on ne pouvait douter qu'il ne le fût, à la manière dont il dirigeait son embarcation, mais ce n'était qu'un simple matelot et non un officier. Quant à son origine, on pouvait plus aisément la déterminer. Ce n'était certainement pas un Anglo-Saxon. Il n'avait ni les traits durement arrêtés ni la raideur de mouvement des hommes de cette race. On observait en lui une certaine grâce naturelle et non plus ce sans-gêne un peu grossier qui dénote le Yankee de la Nouvelle-Angleterre. Si cet homme n'était pas un Canadien, un descendant de ces hardis pionniers chez lesquels on retrouve encore l'empreinte gauloise, ce devait être un Français un peu *américanisé* sans doute, mais enfin un Français, un de ces gaillards adroits, audacieux, bons, serviables, prêts à tout oser, jamais embarrassés de rien, natures confiantes insensibles à la crainte, comme il s'en rencontre souvent dans le pays de France.

Ce marin était assis à l'arrière du canot. Son œil ne quittait ni la mer ni la voile. Il surveillait simultanément l'une et l'autre : la voile lorsque quelque pli indiquait qu'elle portait trop au vent, la mer quand il fallait modifier légèrement la marche de l'embarcation pour éviter quelque lame.

De temps en temps, une parole ou plutôt une recommandation s'échappait de ses lèvres et, dans sa prononciation, on retrouvait un certain accent qui ne se fut jamais produit dans le gosier d'un Anglo-Saxon.

« Rassurez-vous, mes enfants, disait-il. La situation n'est pas très-bonne, mais elle pourrait être pire. Rassurez-vous, et baissez la tête, nous allons virer de bord. »

Et le digne marin envoyait son canot dans le vent. La voile passait avec bruit sur les têtes courbées et l'embarcation, inclinée sur l'autre bord, se rapprochait peu à peu de la côte.

À l'arrière, près du vigoureux timonier se tenait une femme, âgée de trente-six ans environ, qui cachait sa figure sous un pan de son châle. Cette femme pleurait, mais elle cherchait à cacher ses larmes afin de ne pas désespérer les enfants qui se pressaient auprès d'elle.

Cette femme était la mère des quatre enfants que le canot portait avec elle. L'aîné de ces enfants avait dix-sept ans. C'était un garçon bien taillé qui promettait de faire un jour un homme vigoureux. Ses cheveux noirs et la figure hâlée par le vent de la mer lui allaient bien. À ses yeux rougis étaient encore suspendues quelques larmes ; mais la colère, autant que le chagrin, avait dû provoquer ses pleurs. Il occupait l'avant du canot, debout, près du mât, et il regardait la terre encore éloignée. Parfois, se retournant, il promenait un regard vif, à la fois douloureux et irrité sur l'horizon qui s'arrondissait dans l'ouest. Son visage pâlissait alors et il se contenait pour ne pas faire un geste de colère. Puis son œil s'abaissait vers l'homme qui tenait la barre, et celui-ci, avec un bon sourire, lui faisait un petit signe de tête tout-à-fait réconfortant.

Le frère cadet de cet enfant n'avait pas plus de quinze ans. Sa grosse tête se couronnait de cheveux rougeâtres. Il était remuant, inquiet, impatient, tantôt assis, tantôt debout. On sentait qu'il ne pouvait se modérer. Cette barque ne marchait pas assez vite pour lui ; cette terre ne se rapprochait pas assez rapidement. Il aurait voulu déjà mettre le pied sur cette côte, quitte à vouloir être ailleurs dès qu'il l'aurait atteinte. Mais, quand son regard se portait vers sa mère, lorsqu'il entendait les soupirs qui gonflaient la poitrine de cette pauvre femme, il allait à elle, il l'entourait de ses bras, il lui prodiguait ses meilleurs baisers, et l'infortunée le pressant contre son cœur :

« Pauvre enfant ! pauvres enfants ! murmurait-elle. »

Si elle regardait alors le marin assis au gouvernail, celui-ci ne manquait jamais de lui adresser un signe de la main, qui signifiait très-certainement : « Mais cela va bien, madame, et nous nous tirerons d'affaire ! »

Et cependant, en observant le sud-ouest, cet homme voyait de gros nuages se lever au-dessus de l'horizon qui ne présageaient rien de bon pour sa compagne de route et ses jeunes enfants. Le vent menaçait de fraîchir, et une trop forte brise eût été fatale à cette fragile embarcation non pontée. Mais, ce souci, le marin le gardait pour lui seul, et ne laissait rien paraître des craintes qui l'agitaient.

Les deux autres enfants étaient un petit garçon et une petite fille. Le petit garçon, âgé de huit ans, blond de chevelure, avait ses lèvres pâlies par la fatigue, ses yeux bleus à demi fermés, ses joues qui devaient être fraîches et roses, ternies par les larmes. Ses petites mains endolories par le froid, il les cachait sous le châle de sa mère. Près de lui, sa sœur, une petite fille de sept ans, entourée des bras de sa mère, accablée par les cahots de la houle, dormait à demi, et sa tête était ballottée par le roulis de l'embarcation.

On l'a dit, dans cette journée du 25 mars, l'air était froid ; la brise chargée venait du nord, et il passait des risées glaciales. Ces malheureux, abandonnés dans ce canot, étaient trop légèrement vêtus pour résister au froid. Évidemment, ils avaient dû être surpris par une catastrophe, naufrage ou collision, qui les avait obligés à se jeter précipitamment dans cette barque, et on le voyait d'ailleurs au peu de vivres qu'ils emportaient avec eux, quelques biscuits de mer, et deux ou trois morceaux de viande salée, déposés dans le coffre de l'avant.

Lorsque le petit garçon, se relevant à demi, passa sa main sur ses yeux et murmura ces mots :

« Mère, j'ai bien faim ! »

Le timonier, se levant aussitôt, retira du coffre un morceau de biscuit, l'offrit à l'enfant, et lui dit avec un bon sourire :

« Mange, petit, mange ! Quand il n'y en aura plus, il y en aura peut-être encore ! »

L'enfant, encouragé, mordait à belles dents cette croûte dure, et il replaçait sa tête sur l'épaule de sa mère.

Cependant, l'infortunée, voyant que ses deux enfants grelottaient sous leur vêtement, s'était dépouillée pour eux. Elle avait enlevé son châle pour les couvrir plus chaudement et l'on pouvait voir alors sa figure belle et régulière, ses grands yeux noirs, sérieux et pensifs, sa physionomie si profondément empreinte de tendresse maternelle et de sentiment du devoir. C'était *une mère* dans la plus grande acception de ce mot, une mère telle que dut être la mère d'un Washington, d'un Franklin ou d'un Abraham Lincoln, une femme de la Bible, forte et courageuse, un composé de toutes les vertus et de toutes les tendresses. Pour qu'on la vît ainsi défaite et dévorant ses larmes, il fallait qu'elle eût été frappée d'un coup mortel. Elle luttait évidemment contre le désespoir, mais pouvait-elle empêcher que les larmes remontassent de son cœur à ses yeux ! Comme son fils aîné, à plusieurs reprises, elle se retourna vers l'horizon, cherchant au-delà de cette mer, quelque invisible objet ; mais, ne voyant rien que l'immensité déserte, elle retombait au fond du canot, la pauvre femme, et l'on sentait bien que ses lèvres se refusaient encore à prononcer ces paroles de la soumission évangélique : « Seigneur, que votre volonté soit faite ! »

Cette mère avait entouré ses deux enfants dans les plis de son châle. Cependant, elle était légèrement vêtue elle-même. Une simple robe de laine, une sorte de caraco assez mince ne pouvait la protéger contre cette piquante brise de mars, et le vent se glissait aisément sous sa capeline. Ses trois enfants portaient chacun une veste de drap, un pantalon et un gilet de cuir laine, et ils étaient coiffés d'une casquette de toile cirée. Mais par-dessus les vêtements, il aurait fallu quelque bon caban avec son capuchon bien doublé, quelque manteau de voyage d'une étoffe épaisse. Cependant, ces enfants ne se plaignaient pas du froid. Ils ne voulaient sans doute pas aggraver le désespoir de leur mère.

Quant au marin, il était vêtu d'un pantalon de velours de coton à côtes et d'une vareuse de laine brune, ce qui ne suffisait pas à le protéger contre les morsures de la brise. Mais ce brave homme possédait un cœur chaud, un véritable brasier de vie, qui lui permettait de réagir vigoureusement contre les souffrances physiques. Aussi, souffrait-il plus des douleurs d'autrui que des siennes. En regardant l'infortunée qui s'était dépouillée de son châle pour couvrir ses enfants, il vit qu'elle grelottait et que ses dents claquaient malgré elle.

Aussitôt, il reprit le châle, il le reposa sur les épaules de la mère et, retirant sa vareuse toute chaude de sa propre chaleur, il la plaça soigneusement sur les deux petits.

La mère avait voulu s'opposer à cette action.

« J'étouffe ! répondit simplement le marin, épongeant son front avec son mouchoir, comme si la sueur en eût coulé à grosses gouttes. »

La pauvre femme tendit à cet homme une main que celui-ci prit sans mot dire et qu'il serra affectueusement.

En ce moment, l'aîné des enfants monta précipitamment sur le petit tillac qui formait l'avant du canot, et il observa attentivement la mer dans sa partie occidentale. Il avait mis sa main au-dessus de ses yeux afin de les garantir contre les rayons du soleil et d'assurer son regard. Mais l'océan étincelait dans cette direction et la ligne de l'horizon se perdait en traversant cette irradiation intense. Dans ces conditions, une rigoureuse observation devenait difficile. Cependant, l'enfant regarda pendant un temps assez long, tandis que le marin secouait la tête, semblant dire que si quelque secours devait leur venir, c'était plus haut qu'il fallait le chercher !

En cet instant, la petite fille, se réveillant, quitta les bras de sa mère et montra son visage pâli. Puis, après avoir regardé les personnes que portait l'embarcation :

« Et père ? dit-elle. »

À cette demande, aucune réponse ne fut faite. Les yeux des enfants se remplirent de larmes, et la mère, cachant sa figure dans ses mains, se prit à sangloter.

Le marin se taisait en considérant cette douleur profonde. Les paroles par lesquelles il avait réconforté jusqu'alors ces pauvres abandonnés ne lui venaient plus, et sa grosse main serrait convulsivement la barre du gouvernail.

Une embarcation flottait à sa surface.

CHAPITRE II

Le *Vankouver* – L'ingénieur Harry Clifton
Une cargaison de Kanaques
À travers l'océan Pacifique – Une révolte à bord
Le second Bob Gordon – Clifton emprisonné
Une famille à la merci des flots – Dévouement de Flip

Le *Vankouver* était un trois-mâts canadien, jaugeant cinq cents tonneaux. Il avait été affrété pour la côte d'Asie pour prendre un chargement de Kanaques à destination de San Francisco de Californie. On sait que ces Kanaques, comme les coolies chinois, sont des émigrants volontaires qui vont louer leurs services à l'étranger. Cent cinquante de ces émigrants avaient pris passage à bord du *Vankouver*.

Les voyageurs, le plus ordinairement, évitent de traverser le Pacifique en compagnie de ces Kanaques, gens grossiers, d'une société peu désirable, toujours enclins à se révolter. Cependant, Mr. Harry Clifton, ingénieur américain, n'avait pas hésité à s'embarquer avec toute sa famille sur le *Vankouver*. Mr. Clifton, employé depuis plusieurs années aux travaux d'amélioration des bouches de l'Amour, cherchait une occasion de regagner Boston, sa ville natale. Il réalisa sa fortune, et il attendit ; les communications étant encore assez rares entre le nord de la Chine et l'Amérique. Lorsque le *Vankouver* arriva à la côte d'Asie, Harry Clifton retrouva dans le capitaine qui le commandait un compatriote et un ami. Il se décida donc à prendre passage à son bord, avec sa femme, ses trois garçons et sa petite fille. Il avait acquis une certaine fortune, et il n'aspirait plus qu'au repos, bien qu'il fût jeune encore, n'étant âgé que de quarante ans.

Sa femme, *mistress* Élisa Clifton, ressentait bien quelque appréhension à s'embarquer sur ce navire chargé de Kanaques ; mais elle ne voulut pas contrarier son mari, pressé de revoir l'Amérique. La traversée, d'ailleurs, devait être courte, et le capitaine du *Vankouver* avait l'habitude de ces sortes de voyages, ce qui rassurait un peu Mrs. Clifton. Son mari et elle embarquèrent donc sur le *Vankouver* avec leurs trois garçons Marc, Robert, Jack, leur petite fille Belle et leur chien Fido.

Le capitaine Harrisson, commandant du navire, était un bon marin, très-entendu en navigation, qui connaissait particulièrement ces mers, peu dangereuses, d'ailleurs, de l'océan Pacifique. Lié d'amitié avec l'ingénieur, il mit tous ses soins à ce que la famille Clifton ne souffrît pas du contact des Kanaques, qui furent logés dans l'entrepont.

L'équipage du *Vankouver* se composait d'une dizaine de matelots qu'aucun lien de nationalité ne rattachait entre eux. Inconvénient difficile à éviter dans la composition de ces équipages racolés en pays lointains. De là, un ferment de discorde qui trouble souvent les traversées. Dans cet équipage, sur ce navire, on comptait deux

Irlandais, trois Américains, un Français, un Maltais, deux Chinois et trois Nègres engagés pour le service du bord.

Le *Vankouver* était parti le 14 mars et, pendant les premiers jours, le service se fit régulièrement. Mais le vent n'était pas favorable, et sous l'action des vents du sud et des courants, malgré l'habileté du capitaine Harrisson, dériva beaucoup plus au nord qu'il ne convenait. Mais il ne courait aucun danger sérieux, et ce n'était qu'une prolongation de traversée. Le véritable danger, on l'eût pressenti dans les mauvaises dispositions de certains matelots qui poussaient les Kanaques à la révolte. Ces misérables étaient encouragés à provoquer un soulèvement par le second du navire, Bob Gordon, un coquin fieffé, qui avait surpris la bonne foi du capitaine avec lequel il voyageait pour la première fois. Plusieurs fois déjà, à plusieurs reprises des discussions éclatèrent entre eux, et le capitaine dut faire acte d'autorité. Incidents regrettables, qui devaient avoir des conséquences désastreuses.

En effet, de graves symptômes d'insubordination ne tardèrent pas à se déclarer parmi l'équipage du *Vankouver*. Les Kanaques étaient difficiles à maintenir. Le capitaine Harrisson ne pouvait compter que sur les deux Irlandais, les trois Américains, et le Français, un brave matelot à peu près *américanisé*, car depuis longtemps, il vivait aux États-Unis. Ce digne homme était picard d'origine. Il se nommait Jean-Pierre Fanthome, mais il ne répondait plus qu'au sobriquet de Flip. Ce Flip avait couru le monde entier ; tout lui était arrivé de ce qui peut arriver à une créature humaine, sans jamais avoir altéré sa bonne humeur et son esprit tout empreint d'une philosophie naturelle. Ce fut lui qui signala au capitaine Harrisson les mauvaises dispositions du bord ; il l'engagea à prendre des mesures énergiques. Mais que faire dans ces conditions ? Ne valait-il pas mieux user de ménagements, en attendant qu'un vent favorable eût poussé le navire en vue de la baie de San Francisco ?

Harry Clifton était instruit des menées du second et ses inquiétudes s'accroissaient chaque jour. En voyant l'entente qui se formait entre les Kanaques et certains matelots, il regretta sérieusement de s'être embarqué à bord du *Vankouver*, et d'avoir exposé sa famille aux périls de cette traversée ; mais il était trop tard.

Cependant, les mauvaises dispositions commencèrent à se traduire par des faits de violence, et le capitaine Harrisson condamna et dut faire mettre aux fers le Maltais qui l'avait insulté. Ceci se passait le 23 mars. Les compagnons du Maltais ne s'opposèrent pas à l'exécution de la sentence ; ils se contentèrent de murmurer, et leur camarade, saisi par Flip et un matelot américain, fut mis aux fers. La punition en elle-même était peu de choses ; mais, à son arrivée à San Francisco, le fait d'insubordination pouvait avoir pour ce Maltais des conséquences graves. Cependant, il ne résista pas, étant certain, sans doute, que le *Vankouver* n'arriverait pas à destination.

Le capitaine et l'ingénieur s'entretenaient souvent de ce fâcheux état de choses. Harrisson, véritablement inquiet, songeait à faire arrêter Bob Gordon, qui manifestait visiblement son intention de s'emparer du navire. Mais ç'eût été provoquer l'explosion, car le second aurait été soutenu par la grande majorité des Kanaques.

« Évidemment, lui répondait Harry Clifton, cette arrestation ne terminera rien. Bob Gordon sera délivré par ses partisans, et notre situation sera pire qu'avant.

— Vous avez raison, Harry, répondait le capitaine. Aussi, je ne connais qu'un moyen de mettre ce misérable dans l'impossibilité de nuire ! C'est de lui loger une balle dans la tête ! Et s'il continue, Harry, je le ferai ! Ah ! si nous n'avions pas le vent et les courants contre nous ! »

En effet, le vent qui soufflait en grande brise, entraînait toujours le *Vankouver* hors de sa route. Le navire fatiguait beaucoup. Mrs. Clifton et ses deux plus jeunes enfants ne quittaient pas la dunette. Harry Clifton n'avait pas jugé à propos d'instruire sa femme de ce qui se passait à bord, ne voulant pas l'inquiéter sans nécessité.

Cependant, la mer devint si mauvaise, et le vent si fort, que le *Vankouver* dut mettre à la cape sous sa trinquette et ses deux huniers au bas ris. Pendant les 21, 22 et 23 mars, aucune observation ne fut possible. Le soleil était voilé par d'épais nuages, et le capitaine Harrisson ne savait plus vers quel point du Pacifique Nord l'ouragan avait poussé son navire. Nouvelle préoccupation à joindre à celles qui l'accablaient déjà.

Le 25 mars, vers midi, le ciel se modifia légèrement. Le vent tourna d'un quart vers l'ouest et favorisa la route du navire. Le soleil s'étant montré, le capitaine voulut en profiter pour faire son point d'observation, d'autant plus nécessaire qu'une terre venait d'être signalée à une trentaine de milles dans l'est.

Une terre en vue, sur cette partie du Pacifique, où les cartes les plus récentes n'en marquaient aucune, cela ne laissa pas de causer quelque étonnement au capitaine Harrisson. Son navire avait-il donc été entraîné au nord jusqu'à la latitude des Aléoutiennes ? C'est ce qu'il importait de vérifier. Il fit part de cet incident à l'ingénieur qui ne fut pas moins surpris que lui.

Le capitaine Harrisson alla prendre son sextant et, remontant sur la dunette, il attendit que le soleil fût au plus haut point de sa course pour faire son observation et déterminer exactement le midi du lieu.

Il était alors onze heures cinquante minutes, et le capitaine portait à son œil la lunette du sextant, quand des cris retentirent dans l'entrepont.

Le capitaine Harrisson s'avança vivement sur le devant de la dunette. En ce moment, une trentaine de Kanaques, renversant les matelots anglais et américains, se précipitaient hors du capot, poussant des vociférations terribles. Le Maltais, délivré, était au milieu d'eux.

Le capitaine Harrisson, suivi de l'ingénieur, descendit aussitôt sur le pont, et il fut entouré des matelots de son équipage qui lui étaient demeurés fidèles.

À dix pas de lui, sur l'avant du grand mât, s'arrêta le groupe toujours grossissant des Kanaques révoltés. La plupart étaient armés de barres d'anspects, d'épissoirs, de cabillots arrachés aux râteliers. Ils brandissaient ces armes, et poussaient dans leur langage des cris effroyables auxquels se mêlaient les cris du Maltais et des Nègres. Ces Kanaques ne voulaient rien moins que s'emparer du navire, et cette révolte, c'était le résultat des menées du second, Bob Gordon, qui voulait faire du *Vankouver* un engin de piraterie.

Le capitaine Harrisson résolut d'en finir avec ce misérable.

« Où est le second ? demanda-t-il. »

On ne lui répondit pas.

« Où est Bob Gordon ? répéta-t-il. »

Un homme sortit du groupe des révoltés. C'était Bob Gordon.

« Pourquoi n'êtes-vous pas aux côtés de votre capitaine ? lui demanda Harrisson.

— Il n'y a plus à bord d'autre capitaine que moi ! répondit insolemment le second.

— Vous ! misérable ! s'écria Harrisson.

— Saisissez cet homme, dit Bob Gordon en désignant le capitaine aux matelots révoltés. »

Mais Harrisson, avançant d'un pas, tira un pistolet de sa poche, et le dirigeant vers le second, il fit feu.

Bob Gordon se jeta de côté, et la balle alla se perdre après avoir traversé les pavois.

Le coup de pistolet fut le signal d'une révolte générale. Les Kanaques, excités par le second, se précipitèrent sur le petit groupe qui entourait le capitaine. Il y eut une effroyable mêlée dont l'issue ne pouvait être douteuse, Mrs. Clifton, effrayée, s'était précipitée avec ses enfants hors de la dunette. Les matelots anglais et américains avaient été saisis et désarmés. Lorsque le groupe s'ouvrit, un corps s'affaissa sur le pont. C'était celui du capitaine Harrisson, frappé mortellement par le Maltais.

Harry Clifton avait voulu se précipiter sur le second, mais Bob Gordon le fit garrotter solidement et, sur son ordre, on l'enferma dans sa cabine avec son chien Fido.

« Harry ! Harry ! s'écria Mrs. Clifton, en même temps que les supplications de ses enfants se joignaient aux siennes. »

Harry Clifton ne pouvait résister. Que l'on juge de son désespoir, quand il songeait que sa femme et ses enfants allaient être livrés à cette bande de furieux... Quelques instants après, il était emprisonné dans la cabine.

Bob Gordon se trouvait alors le maître du navire. Le *Vankouver* était tombé en son pouvoir. Il pouvait en faire ce que bon lui semblait. La famille Clifton le gênait à bord, mais son parti était pris à l'égard de ces malheureux, et les scrupules ne l'embarrassaient guère.

À une heure, le navire s'étant rapproché de la terre qui lui restait à vingt milles au vent, il fit mettre en panne et ordonna de lancer le canot à la mer. Ses matelots y déposèrent deux avirons, un mât, une voile, un sac de biscuits, quelques morceaux de viande salée. Flip suivait du regard ces préparatifs, il avait été laissé libre. Seul, qu'aurait-il pu faire contre tous ?

Dès que le canot fut prêt, Bob Gordon commanda d'y embarquer Mrs. Clifton et ses quatre enfants, leur montrant d'une part l'embarcation, de l'autre la terre.

La malheureuse femme voulut fléchir ce coquin. Elle supplia, elle pleura, elle le conjura de ne point la séparer de son mari. Mais Bob Gordon l'éloigna d'un geste ; il ne voulut rien entendre. Sans doute, il voulait se défaire de l'ingénieur Clifton par des procédés plus certains, et aux prières de l'infortunée, il ne répondit que par ce seul mot :

« Embarque ! »

Oui ! tel était le dessein de ce misérable ! Il allait abandonner en plein océan, dans un frêle canot, cette femme et ses quatre enfants, sachant bien que sans un marin pour les diriger ils étaient perdus ; quant à ses complices, aussi infâmes que lui, ils restaient sourds aux prières de cette mère et aux pleurs de ces enfants !

« Harry ! Harry ! répétait la malheureuse femme.
— Père ! père ! criaient les pauvres enfants. »

Le plus âgé, Marc, s'emparant d'un cabillot, se précipita vers Bob Gordon ; mais celui-ci l'écarta de la main, et bientôt cette infortunée famille fut déposée dans le canot. Ses cris étaient déchirants. Harry Clifton, enchaîné, devait les entendre de la cabine dans laquelle on l'avait laissé enchaîné. Son chien Fido répondait à ces cris par des aboiements furieux.

En ce moment, sur un ordre de Bob Gordon, l'amarre qui retenait le canot au *Vankouver* fut larguée ; puis, les vergues brassées, le navire commença à s'éloigner.

Le vaillant Marc, comme un vrai marin, la main ferme, s'était mis debout à la barre afin de maintenir l'embarcation debout à la lame ; mais la voile n'avait pu être hissée, et le canot, pris par le travers, menaçait de chavirer à chaque instant.

Soudain, un corps tomba à la mer du haut de la dunette du *Vankouver*. C'était le matelot Flip, qui, s'étant jeté à l'eau, nageait vigoureusement vers l'embarcation afin de venir en aide à ces abandonnés.

Bob Gordon se retourna. Il eut un instant la pensée de poursuivre le fugitif. Mais il regarda le ciel dont l'aspect était menaçant. Un mauvais sourire passa sur ses lèvres. Il fit établir la misaine et les deux perroquets, et, bientôt, le *Vankouver* fut entraîné à une distance considérable de ce canot, qui n'apparaissait plus que comme un point dans l'espace.

Le Vankouver *était un trois-mâts canadien.*

CHAPITRE III

Les premiers instants – La tempête
Les encouragements de Flip – On prend des ris
L'aspect de la côte – Le coup de mer
Entre les brisants – Flip inquiet – L'échouage

L'honnête Flip, en quelques brasses, avait atteint le canot, puis, adroitement, en s'équilibrant bien, il était monté à bord sans trop le faire incliner. Ses vêtements étaient collés à son corps, mais il ne s'en inquiétait guère. Ses premières paroles avaient été :

« N'ayez pas peur, mes jeunes messieurs, c'est moi ! »

Puis, s'adressant à Mrs. Clifton :

« Nous nous en tirerons, madame, le plus fort est fait ! »

Enfin, appelant Marc et Robert :

« Venez m'aider, mes charmants garçons ! »

Alors, distribuant à chacun son rôle, il s'occupa de hisser sa voile et, aidé des deux enfants, il en raidit fortement la drisse, puis, bordant l'écoute à l'arrière, il prit la barre et il courut au plus près, de manière à se rapprocher de la côte, malgré le vent contraire, mais en profitant de la marée montante. On sait comment les choses se passèrent. Le digne Flip, encourageant tout son petit monde, parlant avec cette imperturbable confiance qui lui était naturelle, rassurant la mère, souriant aux enfants, surveillait les moindres écarts de l'embarcation. Et cependant, son front se plissait, ses lèvres se contractaient, et une terreur involontaire l'agitait, quand il regardait ce fragile canot, la côte encore éloignée de huit ou dix milles, le vent mauvais, et les gros nuages suspects qui montaient à l'horizon. Il se disait avec raison, que s'il n'atterrissait pas dans cette marée, il était perdu !

Après avoir redemandé son père absent, la petite fille s'était rendormie dans les bras de sa mère, son frère sommeillait aussi. Les deux aînés s'employaient activement à la manœuvre dans les fréquents virements de bord. La malheureuse Mrs. Clifton songeait à son mari séparé d'elle et livré aux excès d'un équipage révolté, et quand ses yeux gonflés de larmes se reportaient sur ses enfants, à quoi pensait-elle, si ce n'est au misérable sort qui les attendait sur cette côte inconnue, déserte peut-être, mais peut-être habitée par une race cruelle ! Et cependant, il fallait y aborder sous peine de périr. Aussi, malgré son énergie morale, elle se laissait accabler, elle ne pouvait dominer sa douleur, elle qui eût voulu donner l'exemple du courage et de la résignation, et à chaque instant, au milieu de ses sanglots, le nom d'Harry s'échappait de ses lèvres.

Mais enfin, Flip était là, Mrs. Clifton avait plus d'une fois pressé la main de ce brave homme. Elle se disait que le ciel ne l'abandonnait pas tout-à-fait puisque ce compagnon dévoué, cet humble ami était près d'elle.

Pendant la traversée, à bord du *Vankouver*, Flip avait toujours témoigné une grande sympathie à ses enfants, et il prenait souvent plaisir à jouer avec eux ! Oui ! l'infortunée se disait tout cela, mais le désespoir l'emportait en elle, et, après avoir considéré une dernière fois l'immense étendue déserte, des pleurs s'échappèrent de ses yeux, des sanglots de sa poitrine, et la tête inclinée sur ses mains, elle demeura inerte inconsciente, anéantie.

À trois heures du soir, la terre, qui se montrait distinctement, était à moins de cinq milles au vent du canot. Les nuages montaient rapidement. Le soleil qui s'abaissait vers l'ouest, les faisait paraître plus noirs encore, et la mer qui étincelait par places contrastait avec le sombre aspect du ciel. Tous ces symptômes étaient inquiétants.

« Certainement, murmurait Flip, certainement, tout cela est mauvais. On aurait le choix que l'on choisirait mieux. Entre une maison bien chaude, avec une bonne cheminée, et ce canot, on n'hésiterait pas. Mais voilà ! on n'a pas le choix ! »

En ce moment, une forte lame, prenant l'embarcation par le travers, lui imprima une rude secousse, et la couvrit d'une nappe liquide. Marc, debout à l'avant, reçut le paquet de mer, et secoua sa tête comme un chien mouillé.

« Bien, monsieur Marc, très-bien, monsieur Marc ! Ce n'est jamais qu'un peu d'eau, de la bonne eau de mer, bien salée ! Cela ne peut pas vous faire de mal ! »

Puis, mollissant son écoute, l'adroit marin laissa arriver un peu son canot, afin d'éviter de trop gros coups de mer. Reprenant alors son monologue, et se parlant à lui-même suivant son habitude, dans les conjectures graves :

« Si encore on était à terre, se dit-il, sur cette terre déserte, au lieu de lutter contre les lames dans cette coquille de noix, si une bonne grotte nous abritait cela vaudrait mieux sans doute ! Mais voilà ! on n'y est pas ! On est sur cette mer qui ne demande qu'à montrer son mauvais caractère, et il faut bien endurer ce qu'on ne saurait empêcher ! »

Le vent soufflait alors avec plus de violence. On voyait venir de loin les risées qui blanchissaient la surface de l'océan, une vapeur liquide courait au-dessus des larges ondulations. Le canot, s'inclinait alors d'une façon inquiétante, ce qui faisait froncer le sourcil au brave marin.

« Si encore, reprenait-il, puisqu'on n'a ni maison ni grotte, si encore on se trouvait à bord d'une bonne chaloupe bien solide, bien pontée, et capable de supporter un coup de mer, on serait mal venu à se plaindre. Mais non ! rien que de fragiles planches ! Après tout, tant qu'elles tiendront à leurs membrures, il n'y a rien à dire. Mais, puisque le vent force, ce n'est pas une raison pour garder sa voile par le bout ! »

En effet, il devenait urgent de diminuer de toile. Le canot se couchait et menaçait de s'emplir. Flip le mit debout au vent, il largua la drisse, et, aidé des deux enfants, il mit sa voile au bas ris. L'embarcation, moins appuyée, se comporta mieux.

« Très-bien, mes jeunes messieurs, s'écria Flip. Est-ce assez bien inventé, ces ris ! Voyez comme nous filons ! Que peut-on désirer de mieux, je vous le demande ? »

Cependant, la côte se rapprochait. Les oiseaux de terre se jouaient dans les rafales. Des hirondelles, des mouettes, des mauves, tourbillonnaient autour du canot, en poussant des cris aigus. Puis, venait une risée qui les emportait au loin.

L'aspect de la côte était alors peu engageant. La terre paraissait aride et sauvage. Pas un arbre, pas un rideau de verdure n'en égayait les âpres lignes. Elle semblait faite de hautes falaises de granit, aux pieds desquelles le ressac se brisait avec bruit. Les grandes roches, largement découpées, étaient certainement inaccessibles. Flip se demandait comment une embarcation pourrait atterrir sur ce rivage, si bien fermé, qu'on ne voyait pas la moindre brèche dans cette courtine de granit, un promontoire, très-haut, s'avançait d'un mille au sud, et cachait la terre située en arrière-plan. On ne pouvait donc se prononcer encore sur la question de savoir si c'était un continent ou une île. Au loin se dressait une montagne, terminée par un pic aigu que coiffait un chapeau de neige. À l'aspect de ces roches noirâtres et convulsionnées, des coulées brunes qui zébraient la montagne, un géologue eût assigné à cette terre une origine volcanique ; il l'eût reconnue pour le produit d'un travail plutonien. Mais telle n'était pas la préoccupation de Flip qui ne cherchait au milieu de ce gigantesque mur qu'une anse, une ouverture, un trou quelconque pour y échouer son canot.

Mrs. Clifton avait relevé la tête. Elle regardait cette terre ingrate. Elle ne pouvait se méprendre à son aspect sauvage, et son regard, se reportant sur Flip, interrogeait avidement l'honnête marin.

« Belle côte ! belle côte ! murmurait Flip. Beaux rochers ! C'est avec ces pierres-là, madame, que la nature fait des grottes ! Comme nous serons bien, une fois installés dans quelque caverne, avec un bon feu de bois mort, et de la bonne mousse pour nous coucher !

— Mais l'atteindrons-nous, cette côte ? demanda Mrs. Clifton en jetant un regard désespéré sur cette mer furieuse qui rugissait autour d'elle.

— Comment ! si nous l'atteindrons ! répondit Flip en esquivant adroitement une grosse lame. Mais voyez avec quelle rapidité nous marchons ! Vous voilà bientôt vent arrière, et avant peu, nous aurons échoué au pied de ces falaises. J'affirmerais que là, nous trouverons un petit port naturel pour y remiser notre canot ! Ah ! l'excellente embarcation ! Elle s'élève à la lame comme une mauve ! »

Flip n'avait pas achevé ces mots qu'un redoutable coup de mer couvrit le canot en grand, et le remplit aux trois-quarts. Mrs. Clifton avait poussé un cri. Ses deux plus jeunes enfants, subitement réveillés, s'étaient pressés contre elle. Les deux aînés cramponnés au banc, avaient résisté à l'assaut de la lame. Flip, d'un coup de barre, avait relevé son embarcation, en criant :

« Allons, monsieur Marc, allons, monsieur Robert, videz l'eau, videz l'eau ! le canot ! videz le canot ! »

Et il avait jeté aux enfants son chapeau de cuir bouilli qui pouvait remplacer avantageusement une écope. Marc et Robert s'étaient mis à l'œuvre, et le chapeau aidant, ils vidèrent rapidement l'embarcation.

Flip les encourageait du geste et de la voix :

« Bien ! mes jeunes messieurs ! très-bien ! hein ! quelle invention que ces chapeaux-là ! De véritables marmites. On ferait cuire la soupe là-dedans ! »

Le canot, soulagé, bondissait de nouveau sur la crête des lames qui couraient avec lui, car le vent avait décidément halé l'ouest. Mais il était si violent que Flip dut amener presque entièrement sa voile et l'amurer par l'extrémité de la vergue. L'embarcation ne présentait plus, alors, qu'un triangle de toile très-restreint, mais qui suffisait à l'enlever sur les flots.

Aussi, la côte se rapprochait-elle rapidement, et tous les détails s'en détachaient-ils avec netteté.

« Le bon vent ! le bon vent ! s'écriait Flip, en veillant à ne pas se laisser capeler par l'arrière. Comme il a tourné à propos ! un peu fort, peut-être ! Mais il ne faut pas lui en vouloir ! »

À quatre heures et demie, la côte n'était plus qu'à un mille. Le canot semblait se précipiter sur elle. À chaque moment, on pouvait croire qu'il allait la toucher, effet invariablement produit par les hautes terres qui paraissent surplomber.

Bientôt, Marc, qui se tenait debout à l'avant, signala des brisants dont les têtes noirâtres émergeaient au milieu du ressac. La mer, toute blanche, bouillonnait. C'était là un extrême danger ; que le canot vînt seulement à frôler ces roches, et il était mis en pièces.

Flip s'était levé, et gouvernait avec ses jambes, entre lesquelles il avait passé la barre du gouvernail. Il cherchait à reconnaître les passes au milieu des lames écumantes et, s'il craignait à chaque instant d'être brisé, du moins il ne le laissait pas paraître. Au contraire !

« Comme c'est bien inventé, ces roches ! disait-il. On dirait des bouées qui balisent un chenal ! Nous passerons, nous passerons ! »

Le canot filait au milieu des récifs avec une vitesse effrayante, le vent qui battait la terre le portait en pleine côte. Flip rasait ces roches écumantes, et il ne s'y heurtait pas ; il passait au-dessus des taches noirâtres qui marquaient les hauts-fonds et il ne touchait pas. C'était son instinct de marin qui guidait Flip entre tous ces dangers, instinct merveilleux qui est supérieur même à la science nautique.

Flip fit alors signe aux deux garçons d'amener entièrement la voile. Ceux-ci la comprimèrent et la roulèrent autour de la vergue. L'embarcation, poussée par le vent, marchait encore avec une extrême vitesse.

Restait la question d'atterrissage qui ne laissait pas de préoccuper Flip. Il n'apercevait aucune ouverture dans ces hautes falaises, fermées comme un mur de fortification. S'échouer à leur base avec la haute mer était impraticable. Cependant, deux cents brasses à peine séparaient le canot de la côte. Il devenait urgent d'aviser, et se préparer à prolonger le rivage, si l'on ne parvenait pas à y atterrir.

Flip devint très-inquiet. Il regardait en fronçant le sourcil cette terre inaccessible, et marmottait entre ses dents quelques inintelligibles paroles. Déjà, par une inclinaison de la barre, il avait légèrement modifié la marche du canot, et il biaisait au lieu de courir à la côte. Mais, dans cette situation, le canot pris par le travers embarquait de grosses lames. Marc et Robert ne cessaient de vider l'eau avec le chapeau de cuir bouilli.

Flip s'était levé de son banc. Il cherchait à découvrir un trou quelconque, une brisure dans ces falaises, ou tout au moins un bout de grève sur laquelle il eût pu s'échouer. La marée devait être pleine alors, et on pouvait espérer qu'en se retirant elle laisserait des sables à sec. Mais rien encore. Toujours cette muraille continue qui s'élevait à une prodigieuse hauteur.

Mrs. Clifton, elle aussi, regardait la côte. Elle avait compris les dangers de l'atterrissage. Elle voyait bien que cette terre, leur unique refuge, était inabordable. Mais elle n'osait parler. Elle n'osait interroger Flip.

Soudain, la figure du marin s'éclaira, et la confiance reparut sur ses traits.

« Un port ! dit-il simplement. »

En effet, une coupure apparaissait entre les falaises qui semblaient avoir été séparées par quelque puissant effort géologique. Entre elles, la mer s'enfonçait dans une petite anse dont le fond formait un angle assez aigu. Flip reconnut aussitôt que c'était l'embouchure d'une rivière dans laquelle le flot montant se précipitait.

Flip dirigea donc son canot vers le fond de l'anse et, après avoir parcouru le cours d'eau pendant une centaine de mètres, il vint s'échouer doucement sur une plage de sable.

Il vint s'échouer doucement sur une plage de sable.

CHAPITRE IV

Enfin à terre ! – Inspection de la côte
La récolte de bois – De la question du flottage
Une allumette ! – Le premier foyer

Enfin, les malheureux étaient à terre ! Ils touchaient le sol ferme ! Ils avaient échappé aux dangers de l'océan. Mais quelle était cette côte ? Quelles ressources offrait-elle ?

Flip avait sauté sur le rivage. Marc et Robert l'avaient suivi, et tous trois, ils halaient le canot sur le sable. D'ailleurs, la mer commençait à baisser, et l'embarcation ne devait pas tarder à se trouver à sec.

Flip prit les deux jeunes enfants dans ses bras, il les déposa sur le sable, puis il aida Mrs. Clifton à descendre du canot. Le digne marin ne pouvait dissimuler sa joie de fouler cette grève solide !

« Tout va bien, madame, répétait-il, tout va bien. Nous n'avons plus qu'à nous installer ! »

La place de débarquement à laquelle le hasard avait conduit Flip était située sur la rive gauche d'une rivière large de cent pieds en cet endroit. Le rivage sableux, assez étroit, ne mesurait pas plus de vingt-cinq pieds. Il était resserré entre le cours d'eau et une haute muraille de granit. Cette muraille, c'était la continuation en retour de l'énorme falaise qui remontait ainsi la rive gauche de la rivière en s'abaissant peu à peu. À la place de débarquement, sa hauteur dépassait encore trois cents pieds. Elle était presque droite et surplombait même en de certains endroits. Donc, impossibilité de la gravir sur cette face : ce qui contraria Flip, car il aurait voulu, du haut de cette falaise, observer la contrée environnante.

Il s'occupa donc, tout d'abord, de chercher quelque cavité, quelque trou dans lequel la famille pût se réfugier pendant cette première nuit, et s'abriter de la pluie qui menaçait. Il visita donc, en remontant la muraille de granit, mais, à son vif désappointement, il n'y trouva pas la plus petite grotte qui pût servir à un campement provisoire. Le bloc était plein partout, et ne présentait pas la moindre fissure. En un certain endroit, devant le banc de sable sur lequel le canot venait d'échouer, la falaise, évidée par le bas, formait une sorte d'abri contre les vents d'ouest qui se déchaînaient en ce moment, mais c'était un refuge insuffisant en somme, et qui deviendrait inhabitable, si la brise tournait seulement d'un quart dans le nord. Flip résolut donc de remonter la rivière pendant quelques centaines de pas, afin de découvrir ce qu'il ne trouvait pas en cet endroit. Il fit part de son projet à Mrs. Clifton.

« Ne vous effrayez pas, madame, lui dit-il. Je n'irai pas loin. J'ai de grandes jambes, et je serai promptement revenu. D'ailleurs, vos enfants ne vous quitteront pas. Vous veillerez bien sur votre mère, monsieur Marc ?

— Oui, Flip, répondit le jeune garçon qui montrait une énergie véritablement supérieure à son âge.

— Je pars donc, reprit Flip. Comme je ne puis aller et revenir que par la rive gauche, nous ne pouvons nous égarer si vous aviez besoin de venir au-devant de moi, vous ne pourrez pas vous tromper de route. »

Flip conduisit Mrs. Clifton et ses deux plus jeunes enfants sous cet évidement de la falaise qu'il avait remarqué. La mère, Belle et Jack se blottirent là, tandis que Marc et Robert veillaient sur la plage. La nuit commençait à se faire. On n'entendait que les sifflements de la brise, le bruit du ressac, et le cri des oiseaux qui nichaient dans les parties hautes du massif.

Flip, ayant installé son petit monde, s'éloigna d'un pas rapide. Il suivit le pied de la falaise qui s'abaissait peu à peu. Au bout d'un demi-mille, elle affleurait le sol dont la pente était assez prononcée. En cet endroit, la rivière ne mesurait plus que soixante à soixante-dix pieds de large. La rive droite offrait à peu près la même disposition que sa rive gauche, étant limitée par une falaise rocheuse.

Flip, arrivé à ce point où finissait la muraille, aperçut une contrée d'une apparence moins sauvage. Le sol formait un vaste herbage qui s'étendait jusqu'à la lisière d'un bois dont la masse s'estompait à demi dans l'ombre.

« Bon ! pensa le marin. Le combustible ne nous manquera pas. »

Flip se dirigea vers ce bois afin d'y faire sa provision ; quant à un abri, il n'avait rien trouvé. Il fallait se contenter, pour cette nuit, du moins, du campement provisoire. Le marin, arrivé sur la lisière de la forêt, vit qu'elle s'étendait à perte de vue sur la droite, en marquant les accidents du sol qui montait en s'enfonçant vers l'intérieur. Toute sa masse était dominée par le pic qui, à trente milles de distance, avait signalé aux marins du *Vankouver* la présence de cette terre inconnue.

Flip, tout en liant ses fagots, songeait aux moyens de tirer d'affaire cette famille à laquelle il s'était dévoué. La question du campement le préoccupait.

« Après tout, se répétait-il à lui-même, nous avons le temps. Il ne faut pas s'installer à la légère. Ce qu'il leur faut d'abord, c'est du feu, et pour faire du feu : un bon bois, bien flambant. »

La récolte était facile, une grande quantité de bois mort, brisé par les ouragans, jonchait le sol. Ce qu'était ce bois, à quelle essence il appartenait, Flip n'aurait pu le dire, il se contentait de le ranger dans la catégorie du *bois à brûler*, la seule qui lui convint en ce moment.

Mais, si le combustible ne manquait pas, les moyens de transport faisaient défaut. Toute la charge de Flip, – et c'était un homme vigoureux –, n'eût pas suffi à la consommation de la nuit. Cependant, il fallait se hâter. Le soleil avait disparu dans l'ouest derrière de gros nuages rouges. Les vapeurs, moins harcelées par le vent, se condensaient, et la pluie commençait à tomber. Mais Flip ne voulait pas revenir sans une provision de bois suffisante.

« Il doit y avoir un moyen de transporter cette charge, se disait-il. Il y a toujours un moyen de tout faire ! Il ne s'agit que de le trouver.

Ah ! si j'avais une charrette, je ne serais pas embarrassé ! Qu'est-ce qui pourrait bien remplacer une charrette ? Un bateau ? Mais je n'ai pas de bateau ! »

Flip ramassait son bois, et réfléchissait toujours.

« Mais si je n'ai pas de bateau, reprit-il, j'ai la rivière, la rivière qui marche toute seule ! Et les trains flottés n'ont pas été inventés pour qu'on ne s'en serve pas ! »

Flip, enchanté de son idée, chargea sur ses épaules sa provision de bois, et il se dirigea vers l'angle que faisait la lisière de la forêt avec la rivière. La distance à parcourir ne dépassait pas une centaine de mètres. Arrivé sur la rive, le marin trouva encore une grande quantité de bois mort ; il le ramassa et il commença à confectionner son train. Dans une sorte de remous provoqué par une pointe du rivage qui brisait le courant, Flip plaça les plus grosses pièces de bois, et, les ayant liées ensemble au moyen de longues lianes desséchées, il en forma un radeau sur lequel il empila toute sa récolte, soit environ la charge de dix hommes. Si la cargaison arrivait à bon port, le combustible ne devait pas manquer.

En une demi-heure, le travail de Flip fut achevé. Le marin n'avait pas l'intention de laisser son train s'en aller tout seul au courant, mais il n'entendait pas non plus s'y embarquer pour le diriger. Il fallait donc le maintenir comme ces petits bateaux que les enfants remorquent sur le bord des rivières. Mais la corde ? N'avait-il pas autour du corps une ceinture de matelot, longue de plusieurs brasses ? Il la détacha donc, en remarquant, non sans raison, que les ceintures avaient été précédemment inventées pour remorquer les trains de bois. Il l'attacha à l'arrière du radeau et, au moyen d'une longue perche, il repoussa son appareil dans le courant.

Le procédé réussit à souhait. L'énorme charge de bois que Flip retenait en marchant sur la rive suivit le fil de l'eau. La berge était très-accore et il n'y avait pas à craindre que le radeau s'échouât. À six heures et quelques minutes, Flip arrivait au lieu du débarquement et il amarrait son train flottant.

La mère et les enfants étaient accourus au-devant de lui.

« Oui, madame ! s'écria Flip de sa voix joyeuse, voilà toute une forêt que je vous apporte, et il en reste, je vous prie de le croire. Ainsi, pas d'économie ! Le bois ne nous coûte rien.

— Mais cette terre ? demanda Mrs. Clifton.

— Oh ! très-agréable ! répondit imperturbablement le digne marin. Vous verrez cela, en plein soleil. Les arbres sont magnifiques. Avec un peu de verdure, la contrée sera charmante.

— Mais notre maison ? demanda Belle.

— Notre maison ? Ma chère petite fille. Nous la ferons notre maison, et vous nous aiderez.

— Mais, pour aujourd'hui ? dit Mrs. Clifton.

— Aujourd'hui, madame, répondit Flip un peu embarrassé, aujourd'hui, il faudra s'en passer et rester où nous sommes ! Je n'ai pas découvert la plus petite grotte ! La falaise est nette comme une muraille neuve. Mais demain, en plein jour, nous trouverons ce qu'il nous faut. En attendant, faisons du feu. Cela éclaircira nos idées. »

Marc et Robert commencèrent à décharger le radeau, et bientôt toute la cargaison fut déposée à terre, au pied de la falaise. Flip disposa alors un bûcher, procédant avec méthode et en homme qui entend son affaire. Mrs. Clifton et ses deux jeunes enfants, accroupis sous l'évidement, le regardaient faire.

Lorsque Flip eut terminé son ouvrage, il chercha dans sa poche la boîte d'allumettes qui ne le quittait jamais, car c'était un fumeur acharné. Il fouilla les vastes poches de son pantalon, et, à sa profonde stupéfaction, il ne trouva point la boîte qu'il cherchait.

Un frisson lui passa sur tout le corps. Mrs. Clifton le regardait avec ses grands yeux fixes.

« Imbécile ! fit-il en haussant les épaules, mes allumettes sont dans la poche de ma vareuse. »

La vareuse était restée dans le canot. Flip alla à bord, il prit la vareuse, il la tourna, il la retourna, pas de boîte.

Le visage du marin pâlit. Peut-être cette boîte d'allumettes était-elle tombée dans le canot, pendant que la vareuse servait de couverture aux enfants. Il chercha dans le canot, il en fouilla tous les coins, sous le tillac, entre les membrures. Rien. Évidemment la boîte était perdue.

La situation devenait excessivement grave. La perte de cette boîte était irréparable. Que devenir sans feu ? Flip ne put retenir un geste de désespoir. Mrs. Clifton alla près du marin, elle avait tout compris. Sans allumettes, comment se procurer du feu ? Flip pouvait bien avec son couteau tirer des étincelles d'un silex, mais l'amadou lui manquait. Du linge brûlé qui peut remplacer l'amadou, il ne pouvait en obtenir faute de feu. Quant au moyen employé par les sauvages qui consiste à obtenir du feu par le frottement de deux morceaux de bois sec, il fallait y renoncer car, non seulement ce procédé exige du bois spécial que Flip n'avait pas à sa disposition, mais le frottement exige une grande habitude.

Flip était demeuré pensif, n'osant pas lever les yeux sur Mrs. Clifton, avec ses infortunés enfants, sur ces pauvres petits qui grelottaient. Mrs. Clifton était retournée au pied de la falaise.

« Eh bien, Flip ? dit Marc au marin.

— Nous n'avons pas d'allumettes, monsieur Marc ! répondit Flip en baissant la voix. »

Marc avait repris la vareuse. Il la retournait en tous sens. Il en fouillait les poches intérieures et extérieures. Soudain un cri lui échappa.

« Une allumette ! dit-il. Ah ! une, une seule ! s'écria le marin, et nous sommes sauvés ! »

Flip avait repris sa vareuse, et, en effet, ainsi que Marc, il sentit un petit morceau de bois engagé dans la doublure. Ses grosses mains tremblaient. Elles tenaient ce petit morceau de bois à travers l'étoffe, sans pouvoir le retirer. Mrs. Clifton était revenue près de lui.

« Donnez, mon ami ! lui dit-elle. »

Puis, prenant la vareuse, elle retira le petit morceau de bois.

« Une allumette ! s'écria Flip ! C'est bien une allumette avec soufre et phosphore ! Ah ! c'est comme si nous en avions une cargaison tout entière ! »

Et le brave marin sautait de joie, et il embrassait les enfants, cachant les larmes qui coulaient de ses yeux.

« Ah çà ! dit-il, nous avons une allumette, c'est bien, mais il faut s'en servir avec précaution, et y regarder à deux fois avant de s'en servir. »

Ce disant, Flip essuya soigneusement son unique allumette et s'assura vite qu'elle était bien sèche. Puis, cela fait :

« Il nous faudrait du papier, dit-il.
— En voici, répondit Robert. »

Flip prit le papier que lui tendait le jeune garçon, et il se dirigea vers le bûcher. Il prit là de nouvelles précautions, et il entassa sous le bois quelques poignées d'herbes sèches et de mousses ramassées au pied de la falaise. Il les disposa de manière à ce que l'air pût circuler facilement et enflammer rapidement le bois mort ; puis il prépara le morceau de papier en forme de cornet, ainsi que font les fumeurs par les grands vents.

Alors, il prit l'allumette et ramassa un caillou bien sec, une sorte de galet un peu raboteux, pour y frotter le phosphore. Puis, s'accroupissant au bas de la falaise, dans un angle bien abrité, tandis que Marc plaçait son chapeau à une courte distance du mur par excès de précaution, il frotta doucement l'allumette sur le galet.

Le premier frottement ne produisit aucun effet. Flip n'avait pas appuyé assez fortement. Mais le pauvre homme craignait d'érailler le phosphore. Il retenait sa respiration, et on eût compté les battements de son cœur.

Une seconde fois, il frotta son allumette, une légère flamme bleuâtre jaillit, en dégageant une fumée âcre, Flip retourna l'allumette, et la plongea dans le cornet de papier. Le papier prit feu après quelques secondes, et Flip l'introduisit sous le foyer de mousses et d'herbes. Quelques instants plus tard, le bois craquait, et une joyeuse flamme, activée par la brise, se développait au milieu de l'obscurité.

Le sol formait un vaste herbage.

CHAPITRE V

Éloge du *bowie-knife*
Préparation du campement – Singulière utilisation du canot
Un ustensile d'un prix inestimable – Première nuit sur la côte

Devant ce feu clair et pétillant, les enfants ne purent retenir un hurrah de plaisir. Belle et Jack vinrent présenter à cette flamme leurs petites mains rouges. Avec ce foyer, ils se croyaient sauvés. Le présent est tout, à cet âge. Ni le passé ni l'avenir ne pouvaient les préoccuper.

Il faut bien le dire, ce foyer allumé, c'était en partie le salut de la famille abandonnée. Sans feu, que serait-elle devenue ? Flip, le confiant Flip, l'avait bien compris à l'émotion qu'il ressentait en essayant sa dernière allumette. Mais ce feu, il ne fallait pas le laisser éteindre ; il fallait toujours conserver sous la cendre quelque braise pour le rallumer. Mais ce n'était plus qu'une affaire de soin et d'attention. En ce moment, la provision de bois suffisait, et Flip se promit bien de la renouveler en temps utile.

« Maintenant, dit-il, il s'agit de souper.

— Oui ! soupons ! s'écria Jack.

— Le biscuit et la viande ne nous manquent pas ! Commençons d'abord par vivre de ce que nous avons. Plus tard, nous trouverons ce qui nous manque. »

Flip alla chercher au canot sa petite réserve de vivres. Mrs. Clifton l'accompagna.

« Et après Flip ? lui dit-elle en montrant au marin le sac de biscuit et la provision de viande salée.

— Après, nous verrons, madame, répondit Flip. Cette côte qui de loin paraissait aride, est une terre fertile au contraire. Je l'ai reconnue pendant ma promenade à la forêt, et elle suffira bien à nourrir notre petite colonie.

— Oui, ami Flip ; mais abandonnés sans armes, sans outils...

— Des armes, on en fera, madame, quant à des outils, n'ai-je pas mon couteau ? Voyez, un bon *bowie-knife* à large lame. Avec un pareil instrument, un homme n'est jamais embarrassé ! »

En prononçant ces paroles, Flip avait un accent si convaincu, il parlait avec tant d'assurance, et une telle confiance en l'avenir l'animait, que la malheureuse Mrs. Clifton se reprit à espérer.

« Oui, madame, redisait le marin en revenant vers le feu qui brillait au pied de la falaise, vous ne savez donc pas qu'avec un couteau, un simple couteau, on construirait une maison de bois ou un navire ! Oui, un navire de cent tonneaux ! Je me chargerais de le faire depuis la quille jusqu'à la pomme des mâts, en y mettant le temps, par exemple.

— Je vous crois, mon brave Flip, répondit Mrs. Clifton. Mais comment remplacer le pot ou la bouilloire qui nous manque ? Comment préparer à ces enfants quelque breuvage chaud qui les réconforterait ?

— Ce soir, ce serait mal-aisé, répondit le marin, mais demain, nous trouverons bien quelque noix de coco ou quelque calebasse avec lesquelles je me charge de vous fabriquer des ustensiles de ménage.

— Des vases qui pourront aller sur le feu ? demanda vivement Mrs. Clifton.

— Si le feu ne va pas dessous, le feu ira dedans, répondit imperturbablement le marin, et cela reviendra au même. Nous emploierons la méthode des sauvages ; nous ferons chauffer des pierres, et ces pierres nous les mettrons dans nos calebasses remplies d'eau, et nous obtiendrons ainsi de l'eau bouillante. Ayez confiance, madame, ayez confiance ! Vous serez étonnée de ce qu'on peut faire, quand on y est obligé ! »

Mrs. Clifton et Flip avaient rejoint les enfants qui attisaient le feu ; la fumée montait dans l'ombre, entraînant une gerbe d'étincelles pétillantes. C'était comme un feu d'artifice qui émerveillait les deux plus jeunes enfants ; Jack, ayant pris un tison enflammé, s'amusait, en l'agitant, à tracer des cercles de feu dans l'air. Marc et Robert disposaient le bois pour la nuit, Mrs. Clifton préparait le repas, et bientôt chacun eut sa part de biscuit et de viande salée. Quant à la boisson, ce fut l'eau de la rivière, la marée étant assez baissée déjà pour que cette eau eût perdu toute amertume.

Cependant Flip, très-inquiet de voir la famille sans un suffisant abri pour cette nuit qui menaçait d'être pluvieuse, voulut visiter la face ouest de la falaise dont le développement formait la côte. Il espérait y trouver quelque caverne, estimant que les lames la battant de plein fouet avaient dû y creuser des cavités quelconques. La mer s'était déjà beaucoup retirée, Flip, descendant le rivage, jusqu'à l'embouchure de la rivière, tourna sur la gauche, et suivit la grève qui s'étendait entre le pied de la haute muraille et les brisants du large. Pendant plusieurs centaines de mètres, il observa attentivement cette substruction rocheuse mais sa surface, lisse et polie par le flot, n'offrait aucune ouverture.

Flip revint donc, tout songeur, en grignotant un morceau de biscuit.

« C'est un nid qu'il leur faudrait ! pensait-il. »

Un nid, en effet. La pluie tombait déjà en gouttes fines. De grandes rafales pulvérisaient les vapeurs condensées. De gros nuages rendaient la nuit plus noire encore. On entendait la mer gronder sur les écueils, et le ressac produisait un bruit semblable au roulement du tonnerre.

Flip ne se méprenait pas à ces symptômes, et il pensait à cette mère, à ces jeunes enfants que la pluie et le froid allaient transir. Le vent remontait un peu dans l'ouest, et l'évidement de la falaise ne protégerait plus le lieu de campement. La situation deviendrait alors insoutenable !

Le digne marin, fort décontenancé, retourna près de la famille Clifton. Les enfants terminaient leur repas, la mère avait déjà installé Jack et Belle dans un lit de sable au pied de la muraille ; mais elle ne pouvait empêcher le vent et la pluie d'arriver jusqu'à eux. Ses yeux se tournaient vers Flip et l'interrogeaient si directement que l'honnête marin ne pouvait s'y méprendre.

Marc avait bien compris les inquiétudes de sa mère. Il regardait les gros nuages bas, et tendait la main pour sentir si la pluie augmentait. En ce moment, il eut une idée, car il marcha droit à Flip.

« Flip, dit-il.

— Monsieur Marc.

— Eh bien ! le canot !

— Le canot ! s'écria le marin. Le canot retourné ! C'est un toit ! Ah ! quelle idée, monsieur Marc ! Madame Clifton ! Nous avons le toit ! La maison viendra plus tard ! Venez, mes jeunes messieurs, venez ! »

Marc, Robert, Mrs. Clifton et Flip avaient couru au canot ! Flip proclamait Marc un garçon industrieux. C'était le digne fils d'un ingénieur ! Le canot retourné ! Il n'aurait pas imaginé cela, lui, Flip, avec toute son expérience !

Il fallait maintenant amener le canot jusqu'au pied de la falaise afin de l'établir contre la muraille même. C'était, fort heureusement, une légère embarcation, construite en *sap*, ne mesurant que douze pieds de long sur quatre de large. En réunissant leurs efforts, Flip, les deux garçons et Mrs. Clifton pouvaient le traîner sur le sable jusqu'au campement. Flip, très-vigoureux, s'arc-boutant sur ses jambes et poussant du dos à la manière des pêcheurs, donna le premier élan au canot, qui, en peu d'instants, arriva à sa destination.

Là, de chaque côté de l'évidement de la roche, Flip établit deux bases de grosses pierres, destinées à supporter les deux extrémités de l'embarcation à une hauteur de deux pieds au-dessus du sol. Cela fait, le canot fut retourné, la quille en l'air. Déjà, Jack et Belle voulaient se fourrer dessous, mais Flip les arrêta.

« Un instant, dit-il, qu'est-ce qui tombe là sur le sable ? »

En effet, pendant que l'on procédait au retournement du canot, un objet avait roulé à terre en produisant un bruit métallique. Flip se baissa vivement, et il ramassa l'objet en question.

« Bon ! s'écria-t-il, nous voilà riches à présent. »

Et il montrait une vieille bouilloire de fer, cet ustensile si cher à tout matelot américain ou anglais. Ladite bouilloire était fort bossuée, ainsi que l'observa Flip en l'examinant près du feu, mais elle pouvait contenir cinq à six pintes de liquide. C'était donc un ustensile d'un prix inestimable pour la famille Clifton.

« Ça va bien ! ça va bien ! répétait joyeusement maître Flip, un couteau, une bouilloire ! Nous voilà pourvus, et les cuisines de la Maison-Blanche ne sont pas mieux montées que la nôtre ! »

Le canot retourné fut alors rapproché des piliers de pierre. Son avant reposa bientôt sur le pilier de droite ; mais c'était une grosse affaire de relever son arrière, sans palan et sans cric.

« Bah ! mes jeunes messieurs ! dit-il aux enfants qui l'aidaient, quand on n'est pas fort, il faut être malin. »

Et peu à peu, en glissant les uns sous les autres des galets amincis en forme de coins, Flip parvint à reporter l'arrière du canot à la hauteur de l'avant. Son plat-bord de gauche s'appuyait alors contre la falaise. Pour rendre cet abri improvisé encore plus impénétrable à la pluie, Flip étendit la voile sur les flancs du canot, de façon à ce qu'elle retombât jusqu'à terre. Le tout constituait donc une sorte de tente dont le solide toit défiait les plus violentes rafales.

En outre, Flip creusa le sol, du sable, au-dessous du canot et, rejetant ce sable au-dehors, il en forma un bourrelet destiné à couper les infiltrations de la pluie.

Enfin, les enfants et lui recueillirent en quelques instants une grande quantité de mousses dont la partie inférieure de la falaise était tapissée, sortes d'androeacées ramifiées et brunâtres, qui forment la mousse de roche par excellence ; c'était un édredon naturel, qui changea le fond de sable en un lit moelleux. Flip, enchanté, ne tarissait pas.

« C'est une maison ! une véritable maison ! répétait-il, et je commence à croire que l'on s'est trompé jusqu'ici sur la destination des canots : ce sont des toits, seulement on les retourne quand on veut naviguer dedans ! Allons, mes jeunes messieurs, au nid, au nid !
— Qui surveillera le feu ? demanda Mrs. Clifton.
— Moi, moi ! répondirent simultanément Marc et Robert.
— Non, mes jeunes amis, dormez, répliqua l'honnête Flip et laissez-moi ce soin pendant cette première nuit. Plus tard, nous organiserons nos quarts. »

Mrs. Clifton voulait partager cette tâche avec Flip, mais le marin ne voulut pas y consentir, et il fallut lui obéir.

Les enfants, avant de s'introduire sous le canot, s'agenouillèrent auprès de leur mère ; ils prièrent pour leur père absent et invoquèrent l'aide de la Providence. Puis, après avoir embrassé Mrs. Clifton, le bon Flip, après s'être embrassés les uns les autres, ils se blottirent dans leur lit de mousse. La mère, après avoir serré la main de Flip, se glissa sous le canot à leur suite, et le marin attentif veilla, toute cette nuit, sur ce précieux foyer que la pluie et le vent menaçaient incessamment d'éteindre !

Le canot fut retourné.

CHAPITRE VI

Préparation d'une exploration – En direction du sud
Une terre accueillante – Récoltes de coquillages et d'œufs
Chargement de bois

La nuit se passa sans accident. La pluie avait cessé vers trois heures du matin. Dès le point du jour, Mrs. Clifton, que ses tristes préoccupations avaient tenue éveillée, quitta le canot avant ses enfants dont elle ne voulut pas troubler le sommeil. Mais elle voulait remplacer Flip, et le marin, bon gré mal gré, dut aller se reposer sous le canot pendant quelques heures.

À sept heures, Flip fut réveillé par le babillement des enfants. Ils couraient déjà sur la plage, Mrs. Clifton s'occupait déjà de la toilette des plus jeunes, leur lavant la figure et les mains dans l'eau douce de la rivière. Jack, ordinairement récalcitrant pendant cette opération, ne protesta pas cette fois. Il est vrai qu'une rivière, c'est bien plus amusant qu'une cuvette.

Quand Flip eut quitté son lit de sable et de mousse, il vit avec satisfaction que le ciel s'était rasséréné. Les nuages, hauts et éparpillés, laissaient apercevoir de grandes plaques d'azur. Ce beau temps favorisait donc les projets de Flip, qui comptait explorer la contrée environnante pendant cette journée.

« Comment cela va-t-il, mes jeunes messieurs ? s'écria-t-il de sa joyeuse voix. Et vous, *miss* Belle, et vous madame Clifton ? Quand je pense que me voilà le dernier levé, à mon âge !

— N'avez-vous pas veillé toute la nuit, ami Flip ? répondit Mrs. Clifton, en tendant la main à son digne compagnon. C'est à peine si vous avez dormi deux heures.

— Cela me suffit, ma chère dame, répondit Flip… Ah ! je reconnais bien là la ménagère. Voici la bouilloire sur le feu ! Mais si vous faites tout vous-même, *mistress* Clifton, je n'aurai plus qu'à me croiser les bras ! »

En parlant ainsi, Flip s'approchait du foyer près duquel la vieille bouilloire était suspendue entre deux pierres déjà noircies par la flamme. Le feu pétillait gaiement.

« Hein ! quelle eau ! quelle belle eau ! s'écria Flip, qui n'économisait pas les interjections admiratives ! Comme elle bout bien ! C'est plaisir de l'entendre ! On dirait un gazouillement d'oiseau ! Peut-être nous manque-t-il bien quelques feuilles de thé ou quelque grain de café pour préparer une boisson convenable ; mais cela arrivera en son temps ! Allons, mes jeunes messieurs, qui vient avec moi à la découverte ?

— Nous, nous ! s'écrièrent les trois garçons.

— Moi, aussi, je veux aller avec *papa Flip*, dit la petite fille.

— Bon, répartit le marin, je n'ai que l'embarras du choix !

— Vous allez vous éloigner, Flip ? demanda Mrs. Clifton.

— Nous n'irons pas loin, ma chère dame, quelques centaines de pas seulement, messieurs Marc, Robert et moi, nous allons examiner le pays.

— Nous sommes prêts, répondirent les deux enfants.

— Quant à monsieur Jack, reprit Flip, comme c'est un grand garçon auquel on peut avoir confiance, je le prierai de surveiller le foyer pendant notre absence. Qu'il n'épargne pas le bois surtout !

— Oui ! oui ! s'écria Jack, très-fier de la tâche qui lui incombait, Belle me passera les morceaux de bois et je les mettrai dans le feu ! »

Déjà, Marc et Robert avaient pris les devants, et descendaient la rive gauche de la rivière.

« Vous reviendrez bientôt ? dit Mrs. Clifton.

— Dans une heure, madame, répondit le marin. Je ne vous demande que ce temps pour tourner la falaise, et examiner la crique vers laquelle le courant nous a portés hier. Et vraiment, il faudra que nous soyons bien maladroits pour ne pas vous rapporter un déjeuner quelconque qui économisera notre viande et notre biscuit.

— Allez donc, ami Flip. Et si du haut de la falaise, ajouta Mrs. Clifton, les yeux humides, si vous apercevez au loin... en mer...

— Oui ! je vous comprends, ma chère dame ! J'ai de bons yeux ! Je regarderai. Tout n'est pas dit sur cette affaire, et peut-être que Mr. Clifton... Enfin, espérez, consolez-vous, madame, c'est vous qui devez nous donner l'exemple du courage et de la résignation. Bon espoir. Ah ! le feu ! Je vous recommande le feu entre toutes choses ! Je crois bien que monsieur Jack ne le laissera pas éteindre ! Mais enfin, un coup d'œil de temps à autre. Je pars, je pars ! »

Cela dit, Flip prit congé de Mrs. Clifton, et il ne tarda pas à rejoindre ses deux jeunes compagnons à l'embouchure de la rivière.

En cet endroit, la falaise faisait un retour brusque sur elle-même, et se terminait par un angle très-aigu. Elle courait alors nord et sud en formant une côte très-élevée. La mer commençait à se retirer, et laissait à découvert une grève de sable et de roches qu'il était facile de suivre à pied sec.

« Nous ne nous ferons pas prendre par la marée ? demanda Marc.

— Non, mon jeune monsieur, répondit Flip. Le jusant commence seulement, et la mer ne sera pas pleine avant six heures du soir. Ainsi courez sur la grève, examinez ces roches. La nature doit avoir déposé çà et là de bonnes choses dont vous ferez votre profit. Quant à moi, il faut que je trouve une rampe pour gravir cette falaise, mais je ne vous perdrai pas de vue, soyez tranquilles ! »

Marc et Robert s'éloignèrent donc, chacun de son côté. Marc, plus observateur, marchait avec prudence, en examinant avec attention la plage et la falaise. Robert, impatient, bondissait sur les roches, sautant les flaques d'eau, au risque de glisser sur les touffes de goémon.

Flip, tout en descendant la grève vers le sud, ne cessait d'observer les deux jeunes gens. Il prolongea ainsi la haute muraille pendant un quart de mille. Toujours même aplomb et même uniformité. Vers les sommets de la falaise voltigeait tout un monde d'oiseaux aquatiques, et particulièrement diverses espèces de l'ordre des palmipèdes, à bec allongé, comprimé et pointu, volatiles très-criards, peu effrayés de la présence d'un homme qui, sans doute, troublait pour la première fois leur solitude. Parmi ces palmipèdes, Flip reconnut plusieurs labbes, sorte de goélands auxquels on donne quelquefois le nom de stercoraires, et de petites mouettes voraces qui nichaient dans les trous du granit. Un coup de fusil, tiré au milieu de cette fourmilière, eût abattu un grand nombre de ces oiseaux. Mais Flip n'avait pas de fusil, et d'ailleurs, ces mouettes et ces labbes sont à peine mangeables, et leurs œufs sont d'un détestable goût.

En s'éloignant de la falaise, Flip observa qu'elle se prolongeait au sud sur une longueur de deux milles environ. Elle se terminait brusquement alors par un promontoire taillé à pic, que le ressac couvrait d'une blanche écume. Serait-il nécessaire de tourner ce promontoire, ce qui nécessiterait d'attendre que la mer fût baissée d'une heure encore ? C'est ce que se demandait maître Flip, quand il se trouva devant une ouverture produite dans la muraille par l'éboulement de rochers massifs.

« Voilà un escalier naturel, se dit-il, il faut en profiter, du haut de cette falaise, je pourrai observer à la fois et la terre et la mer. »

Flip commença donc son ascension sur les pierres éboulées et, grâce à la vigueur de son jarret, à sa force et à son adresse peu communes, il atteignit en peu d'instants la crête de la muraille.

En arrivant, son premier regard fut pour cette terre qui se développait devant lui. À trois ou quatre lieues se dressait l'énorme pic vêtu de neige. Depuis les premières rampes de la montagne jusqu'à deux milles de la côte, s'étendaient de vastes masses boisées, relevées de grandes plaques vertes, dues à la présence d'arbres à feuilles persistantes. Puis, entre la forêt et la falaise se développait une prairie verdoyante, semée de bouquets d'arbres capricieusement distribués. Vers la gauche de Flip, du côté de la rivière, et sur sa rive droite, des rochers de granit s'étageaient d'une façon superbe et fermaient l'horizon dans cette partie de la côte. Ce qu'elle devenait au-delà, on ne pouvait le pressentir de ce point. Mais vers le sud, elle fuyait en s'abaissant, la falaise se changeant en rocs isolés, les rocs en dunes, les dunes en plages de sable, jusqu'à une distance de plusieurs milles. Là, un cap, hardiment projeté sur la mer, arrêtait le regard. En retour de ce cap, la terre courait-elle ouest et est ? Se rattachait-elle à un continent ? Au contraire, s'arrondissait-elle dans l'est, et n'était-ce qu'une île du Pacifique Nord, sur laquelle le hasard avait jeté cette famille abandonnée ?

Flip ne pouvait encore résoudre cette importante question, et il en remit la solution à un autre moment. Quant à la terre en elle-même, île ou continent, elle lui parut fertile, agréable dans ses aspects, variée dans ses productions, et il n'en demandait pas davantage.

Après cet examen sommaire, le marin se retourna vers l'océan. Sous ses yeux s'étendait la grève de sable bornée par les lignes de brisants. Ces roches émergées à mer basse ressemblaient à des groupes d'amphibies, paresseusement couchés dans le ressac. Flip aperçut les deux jeunes garçons qui semblaient occupés à fouiller l'interstice des roches.

« Ils ont découvert quelque chose, se dit Flip. S'il s'agissait de monsieur Jack ou de mademoiselle Belle, je pourrais croire qu'ils ramassent des coquillages, mais monsieur Marc est un jeune homme sérieux, et son frère et lui s'occupent avidement d'accroître nos ressources alimentaires ! »

Au-delà de la ligue d'écueils battus par le ressac, la mer étincelait sous les obliques rayons du soleil qui effleuraient en passant les terres élevées de la côte. Sur cette mer, à cette vaste surface liquide, pas une voile, pas une barque en vue, rien qui rappelât le passage du *Vankouver* ! Rien qui pût laisser pressentir le sort du malheureux Harry Clifton !

Flip regarda une dernière fois la grève qui s'étendait à ses pieds. Il remarqua que cette partie de la côte était couverte par un îlot oblong, mesurant un mille, dont l'extrémité nord était à peu près à la hauteur de la rivière, et l'extrémité sud, par le travers de ce promontoire qui terminait la falaise. Peut-être même, cette extrémité se prolongeait-elle au-delà, ce que Flip ne put reconnaître de la place qu'il occupait. Cet îlot aride, assez élevé au-dessus des flots, défendait la côte contre les lames du large, et laissait entre elle et lui un tranquille canal, dans lequel une flottille d'embarcations aurait pu s'abriter sans peine.

Lorsque Flip eut soigneusement examiné toute la disposition naturelle de cette terre, il songea à rejoindre ses jeunes compagnons. Ceux-ci, l'ayant aperçu, lui faisaient signe de descendre. Flip reprit donc la rampe produite par l'éboulement, remettant à un autre jour une exploration plus complète de l'intérieur. Lorsqu'il eut mis le pied sur la plage, il s'avança par les pointes de rochers au-devant de Marc et de Robert.

« Arrivez donc, ami Flip, lui criait celui-ci, toujours impatient. Arrivez donc. Nous avons fait une belle récolte de coquillages qui se mangent.

— Qui se mangent et qui sont mangés, répondit Flip, en voyant le jeune garçon détacher avec ses dents d'appétissants mollusques enfermés dans une double valve.

— Il en reste, Flip, et plus que nous n'en mangerons jamais. Voyez ces roches. Elles en sont tapissées et nous voilà sûrs de ne pas mourir de faim. »

En effet, les rochers découverts par le jusant étaient recouverts de coquillages oblongs, attachés par grappes et bien adhérents à la roche au milieu des touffes de varech.

« Ce sont des moules, dit Marc, des moules excellentes ; seulement, j'ai remarqué qu'elles se creusaient des trous dans la pierre qui les supporte.

— Alors, ce ne sont pas des moules, répondit le marin.

— Je proteste, s'écria Robert, qui au témoignage des yeux joignait encore celui du goût.

— Je vous le répète, monsieur Robert, répliqua Flip ; c'est un coquillage très-commun dans la Méditerranée, mais un peu moins répandu dans les mers d'Amérique. J'en ai si souvent mangé que j'ai quelque prétention à m'y connaître. Gageons qu'en les croquant, ces mollusques, vous leur avez trouvé une saveur fortement poivrée.

— En effet, répondit Marc.

— Remarquez en outre que ces valves forment une coquille oblongue, presque également arrondie aux deux bouts, disposition qu'on ne rencontre pas dans la moule ordinaire. Ces coquillages se nomment des lithodomes, mais ils n'en sont pas moins bons pour cela.

— Aussi, dit Robert, en avons-nous fait une ample provision pour notre mère. Partons donc ! ajouta le jeune garçon qui aurait déjà voulu être rendu au campement.

— Eh ! ne courez pas si vite ! cria Flip en voyant Robert détaler à travers les roches ; mais il en fut pour sa recommandation.

— Laissons-le aller, dit Marc. Notre mère sera rassurée plus tôt, en le voyant revenir. »

Cependant, Marc et Flip étaient revenus vers la grève, et ils longeaient la base de la falaise. Il devait être environ huit heures du matin. L'appétit ne manquait pas aux deux explorateurs, et un déjeuner substantiel aurait eu l'approbation générale. Mais ces mollusques sont peu riches en matière azotée. Et Flip regrettait de ne pas rapporter à Mrs. Clifton un plat plus nourrissant. Mais prendre du poisson sans filets ni lignes, prendre du gibier sans fusil ni collets, c'était difficile. Très-heureusement Marc, en suivant la muraille de granit, fit partir une demi-douzaine d'oiseaux nichés dans des trous percés assez bas dans le granit.

« Bon ! fit le marin, ce ne sont pas des goélands, ces volatiles ! Voyez, monsieur Marc, comme ils s'enfuient à tire-d'aile ! Si je ne me trompe, ce gibier-là est excellent.

— Quels sont ces oiseaux ? demanda Marc.

— J'ai cru reconnaître à la double bande noire de leur aile, à leur croupion blanc, à leur plumage bleu cendré, des bizets ou pigeons sauvages, que l'on appelle aussi pigeons de roches. Plus tard, nous essaierons de domestiquer cette espèce pour notre future basse-cour. Mais si le pigeon de roche est bon à manger, ses œufs ne doivent point être mauvais et pour peu que ceux-ci en aient laissé dans leur nid ? ... »

Flip, disant cela, s'était approché du trou duquel s'étaient échappés les bizets, effrayés par Marc. Dans une cavité du roc se trouvaient une douzaine d'œufs qui en furent délicatement retirés, et placés dans le mouchoir de Flip. Décidément, le déjeuner se complétait. Marc ramassa quelques poignées de sel dans les creux de roches où l'avait laissé l'eau de mer évaporée. On reprit le chemin du campement.

Un quart d'heure après le rapide Robert, Flip et Marc tournaient l'angle de la falaise, et apercevaient toute la colonie entourant le foyer pétillant, un panache de fumée se contournait dans l'air. Les arrivants furent les bienvenus. Mrs. Clifton avait placé la bouilloire sur le feu et déjà les mollusques y cuisaient dans quelques pintes d'eau de mer qui devait en relever le goût. Pour les œufs de pigeons, ils furent accueillis avec joie par les deux plus jeunes enfants. La petite fille Belle réclama tout d'abord un coquetier ; mais Flip, n'en ayant point à lui offrir, la consola en lui promettant de lui en cueillir à la première occasion sur l'arbre qui *produit des coquetiers*. Cette fois, on dut se contenter de faire durcir ces œufs sous la cendre chaude.

Le déjeuner fut bientôt prêt. Les mollusques, en pleine cuisson, répandaient une excellente odeur marine. Les assiettes ne manquèrent même pas ; car Mrs. Clifton avait ramassé une douzaine de grandes coquilles de Saint-Jacques, qui pouvaient les remplacer. Lorsque la bouilloire eut été vidée, Marc alla la remplir d'eau douce au frais courant de la rivière. Flip, suivant son habitude, égaya le repas par ses saillies, et il développa des plans d'avenir, à donner envie de naufrager sur une île déserte. Il va sans dire qu'on ne toucha ni au biscuit ni à la viande salée qui furent réservés pour les circonstances extrêmes.

Le déjeuner achevé, Mrs. Clifton et Flip s'entretinrent des améliorations à apporter dans le mode de campement. Il était indispensable de trouver un abri plus sûr. Mais cette recherche nécessitait une exploration sérieuse de la falaise. Mais Flip remit cette exploration au lendemain. Il ne voulait pas dès le premier jour, s'aventurer au loin, laissant seule Mrs. Clifton et ses enfants. En outre, il tenait à renouveler la provision de combustible.

Il retourna donc à la forêt, en remontant la rive droite de la rivière et il en rapporta, par voie de flottage, plusieurs charges de bois. Il eut même la précaution d'allumer deux foyers distincts, afin de ne pas être pris au dépourvu, dans le cas où l'un d'eux viendrait à s'éteindre.

La seconde journée se passa ainsi. Les lithodomes et de nouveaux œufs, dénichés par Flip et Robert, assurèrent le repas du soir. Puis la nuit vint, une nuit étoilée, que la famille passa sous l'abri du canot, Mrs. Clifton et Flip veillèrent tour à tour sur les feux, et rien ne troubla leur tranquillité, si ce n'est que quelques hurlements éloignés de bêtes fauves, qui firent plus d'une fois battre le cœur de la pauvre mère !

Toute la colonie entourant le foyer pétillant.

CHAPITRE VII

Excursion à l'intérieur des terres – Exploration de la rivière
Jacamar et couroucous – Tétras et Cabiai – Un lac

Le lendemain, 27 mars, tout le monde fut sur pied dès l'aube. Le temps était beau, mais un peu froid. Le vent, passé dans le nord, assurait cette journée et avait balayé toutes les vapeurs. C'était donc un temps propice à une excursion dans l'intérieur des terres, et Flip résolut de ne pas ajourner cette importante exploration. Reconnaître cette côte, la nature des ressources qu'elle renfermait, ce que des naufragés pouvaient attendre d'elle, savoir si elle était habitée ou non, décider enfin si la famille Clifton devait s'installer définitivement sur ce rivage, c'étaient là de graves questions qu'il importait de résoudre au plus vite. Quant à cette autre question non moins intéressante de déterminer si cette côte appartenait à une île ou à un continent, Flip ne comptait pas la résoudre pendant cette première expédition, à moins que cette terre ne fût une île, et une île relativement petite, circonstance que la hauteur du pic et l'importance des contreforts qui l'appuyaient, ne rendaient pas vraisemblable. Certainement, si cette montagne eût pu être gravie, on aurait su probablement à quoi s'en tenir, mais l'ascension de cette montagne ne devait être tentée qu'ultérieurement ; il fallait d'abord songer au plus pressé : la nourriture et le logement.

Flip, ayant fait connaître son projet, obtint l'assentiment de Mrs Clifton. C'était, on l'a dit, on l'eût reconnu sans peine, à cette énergie qui lui permettait de contenir sa douleur ; c'était une femme courageuse et forte. Elle mettait son espoir en Dieu, en elle-même, en Flip, sachant bien que la providence ne l'abandonnerait pas. Lorsque le digne marin la consulta sur l'opportunité et sur la nécessité de cette exploration de l'intérieur, elle comprit bien que les deux jeunes enfants ne pourraient se joindre à l'expédition, et qu'elle devrait demeurer seule avec eux. À cette pensée, une assez vive émotion lui serra le cœur, mais elle la surmonta et elle répondit à Flip qu'il devait partir sans retard.

« Eh bien, madame, répondit Flip, commençons par déjeuner, et nous déciderons ensuite lequel de ces jeunes messieurs m'accompagnera.
— Moi ! moi ! s'écrièrent à l'envi Marc et Robert. »

Mais Flip déclara qu'un seul des deux aînés l'accompagnerait, l'autre devant garder la famille pendant son absence. Et, en parlant ainsi, Flip regardait Marc d'une façon à laquelle ce brave garçon ne se méprit pas. Il comprit qu'à lui, l'aîné, incombait ce devoir de veiller sur sa mère, son frère et sa sœur. Il était le chef de la famille, cet enfant ; mieux que l'impétueux Robert, il comprenait la gravité de la situation et la responsabilité qui pesait sur lui. Quoi qu'il en eût, il ne fit donc aucune observation, et, répondant au regard de Flip :

« C'est moi, mère, qui resterai avec vous. Je suis votre aîné et je surveillerai le campement pendant l'absence de Flip. »

Marc avait si bien dit ces choses, que les larmes en vinrent aux yeux de Mrs. Clifton.

« Mille diables ! s'écria le digne marin, tout attendri, vous êtes un brave garçon, monsieur Marc, et j'aimerais à vous embrasser. »

Marc se précipita dans les bras de Flip qui le pressa sur sa poitrine.

« Et maintenant, déjeunons, dit-il. »

Il était sept heures du matin. Le déjeuner fut lestement enlevé. Puis Mrs. Clifton, ne voulant pas laisser partir les explorateurs sans provisions suffisantes pour la route, exigea qu'ils emportassent un peu de biscuit et de viande salée. Flip dut se rendre, mais la question de nourriture le préoccupait peu, il comptait bien que la nature ne le laisserait pas au dépourvu. Il ne regrettait qu'une chose, de ne pas être suffisamment armé. Aussi, à défaut d'armes offensives qu'il eût pu employer avec succès contre le gibier, il voulut se munir d'une arme défensive qui pût servir à repousser l'attaque des hommes et des bêtes fauves. Il coupa donc deux bâtons dont une extrémité fut taillée en pointe et durcie au feu. Engin primitif, sans doute, mais cet épieu pouvait devenir une arme redoutable dans la main vigoureuse de Flip. Quant à Robert, son bâton sur l'épaule, il prenait un air provoquant qui faisait sourire son frère Marc.

Enfin, il fut convenu que Mrs. Clifton et ses enfants ne s'éloigneraient pas de la falaise ; Marc devait se contenter d'aller sur la grève renouveler la provision de mollusques et d'œufs de pigeons de roche. Mais, recommandation expresse de Flip : surveiller le feu, le surveiller sans cesse, Marc et sa mère étant spécialement chargés de l'entretenir.

À huit heures, Robert, après avoir embrassé Mrs. Clifton, ses frères et sa sœur, se déclara prêt à partir. Flip serra la main de la mère et de ses enfants, et après avoir renouvelé ses expresses recommandations, il remonta la rive gauche de la rivière. Il ne tarda pas à dépasser l'endroit où il avait construit son train flottant. La rivière se rétrécissait peu à peu, et ses berges herbeuses lui formaient un lit très-encaissé. La rive droite était bordée par une falaise granitique plus haute que la falaise opposée, et qui se prolongeait au-delà de la forêt. On ne pouvait donc reconnaître ce qu'était la contrée, et quelles dispositions elle affectait en s'étendant vers le nord. Mais Flip, se réservant d'observer plus tard, toute cette région située sur la rive droite du cours d'eau, borna son exploration à la contrée du sud.

Arrivés à un mille du campement, Flip et son jeune compagnon reconnurent que la rivière s'enfonçait sous le double arceau de la forêt, dont les arbres à feuilles persistantes présentaient une sombre masse de verdure. Il devenait donc inévitable de prendre à travers bois, et Robert, toujours courant, voulut prendre les devants suivant son habitude, mais Flip lui recommanda de ne pas le quitter.

« Nous ne savons ce qu'on peut rencontrer dans cette forêt, dit-il, je vous prie donc, monsieur Robert, de ne point vous éloigner de moi.

— Mais je n'ai pas peur ! répondit le jeune garçon en brandissant son bâton pointu.

— Je le sais bien, répliqua le marin en souriant. Mais moi, j'aurais peur, si je restais tout seul, ainsi, ne me quittez pas. »

Tous deux, sans abandonner le sentier formé par la berge entrèrent sous le dôme de verdure. L'eau fraîche murmurait sur leur gauche. Le soleil, déjà haut sur l'horizon, traçait à travers la ramure de fines découpures sur le courant noirâtre. Flip et Robert ne suivaient pas la berge sans y rencontrer quelques obstacles, ici des arbres couchés dont les souches verdoyantes trempaient dans la rivière, là des lianes ou des épines qu'il fallait briser du bâton ou couper du couteau. Souvent l'agile Robert se glissait entre les branches abattues avec la prestesse d'un jeune chat, et il disparaissait dans le taillis. Mais la voix de Flip le rappelait aussitôt.

« Monsieur Robert ? criait-il.

— Me voici, me voici, maître Flip, répondait le jeune garçon, en montrant à travers les hautes herbes sa face rouge comme une pivoine. »

Cependant, Flip observait avec attention la disposition et la nature des lieux. Sur cette rive gauche de la rivière, le sol était plat ; parfois humide, il prenait une apparence marécageuse. On sentait au-dessous tout un réseau de filets liquides, qui, par quelque faille souterraine, devaient s'épancher vers la rivière. Quelquefois, un vrai ruisseau coulait à travers le taillis, que les deux compagnons de route traversaient sans peine. La rive opposée était plus accidentée et la vallée s'y dessinait plus nettement ; le talus, couvert d'arbres disposés par étage, montait brusquement, et formait un rideau qui masquait le regard. Sur cette rive droite, la marche eût été difficile, car les déclivités y étaient raides, et les arbres, courbés sur l'eau, ne semblaient tenir que par un miracle d'équilibre.

Inutile de dire que cette forêt était vierge de toute empreinte humaine. Flip n'y observa que des traces d'animaux. Nulle part, la coupure d'un pic ou d'une hache. Nulle part, les restes d'un feu éteint.

Ce dont se réjouissait le marin, car, sur cette terre jetée en plein Pacifique, dans ces parages fréquentés par les cannibales, il redoutait plus qu'il ne désirait la présence de l'homme.

Flip et Robert avançaient toujours, mais assez lentement et, après une heure de marche, ils avaient à peine franchi un mille. Ils ne quittaient pas le cours d'eau, véritable fil qui leur permettait de retrouver leur route dans ce labyrinthe. Souvent, ils s'arrêtaient pour examiner les productions du règne animal. Flip, qui avait parcouru le monde entier, des zones glaciales aux zones torrides, Flip, qui connaissait tout, espérait que quelque fruit de sa connaissance s'offrirait à lui. Mais, jusqu'alors, ses recherches avaient été sans résultat. Les arbres de cette forêt appartenaient généralement à la famille des conifères, de ces conifères qui se propagent spontanément sur toutes les régions du globe, depuis les climats septentrionaux jusqu'aux contrées tropicales. Un naturaliste eût plus particulièrement reconnu cette espèce des *déodars*, plus spécialement observés jusqu'ici dans les contrées himalayennes ; ces arbres répandaient un arôme agréable qui parfumait l'air. Entre eux, poussaient de nombreux bouquets de pins maritimes, dont le parasol opaque s'ouvrait largement. Entre les herbes, le pied écrasait des jonchées de branches sèches qui crépitaient comme des pétards.

Quelques oiseaux chantaient ou voletaient sous cette ramure, mais ils se montraient extrêmement fuyards. Entre autres, dans les parties humides de la forêt, Robert signala un volatile à bec aigu et allongé, qui ressemblait anatomiquement à un martin-pêcheur. Toutefois, il se distinguait de cet oiseau par son plumage assez rude, revêtu d'un éclat métallique. Robert et Flip auraient vivement désiré le prendre, l'un pour le rapporter à ses frères, l'autre dans le but de le juger au point de vue comestible. Mais on ne pouvait l'approcher.

« Qu'est-ce donc que cet oiseau-là ? demandait maître Robert.

— Cet oiseau-là, monsieur Robert, répondait le marin, il me semble que je l'ai déjà rencontré dans les forêts de l'Amérique méridionale, et dans ce pays on l'appelait un *jacamar*.

— Comme il ferait bien dans une volière ! s'écriait le jeune garçon.

— Et dans un pot-au-feu ! ripostait Flip. Mais ce rôti-là ne me paraît pas d'humeur à se laisser prendre !

— Qu'importe ! s'écria Robert, en montrant une volée d'oiseaux qui s'éparpillaient à travers le feuillage, en voici d'autres ! Quel joli plumage ! Quelle queue longue et chatoyante. Mais qu'ils sont petits ! Ils rivaliseraient avec les colibris pour leur taille et leur couleur ! »

En effet, les oiseaux indiqués par le jeune garçon, d'aspect un peu lourd, s'enfuyaient à travers les branches et leurs plumes, faiblement implantées, se détachaient pendant le vol, et couvraient le sol d'un fin duvet. Flip ramassa quelques-unes de ces plumes, et il les examina.

« Ça ne se mange pas, ces petites bêtes ? demanda Robert.

— Mais si, mon jeune monsieur, répondit le marin. Ces petits oiseaux sont très-recherchés, tant leur chair est délicate. Certes, je leur préférerais une pintade ou un coq de bruyère ; mais enfin, avec quelques douzaines de ces charmants volatiles, on pourrait faire un plat présentable.

— Et ce sont ? …

— Des *couroucous*, répondit Flip. J'en ai pris des milliers dans le nord du Mexique, et, si mes souvenirs ne me trompent pas, il est facile de les approcher et de les tuer à coups de bâton.

— Bon ! fit Robert en s'élançant.

— Pas si vite, monsieur l'impatient ! s'écria le marin, pas si vite. Vous ne deviendrez jamais un chasseur émérite, si vous êtes si emporté !

— Oh ! si j'avais un fusil... dit Robert.

— Avec un fusil comme avec un bâton, il faut agir de ruse. Quand vous êtes à portée, bien, n'hésitez ni à tirer ni à frapper. Mais jusque-là, du calme. Voyons ! Imitez-moi, et tâchons au moins de rapporter un plat de *couroucous* à Mrs. Clifton. »

Flip et Robert, se glissant entre les herbes, arrivèrent au pied d'un arbre dont les basses branches étaient couvertes de ces petits oiseaux ; ces *couroucous* attendaient au passage les insectes dont ils font leur nourriture. On voyait leurs pattes, emplumées jusqu'auprès des doigts, serrer fortement les branches moyennes qui leur servaient d'appui.

Les chasseurs étaient donc arrivés à leur but. Robert, ayant modéré son impatience, se promettait bien de faire un coup remarquable. Aussi son désappointement fut-il grand, quand il vit que son bâton et lui étaient trop petits pour atteindre ce paisible gibier. Flip lui fit donc signe de se dissimuler dans les hautes herbes. Quant à lui, se redressant d'un bond, il rasa des files entières de *couroucous*. Ces oiseaux, étourdis, stupéfiés d'une pareille attaque, ne songeaient point à s'envoler, et se laissaient abattre avec un calme stupide. Une centaine de ces *couroucous* jonchait déjà le sol, quand les autres se décidèrent à fuir.

Robert eut enfin la permission de bouger. S'il n'était pas encore élevé à la dignité de chasseur, du moins le jugeait-on apte à tenir l'emploi de chien courant. Et de ce rôle, *si bien dans ses moyens*, il s'acquitta à merveille, sautant à travers les broussailles, bondissant au-dessus des souches abattues, et ramassant à pleines mains les oiseaux blessés qui cherchaient à se blottir sous les herbes. Bientôt, neuf à dix douzaines furent entassées sur le sol.

« Hurrah ! s'écria Flip. Voilà de quoi faire un plat recommandable. Mais cela ne suffit pas. La forêt doit être riche en gibier. Cherchons, cherchons ! »

Les *couroucous* furent enfilés comme des mauviettes au moyen d'un jonc, et les chasseurs continuèrent leur route sous l'abri des arbres verts. Flip observa que le cours de la rivière s'arrondissait légèrement, de manière à former un crochet vers le sud. Il recevait latéralement alors les rayons du soleil, qui jusqu'alors l'avaient frappé de face, preuve que sa direction avait été modifiée. Mais dans son opinion, ce détour de la rivière ne pouvait se prolonger longtemps au sud, car elle devait évidemment prendre sa source au pied de la montagne, et s'alimenter de la fonte des neiges qui tapissaient les flancs du pic central. Flip résolut donc de remonter la berge de la rivière, espérant sortir bientôt de cette forêt dont l'épaisseur ne lui permettait pas d'observer la contrée.

Les arbres étaient magnifiques, Flip ne se lassait pas de les admirer ; mais aucun ne produisait de fruit comestible. Le marin cherchait vainement quelques-uns de ces précieux palmiers qui se prêtent à tant d'usages de la vie domestique, et il avait droit de s'en étonner, car ces arbres sont répandus dans l'hémisphère boréal jusqu'au quarantième degré, et jusqu'au trente-cinquième dans l'hémisphère austral. Mais la famille des conifères était seule représentée dans cette forêt, entre autres. Des *douglas* semblables à ceux qui poussent sur la côte nord-ouest de l'Amérique, et des sapins admirables, mesurant un diamètre de soixante centimètres à leur base, et s'élevant jusqu'à soixante mètres de hauteur.

« Beaux arbres ! s'écriait Flip, mais ils ne peuvent nous servir !
— Peut-être ! répondit Robert, qui avait une idée.
— Mais à quoi ?

— À monter jusqu'à leur sommet, pour examiner la contrée.
— Et vous pourriez ? ... »

Flip n'avait pas achevé, que le jeune garçon s'élançait comme un chat sur les premières branches d'un sapin colossal. Il montait avec une agilité sans pareille, et l'arrangement, la disposition de ramures facilitait son ascension. L'honnête Flip lui donnait mille conseils de prudence que Robert n'écoutait guère. Mais son agilité était si grande, et il paraissait avoir une telle habitude de cet exercice, que le marin se rassura.

Robert arriva bientôt au sommet de l'arbre, et s'y fixant solidement, il regarda autour de lui. Sa voix claire arrivait aisément jusqu'à Flip.

« Rien, disait-il, rien que des arbres ; d'un côté, le pic qui domine toute la contrée ; de l'autre, une ligne étincelante qui doit être la mer. Ah ! qu'on est bien ici.
— Je ne dis pas non, cria Flip, mais il faut descendre ! »

Robert obéit, et arriva au pied de l'arbre sans encombre. Il répéta ce qu'il avait dit : la forêt s'étendait comme une masse de verdure, dominée çà et là par des pins semblables à celui qu'il venait de gravir.

« N'importe, répondit Flip. Continuons à remonter le cours de la rivière et si dans une heure la lisière de cette forêt n'apparaît point, nous reviendrons sur nos pas. »

Vers onze heures, Flip fit observer à Robert que les rayons du soleil les prenaient de dos, et non plus de côté. La rivière revenait donc vers la mer, mais il n'y avait aucun inconvénient à la suivre, puisque les chasseurs, enfermés dans sa courbe intérieure, ne se trouveraient point dans la nécessité de la franchir. Ils poursuivirent donc leur marche en avant. Le gros gibier manquait toujours. Cependant, Robert en courant dans les herbes fit plusieurs fois lever quelque invisible animal. Mais le jeune garçon n'était pas de taille à le forcer à la course, et il regretta souvent son chien Fido qui lui aurait rendu tant de services !

« Fido est avec le père ! pensa Flip, et il vaut peut-être mieux qu'il en soit ainsi ! »

De nouvelles bandes d'oiseaux furent bientôt entrevues à travers des arbres dont ils becquetaient les baies aromatiques. Parmi ces arbres, Flip reconnut des genévriers. Soudain, un véritable appel de trompettes résonna dans la forêt. Robert dressa l'oreille, comme s'il se fut attendu à voir paraître un régiment de cavalerie. Mais Flip avait reconnu ces étranges fanfares produites par ces gallinacés que l'on nomme tétras dans les États-Unis d'Amérique. Bientôt, même, il en vit quelques couples, au plumage varié de fauve et de brun, à la queue brune. Les mâles se faisaient reconnaître aux deux ailerons pointus, formés par les pennes relevées de leur cou. Ces gallinacés étaient de la grosseur d'une poule, et comme Flip savait que leur chair vaut celle de la gélinotte, il tenait beaucoup à s'emparer d'un échantillon de ces tétras. Mais, malgré toutes les ruses de Flip, malgré la prestesse de Robert, aucun de ces gallinacés ne put être capturé. Cependant, le marin fut sur le point d'atteindre un de ces tétras de son bâton pointu, mais un brusque mouvement de Robert fit envoler l'oiseau.

Flip se contenta de regarder le jeune garçon, et de prononcer ces paroles qui allèrent au cœur de Robert :

« Mrs. Clifton eût été pourtant bien heureuse de partager une aile de ce poulet entre ses petits enfants ! »

Robert, les mains dans les poches, les yeux baissés vers la terre, se plaça derrière le marin, et le suivit sans rien dire.

À midi, les chasseurs avaient fait environ quatre milles depuis le campement ; ils étaient fatigués, non du chemin parcouru, mais de leur marche à travers cette forêt obstruée. Flip résolut de ne pas aller plus avant, et de revenir en reprenant la rive gauche de la rivière, afin de ne pas s'égarer. Mais Robert et lui avaient faim ; ils s'assirent tous les deux sous un bouquet d'arbres, et ils entamèrent leurs provisions avec grand appétit.

Ce repas terminé, le marin se préparait à reprendre la route du campement lorsqu'un grognement singulier frappa son oreille. Il se retourna et aperçut un animal tapi sous un taillis. C'était une sorte de porc, long de quatre-vingts centimètres environ, d'un brun noirâtre, moins foncé au ventre, au poil dur et un peu épais, et dont les doigts fortement appliqués sur le sol, semblaient être réunis par des membranes. Flip reconnut aussitôt dans cet animal le cabiai, un des plus grands spécimens de l'ordre des rongeurs.

Le cabiai ne remuait pas. Il regardait obstinément en roulant de gros yeux profondément engagés dans une couche de graisse. Peut-être voyait-il des hommes pour la première fois, et ne savait-il pas ce qu'il devait en attendre !

Flip avait assuré son bâton dans sa main. Le rongeur était à dix pas de lui. Flip regarda Robert. Robert ne bougeait pas plus que le cabiai ;

il avait croisé ses bras sur sa poitrine, et il faisait visiblement tous ses efforts pour se contenir.

« Bien ! lui dit Flip, en lui faisant signe de ne pas quitter la place. »

Puis, marchant à petits pas, il commença à tourner le taillis dans lequel se tenait l'animal immobile. Bientôt, il avait disparu dans les hautes herbes. Robert restait comme enraciné au sol ; mais sa poitrine se soulevait à mouvements précipités. Ses yeux ne quittaient pas ceux du rongeur.

Cinq minutes se passèrent ainsi, jusqu'au moment où Flip apparut derrière le taillis. Le cabiai, pressentant alors un danger, tourna la tête ; mais soudain, le redoutable bâton de Flip s'abattit avec la rapidité de la foudre. Le cabiai, frappé sur son arrière-train, poussa un grognement vigoureux. Et, bien que grièvement blessé, il se précipita en avant, renversa Robert, et s'enfuit à travers bois.

Aux cris de Flip, Robert s'était relevé, et, encore étourdi de sa chute, il se lança sur les traces du rongeur, fort maltraité déjà, et qu'il ne tarda pas à rejoindre. Mais au moment où il allait se précipiter sur cet animal, celui-ci fit un dernier bond, et parvint à dépasser la lisière de cette interminable forêt qui se déroulait non sur une prairie, mais sur une vaste étendue d'eau.

À la grande surprise de Robert, le cabiai s'était plongé dans ce lac, et il avait disparu. Le jeune garçon immobile, le bâton levé, regardait l'eau bouillonnante. Bientôt Flip apparut. Ce nouveau paysage, il ne le vit même pas. Il ne pensait qu'à son cabiai. Il demanda son cabiai.

« Ah ! maladroit que je suis ! s'écria Robert. Je l'ai manqué !

— Mais où est-il ?

— Là ! sous les eaux.

— Attendons-le ! monsieur Robert. Il viendra bientôt respirer à la surface.

— Ne se noiera-t-il pas ?

— Non. Il a les pieds palmés. C'est un cabiai, j'en ai chassé plus d'un sur les rives de l'Orénoque. Guettons-le. »

Flip allait et venait, cette fois, plus impatient que Robert lui-même. C'est que ce rongeur avait un prix inestimable à ses yeux. C'était la pièce de résistance du futur dîner. Mais Flip ne se trompait pas. Après quelques minutes, l'animal sortit de l'eau, à moins d'un mètre de l'endroit où se tenait Robert. L'enfant se précipita sur le cabiai, et le saisit par une patte. Flip accourut, et en un tour de main le cabiai fut étranglé.

« Bien ! bien ! s'écria Flip. Vous deviendrez un vrai chasseur monsieur Robert. Voilà un rongeur que nous rongerons jusqu'aux os, et qui remplacera avantageusement notre tétras envolé ! Mais où sommes-nous ? »

L'endroit valait la peine d'être regardé. Cette vaste étendue d'eau, c'était un lac ombragé de beaux arbres sur ses rives de l'est et du nord. De ce lac sortait la rivière qui formait ainsi une sorte de déversoir pour le trop-plein des eaux. Vers le sud s'élevaient quelques rampes plus arides, et serrées seulement de rares bouquets d'arbres. Ce lac devait mesurer une lieue dans son plus grand diamètre ; un îlot émergeait de sa surface à quelques centaines de pieds de la lisière du bois. Vers l'ouest, à travers un rideau d'arbres, parmi lesquels Flip reconnut quelques cocotiers, apparaissait un étincelant horizon de mer.

Le marin chargeant alors le cabiai sur son épaule et, suivi de Robert, se dirigea vers l'ouest en côtoyant la rive du lac pendant deux milles environ. À cet endroit, le lac formait un angle fort aigu, et n'était plus séparé du rivage que par une large prairie, toute verdoyante. Il suffisait de traverser cette prairie pour atteindre la côte, et Flip comptait bien revenir au campement par cette route nouvelle. Il ne se trompait pas. Le vaste tapis de verdure dépassé, la ligne des cocotiers franchie, les deux chasseurs se trouvèrent à l'extrémité de cette falaise du sud, dont Flip avait parcouru le sommet pendant son excursion de la veille. Devant lui s'étendait le long îlot déjà observé, qu'un étroit canal séparait du rivage.

Mais Flip avait hâte de rejoindre Mrs. Clifton et sa famille. Robert et lui, tournant le petit promontoire formé par l'angle de la falaise, prirent la route des sables. Ils devaient se hâter, car le flot commençait à reprendre, et les têtes de roches disparaissaient déjà sous la marée montante. Ils pressèrent donc le pas, et, vers deux heures et demie, ils atteignaient le campement où ils furent accueillis par les cris de joie de toute la famille.

Le cabiai s'était plongé dans ce lac.

CHAPITRE VIII

Des projets – Découverte d'une grotte
Une bonne pêche – Déménagement ajourné

Aucun incident digne d'être signalé ne s'était produit pendant l'absence de Flip. Le feu avait été soigneusement entretenu. Marc, ayant renouvelé la réserve d'œufs et de moules, Flip rapportant un cabiai et des douzaines de *couroucous*, la question des comestibles se trouvait résolue pour quelque temps.

Avant de faire le récit de son excursion, le marin voulut s'occuper de la cuisine, opération urgente, car l'appétit des deux chasseurs était vivement aiguisé. On résolut de garder les *couroucous* pour le lendemain, et de s'attaquer au cabiai, véritable pièce de résistance.

Mais, ce cabiai, il fallait d'abord le dépecer. Flip se chargea de l'affaire, en sa qualité de marin, c'est-à-dire *d'homme universel*. Il dépouilla donc le rongeur avec une remarquable adresse, et il en tira une superbe *arbelaise*, dont les côtelettes furent séparément placées sur des charbons ardents. En même temps, les moules cuisaient dans la bouilloire, et les œufs sous la cendre. Le dîner se présentait donc assez bien. Quant au reste du cabiai, aux gigots, ils furent destinés à se transformer en jambons sous l'action d'une fumée de bois vert, opération dont Mrs. Clifton devait s'occuper le lendemain dès la première heure.

Bientôt, l'air était parfumé de la bonne odeur des côtelettes rôties, la mère avait lestement préparé ses assiettes, c'est-à-dire les coquilles de Saint-Jacques et, par ce beau temps, à l'ombre de la falaise, sur le sable fin, les convives se disposèrent autour de la bouilloire. Les moules, quoiqu'elles figurassent à l'ordinaire, eurent leur succès habituel ; les côtelettes de cabiai furent déclarées sans rivales au monde. À en croire l'honnête Flip, il n'avait jamais fait un pareil repas ! Du reste, il le prouva en dévorant.

Lorsque la faim des convives fut apaisée, Mrs. Clifton pria Flip de faire le récit de son exploration. Mais le marin voulut laisser le soin à son jeune compagnon de route. Robert raconta fort bien ce qui s'était passé pendant l'excursion, – un peu impétueusement peut-être, et en phrases hachées, insuffisamment grammaticales –, mais enfin il décrivit la promenade en forêt, la chasse aux *couroucous*, la prise du cabiai, le retour par le lac et la falaise du sud. Il mentionna de fort bonne grâce ses emportements maladroits, et il ne s'appesantit pas trop sur sa victoire dans sa mémorable lutte avec le rongeur amphibie. Mais ce qu'il ne dit pas, Flip le dit pour lui.

Mrs. Clifton, fière de son fils, l'embrassa tendrement, tout en tenant dans sa main la main de Marc, un peu jaloux peut-être des succès de son frère. Mrs. Clifton remerciait ainsi son fils aîné d'avoir veillé sur elle pendant l'absence de Flip.

Puis, le marin reprit, par le détail, le récit de Robert ; il insista sur les points importants, et principalement sur la découverte du lac d'eau douce.

« Là, madame Clifton, dit-il, si nous pouvions nous installer entre le lac et la mer, nous serions dans un véritable Eden. La mer serait toujours sous nos yeux, car nous ne devons pas nous en éloigner. Le lac fournirait à tous nos besoins, car il doit être fréquenté, j'imagine, par des troupes d'oiseaux aquatiques. En outre, les arbres sont fort beaux sur la lisière de la côte, et j'ai aperçu des cocotiers, précieux à tous égards.

— Mais comment pourriez-vous installer un campement en cet endroit ? demanda Mrs. Clifton.

— Le pis, répondit Flip, ce serait de chercher encore un abri sous ce canot transformé en toit de cabane. Mais ce n'est pas une habitation suffisante. C'est indigne de naufragés qui se respectent ! Il n'est pas possible que nous ne trouvions pas une grotte, une excavation, un trou, un simple trou…

— Qu'on agrandirait ! dit le petit Jack.

— Oui, avec mon couteau, répondit Flip en adressant un bon sourire à l'enfant.

— Ou que l'on ferait sauter ! ajouta Belle.

— Oui, ma jolie *miss*, sans poudre, d'un coup de poing, ce qui ferait une charmante habitation, bien sèche pour l'hiver et bien fraîche pour l'été !

— Je voudrais une belle grotte, dit la petite fille, avec des diamants aux murailles, comme dans les contes de fées.

— On vous en fera une, *miss* Belle, une tout exprès ! répondit Flip. Les fées sont aux ordres des bonnes petites demoiselles, comme vous ! »

Belle battait des mains, et le digne marin était tout heureux de répandre un peu de gaîté et d'espoir sur ces jeunes esprits. Mrs. Clifton le regardait, en souriant à demi de ses lèvres pâles.

« Donc, reprit Flip, nous irons visiter le lieu de notre nouveau campement ; non pas aujourd'hui, il est trop tard, mais demain.

— Ce lac est-il éloigné ? demanda Marc.

— Non. Nous n'avons pas deux milles à faire pour l'atteindre. Ainsi, demain matin, avec votre permission, *mistress* Clifton, j'emmènerai, pendant deux heures seulement, monsieur Marc et monsieur Robert, et nous irons examiner la côte.

— Tout ce que vous faites est bien fait, ami Flip, répondit Mrs. Clifton. N'êtes-vous pas notre Providence ?

— Une jolie Providence ! s'écria le marin. Une Providence qui n'a qu'un couteau pour vous tirer d'affaire !

— Oui, ajouta Mrs. Clifton, rien qu'un couteau, mais une main vigoureuse pour le tenir ! »

Ce projet arrêté, il ne restait plus qu'à se reposer en attendant le lendemain. Aussi Flip se reposa-t-il, mais à sa manière, en renouvelant sa provision de bois.

Puis, le soir vint. Le foyer fut disposé pour la nuit, qui, par ce ciel clair, devait être froide. Mais la mousse du lit de sable, séchée au feu, avait été préparée par Mrs. Clifton elle-même, et les enfants s'y blottirent comme des oisillons dans leur nid.

Mrs. Clifton voulut veiller près du feu, et elle obtint, non sans peine, que Flip prendrait quelques heures de repos. Celui-ci obéit, bien décidé à ne dormir que d'un œil. La mère resta donc seule dans cette nuit sombre, près du foyer pétillant, attentive et pensive à la fois, sa pensée errant sur cette mer à la suite du bâtiment révolté !

Le lendemain, après un rapide déjeuner, Flip donna le signal du départ à ses deux jeunes compagnons. Marc et Robert, après avoir embrassé Mrs. Clifton, prirent les devants, et tournèrent l'angle de la falaise. Flip les rejoignit bientôt. En passant les roches, il constata que le banc de lithodomes devait être inépuisable. De l'autre côté du canal, sur ce long îlot qui couvrait la côte, une nombreuse troupe d'oiseaux se promenait gravement. Ces animaux appartenaient à la division des plongeurs ; c'étaient des manchots, très-reconnaissables à leur cri désagréable qui rappelle le braiment de l'âne. La chair de ces volatiles, quoique noirâtre, est fort mangeable. Flip le savait bien, et il savait aussi que ces manchots, lourds et stupides, peuvent être facilement tués à coups de bâton ou à coups de pierres. Il se promit donc de traverser le canal un de ces jours, et d'explorer l'îlot qui devait contenir une abondante réserve de gibier. Mais il se garda bien d'annoncer son projet aux deux jeunes garçons. Robert n'eût pas manqué de se jeter immédiatement à la nage dans l'intention de donner la chasse aux manchots.

Une demi-heure après avoir quitté le campement, Flip, Marc et Robert étaient arrivés à cette extrémité sud de la falaise, que le jusant laissait à découvert en ce moment. Ils avaient alors atteint le vaste emplacement reconnu par Flip dans son exploration de la veille, et qui s'étendait entre le lac et le rivage. Marc trouva cette contrée charmante. Les bouquets de cocotiers s'élevaient majestueusement à mi-chemin, un peu en arrière, un rideau de beaux arbres suivait les mouvements de ce sol légèrement accidenté. C'étaient de beaux conifères, des pins, des mélèzes, entre autres, une trentaine de ces superbes échantillons de la famille des ulmacées, ormes vigoureux connus sous le nom de micocouliers de Virginie.

Flip et ses deux jeunes compagnons explorèrent toute cette partie de la côte, dont le lac formait la lisière orientale. Ce lac paraissait être fort poissonneux. Pour l'exploiter, il ne s'agissait plus que de se procurer lignes, hameçons et filets ; Flip promit à Marc et à Robert de leur fabriquer ces engins de pêche, dès que la petite colonie serait définitivement installée.

En parcourant la rive occidentale du lac, Flip découvrit quelques empreintes d'animaux de grande taille, qui, probablement, venaient se désaltérer à ce vaste réservoir d'eau douce. Mais nul vestige ne décelait la présence de l'homme sur cette côte. Les explorateurs foulaient alors une terre vierge de tout pas humain.

Flip revint alors vers la falaise qu'il voulait soigneusement examiner dans sa partie sud, qui s'allongeait perpendiculairement à la mer, et venait mourir en pointe fine à quelques pas seulement des bouquets de micocouliers.

L'inspection de cette masse rocheuse fut faite avec une extrême attention. Il s'agissait d'y découvrir une excavation assez grande pour y loger toute la famille. Cette recherche eut un résultat heureux. Ce fut Marc qui découvrit cette grotte si désirée. C'était une véritable caverne creusée dans le granit, qui mesurait trente pieds de long sur vingt pieds de large. Un sable fin, semé de brillant mica, en recouvrait le sol. La hauteur de cette grotte dépassait dix pieds. Ses parois, fort rugueuses dans leur partie haute étaient lisses et polies à leur base, comme si la mer en eut autrefois poli les aspérités, rongé les aspérités. L'ouverture de cette caverne, assez irrégulièrement découpée, formait une sorte de triangle, mais elle donnait un jour suffisant à l'intérieur. En tout cas, Flip ne serait pas embarrassé de la régulariser et de l'agrandir.

Marc, en entrant dans cette grotte, ne se permit ni de gambader, ni de se rouler sur le sable, – ce qu'eût immanquablement fait maître Robert, dont les gambades eussent détruit de larges traces profondément gravées sur le sol. Flip vint examiner ces traces. C'étaient de larges empreintes, évidemment produites par un animal, marchant franchement sur la plante de ses pieds, et non sur le bout des doigts, ainsi que font les mammifères coureurs. Les organes locomoteurs du plantigrade qui avait laissé ces empreintes, étaient puissants, et armés d'ongles crochus dont la marque se distinguait nettement sur le tapis de sable.

Flip, ne voulant point effrayer ses jeunes amis, se contenta d'effacer ces empreintes, en disant qu'elles n'avaient aucune importance. Mais, à part lui, il se demanda si cette caverne fréquentée par un animal, un fauve de grande taille, offrirait un asile sûr à des gens qui n'étaient pourvus d'aucune arme défensive. Cependant, toute observation faite, il pensa non sans raison, que cette grotte, si elle avait été visitée par un animal, n'était pas une tanière. On n'y voyait aucune trace d'excrément ou d'os rongés. On pouvait donc espérer que cette visite purement fortuite, sans doute, ne se renouvellerait pas. D'ailleurs, en obstruant son ouverture au moyen de blocs de pierres, cette grotte deviendrait sûre et habitable. En outre, les foyers qui devaient être entretenus nuit et jour, écarteraient inévitablement toute bête féroce, qui a pour le feu une crainte insurmontable.

Flip résolut donc de faire de cette excavation spacieuse son campement principal. Après avoir minutieusement examiné la cavité à l'intérieur, il vint reconnaître la falaise extérieure. C'était une masse rocheuse, haute en cet endroit d'une cinquantaine de pieds, mais dont la partie supérieure fuyait en arrière comme un de ces hauts toits qui couronnent les maisons de brique du siècle de Louis XIII. La grotte, située à trois cents mètres du rivage, et à deux cents mètres du lac, était en partie abritée par une sorte de redan de granit, qui la couvrait contre les vents pluvieux de l'ouest. De la grotte même, on ne voyait donc pas la mer en face, mais seulement par une échappée latérale, qui laissait la vue se prolonger jusqu'au promontoire de la pointe sud. Le pic central qui s'élevait sur les derniers plans en arrière de la falaise, n'était pas visible de ce point occupé par la grotte ; mais ce que le regard pouvait embrasser dans toute leur étendue, c'était la nappe azurée du lac, ses rives richement boisées sur la droite, les dunes étagées qui l'encadraient en face, et le lointain horizon qui raccordait toutes ces lignes entre elles. Paysage charmant et fait pour enchanter le regard !

La situation de cette grotte était si heureuse, entre le lac et la mer, sur la lisière de cette verte prairie ombragée de beaux arbres, que Flip résolut d'y conduire le jour même Mrs. Clifton et sa famille. Ce projet sourit aux jeunes garçons, et tous trois se mirent en route pour retourner au campement.

On reprit le chemin de la falaise, non sans pêcher et sans chasser en route. Les enfants ne voulaient pas revenir les mains vides. Tandis que Robert faisait la chasse aux œufs de pigeons, Marc renouvelait ses provisions de mollusques. Il parvint même à s'emparer d'un énorme crabe, à carapace dentée, à front étroit et denté, un crabe-tourteau qui pesait au moins cinq livres, et dont il évita adroitement les formidables pinces. C'était là un beau morceau. De son côté, Robert avait recueilli une douzaine d'œufs, après en avoir cassé un certain nombre, tant il les happait avec vivacité. Mais il fallut lui savoir gré de ce qu'il ne les eut pas cassés tous.

À dix heures, Flip et ses deux compagnons de route étaient de retour au campement. La fumée du foyer s'élevait légèrement dans l'air. Jack et Belle, chargés de l'entretien du feu, s'acquittaient soigneusement de leur tâche.

Mrs. Clifton s'occupa de préparer rapidement le déjeuner, dont le crabe-tourteau fit les frais. Elle dut le couper en morceaux afin de l'introduire dans la bouilloire, et, cuit à l'eau de mer, il valait les homards et les langoustes des mers européennes.

Flip avait fait part de son projet de déplacement à Mrs. Clifton, et Mrs. Clifton était prête à le suivre.

Mais, après le déjeuner, le ciel, si variable pendant ces derniers jours de mars encore troublés par les vents d'équinoxe, se couvrit de nuages. La pluie tomba avec violence. Flip dut renoncer à exécuter son déménagement ce jour-là. Les rafales, venant du nord-ouest, battaient la falaise en plein et menaçaient d'envahir le lit de mousse disposé sous le canot. Flip travailla assidûment à combattre cette menaçante inondation. La famille Clifton, mal protégée, souffrit beaucoup des violences de cette bourrasque qui dura tout le jour et toute la nuit. Ce ne fut pas sans peine que le foyer fut maintenu en état de combustion, et jamais la nécessité d'une habitation bien close et bien étanche ne se fit plus impérieusement sentir.

Marc, en entrant dans la grotte.

CHAPITRE IX

Départ pour la grotte – Voyage en canot
Un chef de famille de dix-sept ans – Le transport du foyer

Le lendemain, le ciel était couvert, mais la pluie avait cessé. Flip et Mrs. Clifton décidèrent que le départ aurait lieu immédiatement après le déjeuner. Chacun, après cette nuit pluvieuse, avait hâte d'occuper l'habitation nouvelle.

Mrs. Clifton, après avoir fait la toilette de Jack et de Belle, s'occupa du repas. Pendant ce temps, les deux plus jeunes enfants jouaient sur le sable, et se traînaient malgré les recommandations de leur mère, au risque d'endommager leurs vêtements qu'il était si difficile de remplacer. Jack surtout, qui, pour la vivacité, valait Robert, donnait à sa sœur de fâcheux exemples de turbulence. Cette question des vêtements préoccupait à bon droit Mrs. Clifton ; on pouvait se nourrir sur cette côte déserte, on pouvait se chauffer, mais s'habiller, se vêtir, n'était-ce pas en vérité plus difficile ?

Pendant le repas, on discuta naturellement du mode de déménagement qui allait s'opérer. Comment le transport s'exécuterait-il ?

« Avez-vous une idée, monsieur Jack ? demanda le marin au jeune enfant, qu'il voulait intéresser à la discussion.

— Moi ? répondit Jack.

— Oui, dit Flip, comment nous en irons-nous à notre nouvelle maison ?

— Mais, sur nos jambes, répartit Jack.

— À moins, riposta Robert, que nous ne prenions l'omnibus de la cinquième avenue. »

Robert, en se moquant, faisait allusion au système de locomotion employé dans les grandes cités américaines.

« L'omnibus ! répéta Belle, en regardant Flip avec ses grands yeux étonnés.

— Au lieu de plaisanter, Robert, dit Mrs. Clifton, tu ferais mieux de faire une réponse sérieuse à la demande que notre ami Flip fait sérieusement.

— Mais, c'est bien simple, mère, répliqua le jeune garçon qui rougit légèrement, notre mobilier n'est pas bien lourd ! Je me chargerai de la bouilloire. Nous prendrons le chemin de la falaise, et nous arriverons tranquillement à la grotte ! »

Et déjà l'impatient Robert s'était levé, prêt à se mettre en route.

« Un instant, s'écria Flip, en saisissant le jeune garçon par la main ! Pas si vite ! et le feu ? »

En effet, Robert avait complètement oublié ce précieux foyer qu'il fallait transporter, tout brûlant, au nouveau campement.

« Eh bien, vous ne dites rien, monsieur Marc ? demanda le marin.

— Je pense, répondit Marc, après avoir réfléchi, je pense que nous pourrions sans inconvénient employer un autre moyen de transport. Puisqu'il faudra tôt ou tard emmener le canot à son nouveau port, pourquoi ne l'emploierions-nous pas à nous transporter tous ?

— Bien parlé, monsieur Marc ! s'écria le marin. C'est une excellente idée que vous avez là, et je n'aurais jamais rien imaginé de pareil ! Nous prendrons le canot, nous y embarquerons une bonne charge de fagots, nous y placerons sur une couche de cendres des tisons ardents, et nous ferons voile vers notre habitation du lac.

— Bien, bien ! s'écria Jack, enchanté de cette occasion de faire une promenade en mer.

— Ma proposition vous va-t-elle, madame Clifton ? dit Flip. »

Mrs. Clifton était prête à suivre Flip. Le marin, voulant profiter de la marée montante qui, suivant ses observations, courait du nord au sud entre l'îlot et la côte, commença aussitôt les préparatifs du départ. Il fallut d'abord replacer le canot à terre ; les pierres qui le soutenaient furent retirées peu à peu, et l'opération se fit aisément. L'embarcation fut alors retournée et, dès qu'elle reposa sur sa quille et sur l'un de ses flancs, tous, grands et petits la poussèrent à la rivière. Là, elle fut retenue contre le flot au moyen de son amarre fixée à une grosse pierre, et le chargement commença. Le vent étant bon, – il avait passé au nord-est –, Flip résolut de gréer sa misaine. Marc l'aida intelligemment dans cet appareillage ; la voile fut enverguée et disposée pour être hissée à la tête du mât.

Le chargement commença alors. On empila dans le canot tout le bois qu'il pouvait contenir, mais avec méthode, en plaçant au fond les morceaux les plus lourds destinés à servir de lest. Puis Flip étala sur le banc de l'arrière une couche de sable qu'il recouvrit d'une couche de cendres. Sur ce double lit, Marc plaça des braises et des charbons encore enflammés. Flip, tout en tenant la barre, devait surveiller son foyer ambulant et l'entretenir au besoin avec le combustible du bord. D'ailleurs, par surcroît de précaution, le feu du campement ne fut pas éteint. Au contraire, Robert le raviva en y jetant d'énormes fagots, de façon qu'il fût toujours possible de revenir y chercher quelque braise, si le foyer du canot venait à mourir. Marc proposa même de demeurer seul à veiller ce feu du campement, pendant que la famille ferait sa traversée du canal ; mais Flip jugea inutile d'en agir ainsi, et il ne voulut laisser personne en arrière.

À neuf heures, tout était embarqué, la bouilloire, le sac contenant la viande salée et les biscuits, les jambons de cabiai que Mrs. Clifton n'avait pu fumer la veille, les moules et les œufs. Flip jeta un dernier coup d'œil autour de lui, il regarda si rien n'avait été oublié, et ces pauvres gens, qu'auraient-ils pu oublier de ce pauvre ménage ? Puis, le signal d'embarquement fut donné. Marc et Robert se placèrent à l'avant. Mrs. Clifton, Jack et Belle s'assirent sur le petit tillac de l'arrière. Flip se posta sur le dernier banc, près de la barre, près des braises et des charbons qui fumaient dans le coin opposé, veillant sur ce foyer comme une vestale sur son feu sacré.

Au commandement du marin, Marc et Robert pesant sur la drisse, hissèrent la voile à la tête du mât. Flip ramena l'amarre qui maintenait l'embarcation à terre, borda sa voile dont il tourna l'écoute sur un cabillot et, sous l'action de la brise, il commença à refouler le flot montant de la rivière. Arrivé à l'embouchure, il raidit son écoute, entra dans le canal au milieu duquel le flux l'entraîna rapidement.

La mer était calme, car le vent venait de terre. La légère embarcation marchait à grande vitesse. Le panorama des falaises défilait devant les yeux émerveillés des jeunes voyageurs. Au-dessus des eaux fraîches passaient des nuées d'oiseaux qui assourdissaient l'air de leurs cris. Les poissons, troublés, sautaient hors de leur élément, et à de gros bouillonnements qui se produisaient çà et là, Flip reconnaissait la présence d'un phoque craintif ou d'un capricieux marsouin. Le canot se rapprocha de la rive droite du canal, il prolongea l'îlot à une distance de quelques mètres et l'on put voir par centaines ces manchots stupides qui ne songeaient même pas à s'enfuir. Cet îlot s'élevait de deux toises au-dessus de l'eau, et formait ainsi un énorme rocher plat et aride, jeté comme une digue entre la côte et l'océan. Flip pensa que si on pouvait fermer ce canal à l'une de ses extrémités, ce cul-de-sac, cette impasse deviendrait facilement un port naturel qui pourrait contenir une flottille d'embarcations.

L'embarcation marchait rapidement. Chacun était silencieux à bord. Les enfants examinaient ces grandes falaises qui les dominaient. Flip surveillait son feu et gouvernait. Mrs. Clifton, le regard tourné vers la haute mer, interrogeait toujours ce muet horizon. Pas une voile au large ! L'océan était désert.

Après une traversée d'une demi-heure, le canot arriva à l'extrémité sud de la falaise, et il prit du tour pour éviter les roches sous-marines qui en formaient la pointe. Le flot montant provoquait un ressac assez dur par la rencontre de deux courants, le flot qui montait dans le canal et le flot qui portait à terre.

La pointe une fois doublée, tout ce beau paysage apparut avec son lac limpide, sa prairie verdoyante, ses bouquets d'arbres jetés capricieusement comme les massifs d'un parc, ses dunes arrondies dans le sud, l'arrière-plan des forêts, et ce pic majestueux qui dominait l'ensemble.

« Que c'est beau ! que c'est beau ! s'écrièrent les jeunes enfants.

— Oui, répondit Flip, c'est un délicieux jardin que la Providence a planté pour nous ! »

Mrs. Clifton, le regard triste cependant, observait cette partie de la côte. Elle subissait l'impression qu'une si belle contrée devait inévitablement donner aux yeux et au cœur. Les premiers plans, formés par le rivage et les têtes de brisants faisaient repoussoir. Flip, larguant son écoute, avait laissé le canot presque immobile. Ces beaux spectacles, dont la nature fait les seuls frais, parlent vivement à l'imagination des enfants ; ils ont aussi pour les âmes souffrantes de secrètes consolations, et le digne marin voulait que son petit monde éprouvât leur emprise.

Alors, il chercha une anse pour y diriger son canot. Il fit amener la voile à mi-mât par ses deux jeunes novices, et, manœuvrant adroitement dans les étroites passes que les roches laissaient entre elles, il vint s'échouer doucement sur la grève.

Aussitôt, Robert sauta à terre. Son frère et Flip le suivirent immédiatement. Puis, tous trois halant sur l'amarre du canot, ils le mirent assez haut pour que le flot ne pût l'atteindre ou l'entraîner.

Mrs. Clifton, Belle et Jack débarquèrent immédiatement.

« À la grotte, à la grotte ! s'était écrié Robert.

— Attendez, mon jeune monsieur, dit Flip, et déchargeons d'abord notre embarcation. »

Flip s'occupa du feu avant tout. Les charbons allumés furent transportés au pied de la falaise, et avec quelques fagots, on établit un foyer provisoire dont la fumée se développa bientôt dans l'air. La provision de combustible fut alors débarquée, et chacun des enfants prit sa part de vivres et d'ustensiles. La petite troupe se dirigea alors vers la nouvelle habitation, en suivant la face méridionale de la falaise, qui remontait perpendiculairement au rivage.

À quoi pensait maître Flip ? Il pensait, tout en marchant, à ces empreintes conservées sur le sable de la grotte, et qu'il avait observées si attentivement la veille avant de les effacer. Retrouverait-il de nouvelles traces sur ce sable ? C'eût été là de quoi se préoccuper très-sérieusement, car la grotte n'aurait plus été qu'une tanière fréquentée par des bêtes fauves ; dans ce cas, quel parti prendrait Flip ? Oserait-il sans armes défensives occuper cette caverne, et en déposséder les féroces habitants ? Le brave marin était fort embarrassé, mais, comme il n'avait communiqué ses craintes à personne, il gardait ses réflexions pour lui.

Enfin, la petite troupe arriva à la grotte. Robert, qui marchait en avant, allait y pénétrer. Mais Flip l'arrêta de la voix. Il voulait examiner le tapis de sable avant qu'il n'eût été piétiné.

« Monsieur Robert, cria-t-il au jeune garçon, n'entrez pas, n'entrez pas, vous dis-je. Madame Clifton, je vous en prie, donnez-lui ordre de m'attendre.

— Robert, dit Mrs. Clifton. Vous entendez notre ami Flip ? »

Robert s'était arrêté.

« Est-ce qu'il y a quelque danger à pénétrer dans cette grotte ? demanda Mrs. Clifton.

— Aucun, madame, répondit le marin, mais enfin pour le cas où quelque animal s'y serait réfugié, il vaut mieux prendre quelques précautions. »

Flip pressa le pas et rejoignit Robert, arrêté devant l'ouverture de l'excavation. Il entra et, n'ayant rien remarqué sur le sable intact de la grotte, il sortit aussitôt.

« Venez, madame, venez, dit-il, votre maison est prête à vous recevoir ! »

La mère et les enfants entrèrent dans leur nouvelle demeure. Jack se roula sur ce beau sable. Belle réclama les diamants incrustés dans les parois, mais, elle se contenta des étoiles de mica qui resplendissaient çà et là comme des pointes de feu. Mrs. Clifton ne put que remercier Dieu ; ses enfants et elle seraient donc à l'abri des injures de l'air, et un commencement d'espoir pénétra son cœur.

Flip laissa Mrs. Clifton à la grotte, et il retourna au canot, afin d'en rapporter le combustible avec l'aide de Marc et de Robert. Chemin faisant, Marc demanda au marin pour quel motif il avait tenu à pénétrer le premier dans cette grotte ; et comme on pouvait tout dire à Marc, Flip lui raconta l'incident des empreintes observées la veille, en le priant de n'en point parler. Fait important, l'animal qui avait déjà visité cette grotte n'y était point revenu, et Flip espérait que cette visite, due au hasard, ne se renouvellerait pas.

Marc promit au marin de se taire, mais il lui demanda de ne rien lui cacher à l'avenir de ce qui pourrait être un danger pour la famille. Flip le lui promit, ajoutant que monsieur Marc était digne de tout apprendre, et que lui, Flip, le traiterait dorénavant comme le chef de la famille.

À dix-sept ans, le chef de la famille ! Ce mot rappela au jeune garçon tout ce qu'il avait laissé à bord du *Vankouver*, tout ce qu'il avait perdu !

« Père ! pauvre père ! murmura-t-il, en retenant les larmes qui lui montaient aux yeux. Puis, d'un pas ferme, il marcha vers le rivage. »

Arrivé au canot, Flip prit sur ses épaules une lourde charge de bois ; puis il pria Marc d'emporter deux ou trois tisons allumés, et de les agiter pendant la marche afin d'activer leur combustion.

Marc obéit et, quand il arriva au campement, ses tisons flambaient encore. Aussitôt Flip chercha un endroit convenable en dehors de la grotte pour y disposer son foyer. Il trouva une sorte d'encoignure formée par un pan de roches qui lui parut être abritée contre les mauvais vents. Là, il plaça des pierres plates destinées à former le cendrier et, par-dessus, deux plus grosses pierres allongées comme les chenets d'une cheminée. Sur ces pierres fut mise en travers une grosse bûche, à demi enterrée dans la cendre que Robert était allé chercher au canot, et le foyer, ainsi préparé, devint propre à tous les usages domestiques.

Cette installation, si importante, avait demandé un certain temps. Bientôt, les enfants crièrent la faim. Ils avaient été mis en appétit par cette traversée matinale. Marc alla jusqu'au lac chercher une bouilloire d'eau douce, et Mrs. Clifton prépara rapidement une sorte de pot-au-feu à la viande de cabiai qui restaura la colonie tout entière.

Après le repas, Flip jugea convenable d'employer la journée à compléter la provision de combustible. La distance était assez grande du campement à la lisière de la forêt, et cette fois, la rivière n'était plus là pour *flotter* les trains de bois. Mais, petits et grands, chacun s'employa dans la mesure de ses forces à cette importante occupation. Le bois mort abondait. Les bûcherons n'avaient que la peine de le lier en fagots, et, jusqu'au soir, les enfants, guidés et encouragés par Flip, ne cessèrent de transporter cet indispensable combustible. Tout ce bois fut mis au sec dans un coin de la vaste grotte, et Flip calcula que cette nouvelle provision pourrait durer trois jours et trois nuits, à la condition de ne pas trop pousser le feu.

Mrs. Clifton, en voyant ses enfants se livrer à cette laborieuse et fatigante occupation, songea à leur préparer un dîner réconfortant. Elle sacrifia donc l'un des quatre jambons qu'elle comptait fumer. Ce jambon, cuit comme un gigot devant une flamme pétillante, fut dévoré jusqu'aux os. Aussi, maître Flip résolut-il de consacrer le lendemain quelques heures à la chasse et à la pêche afin de reconstituer le garde-manger dans son état normal.

À huit heures du soir, toute la colonie était couchée et endormie, à l'exception de Marc et de Flip qui veillait au-dehors sur le foyer flambant. À minuit, le jeune Marc vint le remplacer. La nuit était belle et fraîche, et vers dix heures du soir, la lune, déjà rongée, se levant derrière la montagne, inonda tout l'océan de sa douce lumière.

Ce pic majestueux qui dominait l'ensemble.

CHAPITRE X

Exploration du lac – Le jardin d'herboriste – Une garenne
Un bien curieux festin – La situation s'améliore
Six jours depuis l'atterrissage

Le lendemain, le temps était très-propice à une excursion. Flip résolut donc d'aller reconnaître les rives du lac qui s'arrondissaient vers le sud. Il demanda à Mrs. Clifton s'il lui plairait de l'accompagner avec ses jeunes enfants.

« Je vous remercie, ami Flip, répondit la mère. Puisque quelqu'un doit rester de garde auprès du foyer, mieux vaut que je me charge de cette tâche. Marc et Robert vous seront plus utiles que moi, comme chasseurs ou comme pêcheurs. Pendant votre absence, je mettrai le temps à profit pour disposer convenablement notre nouvelle demeure.

— Vous consentez donc à rester seule au campement ? demanda le marin à Mrs. Clifton.

— Oui, Flip.

— Si vous le voulez, mère, dit Marc, je demeurerai près de vous, et Robert accompagnera Flip.

— Comme chien de chasse, répliqua Robert.

— Non, mes enfants, répondit Mrs. Clifton. Allez tous les deux avec Flip. Ne dois-je pas m'accoutumer à rester seule quelquefois ? D'ailleurs, n'ai-je pas mon grand Jack pour me protéger ? »

Maître Jack se campa héroïquement sur ses deux jambes, en entendant parler sa mère. Et cependant, pour parler franc, ce n'était pas un petit garçon très-brave, et, quand le soir était venu, lorsque la nuit commençait à se faire, il n'osait pas s'aventurer seul dans les ténèbres. Mais en plein jour, c'était un héros.

La résolution de Mrs. Clifton était connue, Flip, Marc et Robert se préparèrent à partir. Seulement, le marin, ne voulant pas prolonger son absence, convint de borner son exploration aux rives occidentales et méridionales du lac.

Avant de partir, Flip, sachant que Mrs. Clifton avait l'intention de fumer les trois jambons de cabiai, installa un appareil propre à cette opération. Trois piquets réunis à leur extrémité supérieure comme les montants d'une tente, et fixés en terre par leur extrémité inférieure, formèrent l'appareil. Les jambons devaient être ainsi suspendus au-dessus d'un foyer de bois vert, dont l'épaisse fumée devait pénétrer leur chair. En choisissant quelques branches d'arbustes aromatiques, on communiquerait à cette viande un délicieux arôme et, puisque ces arbustes ne manquaient pas aux environs, Mrs. Clifton se chargea de parfaire par ce moyen son opération culinaire.

À huit heures, après un rapide déjeuner, les trois chasseurs, munis de leurs bâtons pointus, quittèrent le campement en remontant la prairie jusqu'à la rive du lac. Ils admirèrent en passant les magnifiques bouquets de cocotiers, et Flip promit à ses jeunes compagnons qu'ils feraient avant peu une récolte de leurs noix.

Lorsque le marin eut atteint la rive du lac, au lieu de suivre à gauche la berge circulaire qui conduisait à la forêt déjà explorée, il prit sur la droite en descendant vers le sud. En de certains endroits, la rive était marécageuse. De nombreux oiseaux aquatiques la fréquentaient. Là, vivaient en commun quelques couples de martins-pêcheurs. Perchés sur quelque pierre, gravement immobiles, ils guettaient les petits poissons au passage ; de temps en temps, ils s'élançaient, se plongeaient sous les eaux, en faisant entendre un cri perçant, et reparaissaient, la proie au bec. Robert voulut tout naturellement essayer son adresse en chassant ces volatiles soit à coup de bâton, soit à coup de pierre, mais Flip l'arrêta ; il savait que la chair de ces oiseaux était détestable. Dès lors, à quoi bon détruire ces espèces inoffensives ?

« Laissons-les vivre autour de nous, dit-il aux deux jeunes garçons. Ces animaux peupleront notre solitude et charmeront nos regards, et rappelez-vous, monsieur Robert, qu'il ne faut jamais verser inutilement le sang d'un animal. C'est le fait d'un mauvais chasseur. »

Après une demi-heure de marche, Flip et ses deux compagnons atteignirent l'extrémité du lac. La côte occidentale, suivant une ligne oblique, tendait à s'écarter sensiblement du rivage ; de ce point, l'océan n'était même plus visible, et une succession de dunes, hérissées de joncs le dérobaient au regard. Au point où se trouvaient alors les observateurs, la rive méridionale courait du sud-ouest au nord-est, en s'arrondissant, de telle sorte que le lac affectait sensiblement la forme d'un cœur dont la pointe se dirigeait vers le sud. Les eaux étaient belles, limpides, un peu noires et, à certains bouillonnements, aux cercles concentriques qui s'entrecroisaient à leur surface, on ne pouvait douter qu'elles ne fussent très-poissonneuses.

Au sud du lac, le sol, plus accidenté, se relevait brusquement et formait une succession de collines peu boisées. Les trois explorateurs s'engagèrent aussitôt à travers cette contrée nouvelle. Là, poussaient, en grand nombre, de hauts bambous, qui furent immédiatement signalés par Marc.

« Des bambous ! s'écria Flip. Ah ! monsieur Marc, voilà une précieuse découverte.

— Mais cela ne se mange pas, les bambous, dit Robert.

— Bon, répliqua le marin, n'y a-t-il donc d'utile que ce qui se mange ? D'ailleurs, je vous apprendrai que dans l'Inde, moi qui vous parle, j'ai mangé des bambous en guise d'asperges !

— Des asperges de trente pieds ! s'écria Robert. Et elles étaient bonnes ?

— Excellentes, répondit imperturbablement Flip. Seulement pour être franc, ce n'étaient point des bambous de trente pieds, mais des jeunes pousses de bambous. Apprenez aussi, monsieur Robert, que la moelle des tiges nouvelles, confite dans du vinaigre, fournit un condiment très-recherché. De plus, ces bambous, qui sont propres à toutes sortes d'usages économiques, produisent une liqueur sucrée qui suinte entre leurs nœuds, dont mademoiselle *miss* Belle apprécierait fort le goût agréable.

— Que peut-on faire encore de ce précieux végétal ? demanda Marc.

— Avec son écorce découpée en lattes flexibles, monsieur Marc, on fait des paniers et des corbeilles. Cette écorce macérée et réduite en pâte sert à la fabrication du papier de Chine. Avec les tiges, suivant leur grosseur, on obtient des cannes, des tuyaux de pipe, des tuyaux de conduite pour l'eau. Les plus grands bambous fournissent d'excellents matériaux de construction, légers et solides, et qui ne sont jamais attaqués par les insectes. Enfin, et c'est à cela que nous les emploierons, nous en ferons des vases de différentes capacités.

— Des vases ! et comment ? demanda Robert.

— En sciant des entre-nœuds de bambous, suivant la longueur convenable, et en conservant pour le fond une portion de la cloison transversale qui forme le nœud. On obtient ainsi des vases solides et commodes qui sont fort en usage chez les Chinois.

— Ah ! que notre mère sera contente ! dit Marc, elle qui en est réduite à sa pauvre bouilloire pour tout ustensile !

— Eh bien, mes jeunes amis, dit Flip, il est inutile de nous charger maintenant de ces bambous. À notre retour, nous passerons par ici, et nous ferons notre récolte. En route. »

La marche à travers les collines fut aussitôt reprise, et, les chasseurs, s'élevant toujours, aperçurent bientôt l'étincelante mer au-dessus de la capricieuse ligne des dunes. De ce point élevé, on distinguait nettement aussi l'extrémité de la falaise dont une excavation servait maintenant de demeure à la famille.

Les regards des enfants se portèrent avidement de ce côté. Mais à cette distance de cinq milles, et à travers le rideau d'arbres, on ne pouvait reconnaître exactement la place du campement.

« Non, dit Marc, on ne saurait voir la grotte dans laquelle notre mère, Jack et Belle sont abrités en ce moment. Mais regarde, Robert. N'aperçois-tu pas ce petit filet de fumée bleue qui s'élève au-dessus des arbres ? N'est-ce pas un signe que tout va bien là-bas ?

— Oui, je la vois, s'écria Robert.

— Et en effet, dit Flip, cette petite fumée est un bon signe, et tant qu'elle montera dans l'air, nous ne devons concevoir aucune crainte pour ceux que nous avons laissés. Mais, si vous le voulez bien, mes jeunes messieurs, nous ne poursuivrons pas plus avant notre exploration de ce côté. Je préférerais reconnaître si ces collines situées dans le sud-ouest ne sont pas giboyeuses. N'oublions pas que nous sommes chasseurs tout autant qu'explorateurs, et songeons au garde-manger. »

Le conseil de Flip était bon à suivre. Le gibier jusqu'ici avait fait défaut. Flip et ses jeunes compagnons redescendirent vers la mer qu'ils perdirent aussitôt de vue, et ils trouvèrent devant eux de petites prairies cachées entre les dunes de sable ; le sol, légèrement humide, était recouvert d'herbes aromatiques qui parfumaient l'air. Flip reconnut sans peine des agglomérations de thym, de serpolet, de basilic, de sarriette, toutes espèces odorantes de la famille des labiées. C'était là une garenne naturelle, une lapinière, à laquelle il ne manquait que des lapins. Du moins, en cet endroit on ne voyait aucun de ces trous dont est criblé le sol fréquenté par ces rongeurs. Cependant, Flip ne pouvait pas admettre que les convives fissent défaut, quand la table était servie. Il résolut donc d'explorer cette garenne avec le plus grand soin, et l'on continua de parcourir les collines et les prairies. Robert qui courait et gambadait comme un enfant, se laissait glisser sur les déclivités sablonneuses au risque de déchirer ses vêtements.

Cette exploration fut continuée pendant une demi-heure, mais, de lapins ou autres représentants de la tribu des rongeurs, il n'était pas question. Cependant, à défaut du règne animal, un naturaliste aurait eu là l'occasion d'étudier quelques curieux spécimens du règne végétal. Marc, assez friand d'histoire naturelle, de botanique, observa certaines plantes qui pouvaient être utilisées dans un ménage. Entre autres, il reconnut divers plants de monardes didymes connus dans l'Amérique septentrionale sous le nom de thé d'Oswego, et dont Marc se rappelait l'agréable goût lorsqu'elles sont prises en infusion. Il en recueillit une certaine quantité, ainsi que des pousses de basilic, de romarin, de mélisse, de bétoine, ou d'autres, qui possèdent des propriétés thérapeutiques, les unes pectorales, astringentes, fébrifuges, les autres antispasmodiques ou anti-rhumatismales. Ces prairies eussent fait la fortune d'un pharmacien.

Cependant, comme aucun membre de la petite colonie n'était et n'avait envie d'être malade. Flip, sans trop se préoccuper de ces ressources médicales, passa outre, et son attention fut bientôt provoquée par un appel de Robert qui le devançait d'une cinquantaine de pas.

Flip se hâta d'accourir près du jeune garçon, et il comprit que ses pressentiments ne l'avaient pas trompé. Il se trouvait devant une sorte de monticule sableux perforé comme une écumoire. Les trous s'y comptaient par centaines.

« Des terriers ! disait Robert.
— Oui ! répondit Flip.
— Mais sont-ils habités ?
— C'est la question ! répondit le marin. »

La question ne tarda pas à être résolue. Presque aussitôt, des bandes de petits animaux, semblables à des lapins, s'enfuirent dans toutes les directions, mais avec une telle rapidité qu'on ne pouvait espérer les suivre. Marc et Robert eurent beau courir, bondir, ces rongeurs leur échappèrent facilement. Mais Flip était bien résolu à ne pas quitter la place avant de s'être emparé d'une demi-douzaine de ces animaux. Il voulait en garnir son garde-manger, tout d'abord, quitte à domestiquer ceux qu'il prendrait plus tard. Mais quand il vit Marc et Robert, exténués, revenant les mains vides, il leur fit comprendre que, puisqu'on ne pouvait prendre ces rongeurs à la course, il fallait essayer de les prendre au gîte. Avec quelques collets tendus à l'orifice des terriers, l'opération eût probablement réussi, mais pas de collets, ni de quoi en fabriquer, cela compliquait la difficulté. Il fallut donc se résigner à visiter chaque gîte, à les fouiller du bâton, enfin à faire par la patience ce qu'on ne pouvait faire autrement.

Pendant une heure, les trois chasseurs visitèrent un grand nombre de trous, ayant soin de boucher avec de la terre et des herbes ceux qui n'étaient pas occupés. Ce fut Marc qui trouva le premier un de ces rongeurs blotti dans son gîte ; il parvint à s'en emparer, non sans peine, mais un coup de bâton eut facilement raison de l'animal. Flip reconnut ce rongeur pour un lapin assez semblable à ses congénères d'Europe, et qui est vulgairement nommé *lapin d'Amérique*, car il fréquente plus spécialement les parties septentrionales de ce continent.

Le succès de Marc mit ses concurrents en appétit. Robert ne voulait pas revenir au campement sans rapporter pour sa part au moins deux ou trois de ces rongeurs ; mais comme il apportait dans cette chasse beaucoup plus de vivacité que de patience, il laissa échapper successivement une demi-douzaine de lapins, qu'il avait heureusement surpris aux gîtes. Aussi, au bout d'une heure, lorsque Flip et Marc avaient déjà pris quatre lapins, lui n'en avait pas un seul. Alors, lassé de fouiller ces terriers sans résultat, il recommença sa *chasse à cours*, mais les agiles rongeurs, esquivant ses coups de pierre ou de bâton, lui échappèrent sans peine, et quand Flip donna le signal du départ, le malencontreux garçon revint *bredouille* à son grand désappointement.

Flip, cependant, était enchanté de son succès. Il ne fallait pas se montrer plus exigeant. Quatre lapins, c'était un beau résultat dans les conditions où il avait été obtenu. D'ailleurs, le soleil indiquait midi et l'estomac des chasseurs parlait impérieusement. Flip résolut de regagner la grotte. Il suspendit ses deux lapins au bout de son bâton ; Marc l'imita, et tous deux, dévalant les collines, reprirent le chemin du lac. Robert les précédait, en sifflant, comme un garçon fort décontenancé.

« Je regrette que Robert n'ait rien pris, dit Marc à son ami Flip.

— Il est un peu vif, monsieur Robert, répondit le marin, mais il se formera peu à peu. »

À midi et demi, Flip et ses compagnons avaient atteint la pointe sud du lac. Ils revinrent donc sur la gauche, et se dirigèrent vers la plantation de bambous. En furetant çà et là, Robert fit lever au milieu des herbes marécageuses un oiseau qui s'enfuit rapidement. Le jeune garçon dont l'amour-propre était surexcité, résolut de s'emparer de ce volatile à tout prix, et il se lança à sa poursuite. Flip n'avait pas eu le temps de l'arrêter, que déjà l'étourdi pataugeait dans la vase ; mais, d'une pierre très-adroitement jetée, il avait blessé l'oiseau, qui, l'aile cassée, se débattait dans les herbes à quelques mètres de lui.

Robert, ne voulant pas laisser échapper sa proie, s'étendit sur la terre vaseuse, et, malgré les cris de Flip, il se glissa vers l'oiseau, dont il s'empara. Mais le sol était si détrempé qu'il s'enlisait peu à peu. Il eut fort heureusement la présence d'esprit de placer son bâton en travers ; puis, se halant sur des touffes d'herbes, il parvint à sortir du marais, il est vrai, aux dépens de ses vêtements, dont la couleur disparaissait sous une couche de vase noire.

Il était triomphant, et se préoccupa fort peu des remontrances de Flip ; ni le danger qu'il venait de courir, ni la détérioration de ses habits qu'il était si difficile de remplacer, ne purent lui inspirer un regret quelconque.

« J'ai mon oiseau ! j'ai mon oiseau ! s'écriait-il en gesticulant.

— Ce n'est pas une raison, répondait Flip. D'ailleurs, qu'est-ce que c'est que votre oiseau ? Est-il seulement bon à manger !

— S'il est bon ! riposta Robert. Je voudrais bien voir que quelqu'un se permît de le trouver mauvais ! »

Le marin examina le volatile que lui présentait Robert. C'était une *foulque*, appartenant à ce groupe des macrodactyles qui forme la transition entre l'ordre des échassiers et celui des palmipèdes. Cette *foulque*, bon oiseau nageur, couleur d'ardoise, à bec court, à plaque frontale considérable, aux doigts élargis par une bordure festonnée, marqué d'un liséré blanc au bord de ses ailes, était de la grosseur d'une perdrix. Flip le reconnut bien et, hochant la tête, il le donna pour un triste gibier, indigne de figurer dans un salmis respectable. Mais Robert appartenait à cette race de chasseurs, si plaisamment nommés *les imbéciles à carnassière*, et qui mangent n'importe quel animal, pourvu qu'ils l'aient tué ! Aussi, défendit-il sa *foulque* au point de vue comestible et, comme une discussion à cet égard n'eût été faite que de paroles perdues, Flip n'insista pas, et il continua sa route vers le bouquet de bambous.

Là, son couteau aidant, le marin en coupa une demi-douzaine de grosseurs différentes, ces végétaux appartenaient à l'espèce des *Bambusa arundinaria*, qui de loin ressemblent à de petits palmiers, car de leurs nœuds sortent de nombreux rameaux chargés de feuilles. La récolte faite, Flip et les enfants se partagèrent la charge de bambous et, prenant par le plus court, ils arrivèrent au campement vers deux heures après midi.

Mrs. Clifton, Jack et Belle étaient venus au-devant d'eux pendant un quart de mille. Les chasseurs furent reçus avec joie, et les lapins avec les honneurs qui leur étaient dus. Mrs. Clifton, la ménagère, fut très-satisfaite en apprenant l'existence de cette garenne, qui pourrait toujours fournir à sa famille un gibier sain et nourrissant.

Flip, arrivé au campement, trouva le feu en parfait état, car Mrs. Clifton avait eu soin d'alimenter le foyer avant son départ. Les jambons de cabiai se fumaient sur les épaisses vapeurs qui s'échappaient d'un monceau de branches vertes. Flip procéda immédiatement au dépouillement de l'un des quatre rongeurs. Une baguette, faisant l'office de broche, traversa le lapin de la queue à la tête. Deux fourches, destinées à recevoir ses extrémités, furent enfoncées dans le sol, et un feu flambant fut entretenu au-dessous de ce futur rôti. Maître Jack fut chargé de faire tourner l'appareil, et un chien de cuisine ne se fût pas acquitté plus intelligemment de sa tâche.

La mère, en voyant son fils Robert, dont les vêtements étaient tous maculés de vase, se contenta de le regarder sans dire un mot. Mais le jeune garçon comprit ce reproche muet et brossa soigneusement ses habits, dont la boue séchée s'en alla en poussière. Quant à sa *foulque*, il ne voulut pas en avoir le démenti ; il la pluma, très-sommairement, il est vrai, arrachant autant de chair que de plumes, puis, après lui avoir arraché la moitié du jabot avec les entrailles sous prétexte de la vider, il l'embrocha et surveilla lui-même sa cuisson.

Pendant ce temps, le rôti de lapin était arrivé à point, et le dîner fut servi sur le sable, devant la grotte. Le lapin, parfumé par toutes ces herbes odorantes de la garenne qui avaient fait sa nourriture habituelle, fut trouvé excellent et dévoré jusqu'aux os. Peu s'en fallut qu'un de ses confrères n'y passât aussi. Mais une douzaine d'œufs de pigeons complétèrent le repas. Quant à la *foulque* de Robert, après avoir été rôtie jusqu'à en être à demi brûlée, elle fut découpée par morceaux et servie à la ronde. Le petit Jack se décida à y goûter. Mais à la première bouchée, il fit une grimace peu engageante, et dut rejeter le morceau dont son frère l'avait gratifié. Cette chair de *foulque* sentait tellement la vase et le marécage, qu'il était impossible de l'avaler. Cependant, Robert s'obstina et, comme son estomac était à la hauteur de son amour-propre, il alla bravement jusqu'au bout de la bête qui ne se montra pas trop récalcitrante.

Le lendemain fut consacré par Flip et Mrs. Clifton à divers travaux d'appropriation et d'installation. Le marin employa sa journée à fabriquer des vases avec des entre-nœuds de bambous. Il se servit fort habilement de son couteau pour découper cette matière dure qui aurait exigé l'emploi d'une scie ; mais Flip en vint à ses fins, et, il put offrir à la ménagère une douzaine de vases bien proprement établis, qui furent déposés dans un coin de la grotte. Les plus grands furent immédiatement remplis d'eau douce, et les plus petits, mis à part, durent servir de verres à boire. Mrs. Clifton fut aussi satisfaite de cette *verrerie* de bois, qu'elle l'eût été d'un service de Bohême ou de Venise.

« Plus même, disait-elle, car ces verres-là, on ne pouvait craindre de les casser ! »

Pendant cette journée, Marc découvrit une sorte de fruit comestible, qui vint varier heureusement le menu ordinaire. Ces fruits, ou plutôt ces graines, provenaient d'un pin qui se rencontrait fréquemment sur la lisière de la prairie. C'était le pin pignon ; il produit une amande excellente, qui est très-estimée dans les régions tempérées de l'Amérique et de l'Europe. Celles que Marc apporta à sa mère étaient dans un parfait état de maturité, et les enfants furent mis en demeure d'aider leur frère à faire une récolte abondante de ces pignons ; ils ne se firent pas prier et pour récompense leur mère leur permit d'en grignoter quelques-uns.

Ainsi donc, la situation de la petite colonie s'améliorait de jour en jour. L'espoir revenait peu à peu au cœur de cette pauvre femme si cruellement éprouvée. Mais, depuis combien de temps la famille avait-elle été jetée sur cette côte ? Il faut avouer que ni Mrs. Clifton, ni Flip, ni aucun des enfants n'auraient probablement pu le dire. Et ce soir-là, Jack, demandant : « *quel jour il était* » provoqua ainsi un retour vers le passé.

« Quel jour ? répéta Flip. Ma foi, je suis forcé d'avouer que je n'en sais rien.

— Comment, dit Robert, nous ne savons pas depuis combien de jours nous avons débarqué ?

— Je ne pourrais le dire ! répondit Mrs. Clifton.

— Je n'en sais pas plus que ma mère, ajouta Marc.

— Eh bien, moi, je le sais, dit la petite Belle. »

Chacun se retourna vers la petite fille, et on la vit fouiller dans sa poche et en tirer des cailloux qu'elle déposa sur une coquille.

« Petite Belle, lui dit sa mère, que signifient ces cailloux ?

— Mère, répondit l'enfant, depuis que nous sommes arrivés à terre, j'ai mis tous les jours un de ces cailloux dans ma poche ; il suffit donc de les compter. »

Un hurrah accueillit la déclaration de la petite fille. Flip la félicita beaucoup d'avoir imaginé ce calendrier minéral, et il l'embrassa pour sa peine.

On compta les cailloux ; il y en avait six. Depuis six jours, la famille abandonnée avait pris pied sur cette terre. Or, c'était le lundi 25 mars que le canot avait quitté le *Vankouver*. On était donc au samedi 30 mars.

« Bon ! s'écria Jack, c'est demain dimanche.

— Oui, 31 mars, répondit Mrs. Clifton, et ce dimanche, mes enfants, c'est le dimanche de Pâques ! »

Le lendemain fut donc un jour consacré au repos et à la prière. Tous remercièrent le ciel de les avoir si visiblement protégés jusqu'alors, et ils n'oublièrent pas de le prier pour ce père absent vers lequel leurs souvenirs se reportaient sans cesse.

J'ai mon oiseau ! j'ai mon oiseau !

CHAPITRE XI

Où il est question de la position des lieux – L'art de la pêche
Jour de repos – L'art de la chasse – Excursion au lac
Un hérisson très-utile – Aménagement de la grotte
Une perte considérable !

Flip employa les jours qui suivirent à compléter l'installation de la famille Clifton. La question d'existence était à peu près résolue. Cette terre pouvait fournir à tous les besoins de la petite colonie. Restait la question de bien-être ; mais Flip ne désespérait pas de la résoudre également.

Le marin, pendant cette semaine, accrut considérablement ses provisions de combustible. Ce feu qu'il fallait incessamment entretenir, c'était sa plus grave préoccupation. Obligation assujettissante que cela, de surveiller toujours le foyer allumé ! Flip, Mrs. Clifton et ses enfants ne pouvaient s'éloigner tous ensemble de la grotte. Donc, impossibilité de tenter une grande excursion à l'intérieur. Rien qu'à la pensée de trouver un foyer éteint, Flip tressaillait, lui qui n'était cependant pas facile à émouvoir. Il se rappelait ses terreurs quand il essaya sa dernière allumette ! Flip n'ayant pas encore trouvé de substance végétale propre à remplacer l'amadou, ne sachant obtenir du feu par le frottement de deux morceaux de bois, suivant la méthode des sauvages, il devenait donc nécessaire que le foyer de la grotte fût incessamment surveillé. Le marin, par excès de précaution, eut même l'idée d'allumer pour la nuit des feux supplémentaires : c'étaient des torches, faites d'un bois résineux qui, fichées dans le sol à quelques mètres du pied de la falaise, brûlaient pendant plusieurs heures.

Pendant cette seconde semaine, quelques excursions permirent de reconnaître, mais dans un rayon assez restreint, la contrée environnante. Flip, ne voulant pas laisser Mrs. Clifton pendant la nuit, exposée aux attaques de quelques bêtes fauves, s'astreignait à cette obligation de revenir chaque soir au campement. Il ne put donc être encore fixé sur cette importante question de savoir si la terre qui servait de refuge à la famille abandonnée était un continent ou une île.

Les ustensiles de la colonie sous la main de l'ingénieux marin, fort adroitement aidé par Marc et Robert, se perfectionnaient peu à peu. Les vases en bambou ne manquaient pas, et l'on pouvait en fabriquer facilement de toutes grandeurs. Un arbre, que Marc découvrit sur la rive septentrionale du lac, procura même un assortiment de bouteilles toutes faites. Cet arbre appartenait à l'espèce des calebassiers, très-communs sur la zone intertropicale des deux continents, mais rarement répandus sous les climats tempérés.

« Cela donnerait à penser, fit observer le jeune garçon à Flip, que cette côte est moins élevée en latitude que nous ne l'avons supposé.
— En effet, répondit Flip, et la présence des cocotiers tendrait à confirmer cette opinion.

— Mais vous, Flip, dit Marc, vous ne connaissiez donc pas la situation du *Vankouver* au moment où les misérables nous abandonnèrent sur l'océan ?

— Non, monsieur Marc. Ces choses-là regardent le capitaine, et non les matelots. Nous autres, marins, nous manœuvrons le bâtiment, mais nous ne le dirigeons pas. Mais, à considérer les produits de cette terre, je pense comme vous, monsieur Marc, qu'elle est relativement basse en latitude, telles que sont les Baléares dans la Méditerranée, ou même les provinces de l'Algérie française.

— Cependant, répondit Marc, le mois de mars était bien froid pour une latitude aussi peu élevée.

— Eh ! mon jeune monsieur, dit Flip, n'oubliez pas que par certaines années, les ruisseaux se gèlent même en Afrique. En février 1853, j'ai vu de la glace à Saint-Denis-du-Sig, dans la province d'Oran. Vous savez parfaitement, d'ailleurs, qu'à New-York, placé comme Madrid ou Constantinople, sur le quarantième parallèle, les hivers sont extrêmement rigoureux. Le climat dépend beaucoup de la nature et de la configuration du sol. Il est donc possible que les hivers soient très-froids sur cette côte, et que pourtant sa situation en latitude soit déjà basse.

— Il est fâcheux que nous ne puissions la déterminer, dit Marc.

— Cela est fâcheux, en effet, monsieur Marc, répondit le marin, mais nous n'avons aucun instrument qui nous permette de relever notre position, et nous devons nous contenter de la conjecturer. En tout cas, que les calebassiers aient ou non le droit de pousser sur cette côte, ils y poussent, et c'est à nous d'en profiter. »

Marc et Flip, tout en causant, étaient revenus à la falaise ; ils rapportaient une douzaine de calebasses, sortes de gourdes, qui pouvaient avantageusement remplacer les bouteilles. Flip les plaça dans un coin de la grotte, car il n'y existait encore ni tablette ni armoire, et aucun refend ne la séparait en chambres distinctes.

Cependant, à certains aménagements, se reconnaissait l'esprit méthodique de Mrs. Clifton, et on aurait pu tracer sur le sable les lignes imaginaires qui divisaient ici, la salle à manger, là, la chambre à coucher, dans cet endroit, l'office, dans cet autre, la cuisine et surtout et partout une extrême propreté.

Mrs. Clifton, refoulant dans son cœur son incessant chagrin, s'employait avec une activité fiévreuse à organiser sa petite colonie. Cette mère, on le comprenait, travaillait non pour elle mais pour ses chers enfants. Elle se faisait forte pour eux. Elle n'oubliait pas, elle se contenait. Flip, l'observant, comprenait tout ce qu'il lui fallait d'efforts pour résister au désespoir. Seul, sans doute, il devinait ce que cette héroïque femme devait souffrir. Marc aussi, peut-être, car le courageux enfant, saisissant parfois la main de Mrs. Clifton, la baisait, et disait tout bas :

« Courage, mère, courage ! »

Et Mrs. Clifton, pressant sur sa poitrine le bien-aimé Marc, – vivant portrait de son père, dont la physionomie reproduisait déjà l'intelligente bonté qui caractérisait l'ingénieur –, Mrs. Clifton le couvrait de baisers passionnés !

Pendant cette semaine, Flip, au grand plaisir des enfants, réussit à confectionner tant bien que mal quelques engins de pêche. Il avait fort heureusement découvert une espèce d'arbres appartenant à la grande famille des légumineuses, dont les épines pouvaient servir d'hameçon. C'était un acacia dont il détacha les épines aiguës qu'il recourba sur le feu, et qu'il attacha à l'extrémité d'un fil de noix de coco. Lorsqu'il eut obtenu quelques lignes de cette sorte, il les amorça avec de petits morceaux de viande et, suivi des enfants et de la mère, il alla les tendre sur les bords du lac.

Flip comptait beaucoup sur cet engin très-rudimentaire, et il faut dire que sa confiance ne fut pas trompée. Les eaux du lac étaient poissonneuses. Les poissons mordirent en grand nombre et, si la plupart parvinrent à se détacher de l'hameçon, quelques-uns du moins, *ferrés* par un coup sec donné à propos, se laissèrent attirer jusqu'à terre. Marc, très-patient, prit ainsi un certain poisson qui ressemblait à la truite, et dont les flancs argentés étaient semés de petites taches jaunâtres. Bien que la chair de cet animal fût d'une couleur très-foncée, elle fut déclarée excellente, lorsqu'elle eut été grillée sur des charbons ardents. D'autres poissons de même espèce furent pêchés les jours suivants, car, étant extrêmement voraces, ils se jetaient étourdiment sur l'amorce. On prit aussi une grande quantité d'éperlans, dont se régalèrent les gourmands de la colonie.

Ainsi donc, la viande, – cabiais et lapins de garenne –, les poissons, – éperlans et truites –, œufs de pigeons de roche, mollusques, – crabes et lithodomes –, fruits, représentés par les amandes du pin pignon, constituaient l'alimentation ordinaire, alimentation saine et nourrissante. Les légumes manquaient alors cependant, et le pain surtout faisait défaut. À chaque repas, la petite Belle s'oubliait à réclamer son croûton quotidien.

« Le boulanger n'est pas venu, répondait invariablement l'honnête Flip. Il est en retard, ma charmante demoiselle, ce scélérat de boulanger, et très-certainement, nous le changerons, s'il continue à si mal nous servir !

— Bon ! disait Jack, on peut bien se passer de pain ! Ce n'est pas déjà si bon !

— Il faudra bien, cependant, que vous en mangiez ! répondait Flip.

— Et quand, s'il vous plaît ?

— Quand nous en aurons ! »

Sur ces mots, Mrs. Clifton regardait Flip, et le brave homme, qui ne doutait de rien, ne doutait pas de fabriquer du pain, quelque jour, ou, comme il le disait : « quelque chose d'approchant ! »

La semaine s'écoula ainsi. Le dimanche du 7 avril arriva. Il fut observé religieusement. Avant le repas du soir, toute la famille fit une promenade jusqu'à l'ancien campement sur le bord de la rivière, en suivant le sommet de la falaise. De ce point, la vue s'étendait au loin sur le Pacifique, immense étendue déserte, que Mrs. Clifton dévorait du regard ! La courageuse femme n'avait pas perdu tout espoir. Flip l'encourageait. Suivant lui, les révoltés du *Vankouver* n'en pouvaient vouloir à la vie de Mr. Clifton, ou l'ingénieur serait débarqué sur une terre voisine, ou il parviendrait à s'échapper du *Vankouver*. Alors, son premier soin serait de rechercher la côte sur laquelle avaient été jetés sa femme et ses enfants. Quelque vagues que fussent ses données, elles devaient suffire à le mettre sur la voie, et un homme intelligent et audacieux comme lui, entraîné par la passion de l'époux et du père, ne retrouverait-il pas cette côte, ce lieu de refuge, dût-il consacrer sa vie entière à cette recherche et fouiller, île par île, tout cet océan Pacifique ?

À tous ces raisonnements de Flip, Mrs. Clifton ne répondait rien. En admettant que le marin eût raison, que de difficultés à vaincre, que de chances à courir, et, en tout cas, que de temps pour elle et les siens, à passer, loin du père, sur cette côte inconnue !

D'ailleurs, disait Mrs. Clifton, si les révoltés du *Vankouver* n'en voulaient pas à la vie de l'ingénieur, pourquoi l'avaient-ils séparé de sa femme et de ses enfants ? Pourquoi ne pas l'avoir déposé avec eux dans cette embarcation qui devait les porter à terre ?

À cette réponse de Mrs. Clifton, Flip cherchait quelque chose à dire. Mais il balbutiait, et ne trouvait rien.

Pendant la semaine qui commença le lundi 8 avril, les réserves alimentaires furent encore accrues. On put espérer que jamais la famine ne visiterait la petite colonie. Tout en travaillant, Flip instruisait les enfants d'une façon pratique ; il cherchait à les rendre adroits et ingénieux comme lui. Il leur avait promis des arcs et des flèches, dès qu'il aurait trouvé du bois convenable à cet usage ; mais en attendant, il leur apprit à tendre des pièges à oiseaux, soit en installant de petites trappes appuyées sur trois fragiles baguettes disposées en forme de 4, soit en fabriquant des collets avec la fibre des noix de coco. Ces collets furent même employés avec succès dans la garenne aux lapins. Il arrivait fréquemment que ces rongeurs se prissent aux nœuds coulants disposés à l'orifice de leur terrier. D'ailleurs, Flip, conseillé par Mrs. Clifton, devait chercher à domestiquer un certain nombre de rongeurs et de gallinacés ; mais, avant tout, il fallait établir une basse-cour, et jusqu'ici le temps avait manqué.

En même temps qu'il fabriquait des trappes et des collets, Flip apprenait aux jeunes gens à se servir d'appeaux pour attirer les oiseaux à eux, en imitant tantôt le cri d'une femelle, tantôt le cri d'un mâle, une feuille disposée en cornet et gonflée au souffle de la bouche, soit à piper en reproduisant le chant des oiseaux, soit à frouer, c'est-à-dire à imiter le vol de diverses espèces. Les enfants, et surtout Robert, devinrent très-habiles à ce genre d'exercice. Le petit Jack y réussissait également, et, ses joues gonflées, il avait l'air d'un ange bouffi. Les volatiles, ainsi attirés autour des pièges, s'y prenaient fréquemment.

Entre toutes ces installations, maître Flip se préoccupait toujours de son feu, que rien ne mettait à l'abri d'un coup de pluie ou de vent. Il aurait voulu transporter ce précieux foyer dans la grotte, mais l'épaisse fumée eût rendu cette demeure inhabitable. Quant à établir un tuyau pour l'échappement de la fumée au-dehors, c'était une grave affaire. Comment, sans outils, sans un pic, sans une pioche, creuser un trou dans la paroi de granit ? Si quelque fissure s'était rencontrée, peut-être Flip eût-il pu en profiter ; mais la falaise ne présentait qu'une masse compacte qu'un couteau ne pouvait entamer. Dans de telles conditions, il fallait donc renoncer à établir une cheminée à l'intérieur de la grotte, et s'en tenir au foyer extérieur. Cependant, le marin ne désespérait pas de mettre un jour ou l'autre son projet à exécution, ainsi que deux ou trois autres qui mûrissaient dans son cerveau, et dont il s'entretenait souvent avec le jeune Marc.

Ce fut au commencement de la troisième semaine, le lundi 15 avril, que Flip, Marc et Robert firent une nouvelle et importante excursion dans la forêt. Leur intention était de visiter la rive droite de la rivière, et les bois épais qui en tapissaient les pentes. Mais sans canot et sans pont, ils ne pouvaient traverser aisément ce cours d'eau à l'endroit du lac où il prenait naissance ; ils résolurent donc de tourner le lac par l'ouest, le sud, et l'est de manière à gagner ainsi la rive droite de la rivière. C'était une promenade de trois lieues, mais les jeunes jambes de Robert et de Marc ne s'en embarrassaient guère. Ce n'était plus qu'une question de temps. Aussi, les trois excursionnistes partirent-ils de grand matin, emportant des provisions pour toute la journée, et comptant bien ne revenir qu'à la nuit tombante. Mrs. Clifton avait donné non sans une certaine appréhension, son consentement à cette longue absence.

À six heures du matin, Flip et les deux jeunes gens avaient atteint la lisière de la forêt sur la rive orientale du lac. Le sol, en cet endroit, était très-accidenté. Les arbres s'enchevêtraient et formaient un dôme de verdure impénétrable aux rayons du soleil. Une ombre humide se maintenait à l'état permanent sous leur ramure. C'étaient toujours des genévriers, des mélèzes, des sapins, des pins maritimes appartenant à la famille des conifères.

Les jeunes gens et leur compagnon entrèrent sous le bois. Leur marche s'accomplissait difficilement à travers ces chemins non frayés et interrompus par l'inextricable réseau des ronces et des lianes ; il fallait couper et briser à chaque instant ces plantes parasites. Les oiseaux effarouchés s'envolaient dans l'ombre. Quelques quadrupèdes, troublés dans leurs gîtes, s'échappaient à travers les hautes herbes. On ne pouvait les reconnaître, encore moins les atteindre, au grand désappointement de Robert.

Après avoir marché pendant une demi-heure, Marc, qui s'était porté en avant, s'arrêta soudain et poussa une exclamation de surprise.

« Qu'y a-t-il, monsieur Marc ? demanda Flip, en accourant près du jeune garçon.

— La rivière, ami Flip.

— Déjà ? s'écria le marin très-surpris.

— Voyez ! répondit Marc. »

En effet, là, en cet endroit se voyait une rivière qui déroulait paisiblement ses eaux noires et profondes. Elle mesurait au plus soixante pieds de largeur. De grands arbres, s'arrondissant d'une berge à l'autre, lui faisaient un berceau gigantesque. Les deux rives très-accidentées, disparaissaient sous l'épaisseur des taillis. La rivière ainsi encaissée remontait sinueusement, à travers une gorge très-étroite et pittoresquement ravinée. L'endroit était sauvage et d'un grand caractère. En de certaines places, les arbres abattus formaient des clairières, et le soleil, entrant à flots sous la ramure, semblait embraser la forêt. L'air était parfumé de cette bonne et saine odeur des bois, relevée par les émanations balsamiques des conifères. Là, se développait une végétation fougueuse presque tropicale, des lianes qui rattachaient l'un à l'autre ces arbres étouffés sous le trop-plein des feuilles, des herbes touffues, véritables nids à reptiles, et dont il fallait se défier.

Flip et les deux jeunes garçons regardaient tout cet ensemble, avec une muette admiration. Cependant, une réflexion préoccupait l'esprit du marin. Comment se trouvait-il sur le bord de cette rivière que, dans son estime, il n'aurait dû atteindre qu'une heure plus tard ? C'était inexplicable. Marc et Robert ne le comprenaient pas plus que lui.

« Cette rivière, dit alors Marc, n'est probablement pas celle que nous avons déjà explorée.
— C'est évident ! s'écria Flip, je ne reconnais ni la couleur de ses eaux, ni la rapidité de son courant. Celles-ci sont noires et se précipitent avec la violence d'un rapide.
— Vous avez raison, Flip, répondit Marc.
— D'ailleurs, reprit le marin, redescendons son cours, et nous verrons bien qu'il ne nous ramènera pas à la mer.
— Il faut bien, cependant, que cette rivière se jette quelque part, dit Robert.
— En effet, répondit Marc. Mais pourquoi ce cours d'eau ne serait-il pas un affluent de celui que nous avons déjà exploré ?
— Marchons, et nous le saurons, dit Flip. »

Les jeunes gens suivirent leur compagnon et, à leur extrême surprise, après avoir fait une centaine de pas, ils se trouvèrent sur la rive orientale du lac.

« Vous avez bien dit, monsieur Marc, s'écria le marin ; cette rivière se jette dans le lac au lieu d'en sortir. L'autre n'est donc pas un déversoir, comme nous l'avons cru jusqu'ici. C'est la continuation de celle-ci. Les deux rivières n'en font qu'une, qui traverse le lac et va se jeter à la mer un peu au-dessous de notre premier campement.

— Cela me paraît certain, répondit Marc, et la nature a souvent donné ce singulier phénomène de rivières qui poursuivent leur cours à travers de vastes étendues d'eau.

— Oui, s'écria Robert, et l'endroit où cette rivière ressort du lac, l'endroit où mon cabiai a disparu sous les eaux, il est là, un peu sur notre droite, à moins de deux milles d'ici ! Je le vois distinctement, et si nous avions un radeau pour passer sur la rive droite, nous n'aurions pas une heure de marche pour regagner notre demeure.

— Sans doute, répondit Marc ; seulement tu oublies une chose, mon cher Robert.

— Laquelle, Marc ?

— C'est qu'après avoir passé la rivière dans son haut cours, il faudra encore la repasser après sa sortie du lac.

— Réflexion très-juste, en effet, dit Flip.

— Alors, répondit Robert, puisqu'il nous faudra revenir par le chemin que nous avons déjà pris, et que la route est longue, déjeunons ! »

La proposition de Robert fut acceptée. Flip, Marc et lui s'assirent sur la rive, à l'ombre d'un magnifique massif d'acacias. Le marin tira de son sac quelques morceaux de viande froide, des œufs durs et une poignée d'amandes de pins pignons. Le lac fournissait une eau fraîche et limpide et, l'appétit aidant, ce repas fut prestement enlevé.

Flip, Marc et Robert se levèrent alors, et ils portèrent un dernier regard autour d'eux. Le lac tout entier s'étendait devant leurs yeux. À une lieue et demie environ, un peu sur la droite, se dressait la falaise au pied de laquelle Mrs. Clifton devait être en ce moment. Mais, à cette distance, on ne pouvait l'apercevoir, ni même reconnaître la fumée qui s'élevait du foyer. Au-delà du cours d'eau, la rive du lac, gracieusement arrondie, était encadrée dans une lisière de verdure. Au-dessus s'étageaient quelques collines boisées que dominait le pic couronné de neige. Tout ce poétique ensemble, cette nappe d'eau si paisible, le souffle de la forêt qui venait la rider par instants, le murmure de la brise dans les grands arbres, le contour allongé des dunes de sable qui s'étendaient de la garenne à la mer, l'océan resplendissant sous le soleil, toute cette belle nature frappa vivement l'imagination des deux jeunes garçons.

« Il faudra que notre mère vienne admirer ce magnifique spectacle, disait Marc.

— Oui ! répondait Robert, nous l'amènerions avec Jack et Belle, si nous avions un canot sur le lac.

— Mais ne peut-on y transporter notre embarcation ? reprenait Marc, ou même la conduire sur le lac en remontant le cours de la rivière ?

— Bonne idée ! s'écriait Robert ; puis, nous irions reconnaître la partie supérieure du cours d'eau. Ah ! quelle charmante excursion, ami Flip !

— Tout cela se fera à son heure ! répondait l'honnête marin, enchanté de voir Marc et Robert s'enthousiasmer ainsi ; mais un peu de patience, mes jeunes messieurs. Pour l'instant, puisque deux cours d'eau nous barrent la route, je vous propose de revenir au campement. Maintenant que nous connaissons le tributaire du lac. »

C'était le meilleur parti à prendre, et Flip donna le signal du départ. Tous trois, le bâton à la main, ils suivirent sur la rive du lac un sentier plus facile que les passages à peine praticables de la forêt. Les excursionnistes, ayant achevé leur tâche, espéraient bien reprendre au retour leur rôle de chasseurs. Mais, sans doute, ils seraient revenus, les mains vides, sans un coup heureux de Marc, qui assomma un hérisson de petite taille à demi endormi dans son trou. Cet animal avait la tête plus longue et la queue plus courte que ses congénères d'Europe ; il s'en distinguait aussi par ses longues oreilles, et appartenait à une espèce de carnassiers insectivores qui se rencontre communément en Asie.

Ce hérisson n'était en somme qu'un gibier assez médiocre, mais enfin, c'était un gibier et comme tel, il fut suspendu au bâton de Marc. D'ailleurs ses piquants, durs et acérés, pouvaient être utilisés de différentes manières et principalement à armer des têtes de flèches. Or, la nécessité d'avoir des armes offensives devenait si pressante, que Flip engagea ses jeunes amis à ne point faire fi du modeste hérisson.

À trois heures du soir, Flip, Marc et Robert arrivaient devant la grotte. Ils avaient bien fait de presser leur marche, car le ciel, couvert de nuages, laissait tomber quelques gouttes de pluie. Le vent se levait, et il y avait apparence de mauvais temps.

Mrs. Clifton ne fut pas fâchée du retour de Flip et de ses deux enfants. Pendant leur absence, elle n'avait reçu aucune visite fâcheuse, mais des hurlements assez rapprochés s'étaient fait entendre du côté de la falaise. Indiquaient-ils la présence de quelques fauves dans le voisinage de la grotte ? Au récit que lui fit Mrs. Clifton, Flip pensa que ces hurlements devaient être plutôt des cris de singes. Néanmoins, il résolut de se tenir sur ses gardes. Il avait bien formé le projet de défendre l'entrée de la grotte au moyen d'une forte palissade ; mais avec son seul couteau, comment abattre des arbres, les équarrir, les débiter en poutrelles et en planches ?

Pendant la semaine du 16 au 21 avril, aucune excursion nouvelle ne put être tentée. La pluie tombait incessamment, laissant à peine de rares éclaircies. Fort heureusement, le vent soufflait du nord-ouest, prenait la falaise à revers, et la grotte n'était pas exposée à ses rafales directes. À quelles souffrances eût été exposée la famille abandonnée, sous l'insuffisant abri de son premier campement ? À quoi aurait servi le canot renversé contre cette pluie violente qui l'eût fouetté de plein ? Dans cette solide et impénétrable grotte, au contraire, ni le vent ni la pluie n'avaient accès, et quelques rigoles pratiquées par Flip empêchèrent toute infiltration des eaux à travers la couche de sable.

Le seul ennui, la seule difficulté même, fut de maintenir le foyer extérieur incessamment allumé. Les torches résineuses risquaient aussi de s'éteindre sous les averses. Quelques grands remous de vent, tourbillonnant parfois sur les parois de la falaise, menaçaient aussi de disperser les charbons embrasés. Flip veillait sans cesse et prenait toutes les précautions que lui suggérait son esprit ingénieux. Mais il était fort inquiet.

Pendant les embellies le marin et ses deux jeunes compagnons se hâtaient de courir à la forêt, afin d'y renouveler la provision de bois. La réserve ne diminuait donc pas, bien que le combustible ne fût pas ménagé. La cuisine de Mrs. Clifton souffrit beaucoup de ces intempéries atmosphériques, le pot-au-feu fut renversé plus d'une fois. La ménagère dut alors préparer ses repas dans la grotte, mais afin d'éviter la fumée, elle n'employa que des charbons ardents qui servaient à griller le poisson ou les viandes ; la petite Belle l'aidait alors avec intelligence, et s'attirait invariablement les compliments du *papa Flip*.

Cependant, le *papa Flip* ne restait jamais inoccupé. Il fabriqua plusieurs brasses de cordes avec les fibres de la noix de coco. Cette matière, entre les mains d'un cordier, et travaillée au moyen d'outils spéciaux, eût fait d'excellents cordages. Mais Flip, s'il était un peu cordier, comme tous les marins, ne possédait pas l'outillage nécessaire. Cependant, à l'aide d'un grossier tourniquet qu'il installa, il parvint à donner aux fibres une torsion suffisante. Les plus fines cordes qu'il obtint ainsi, il voulait les adapter à des arcs, mais leur élasticité devait les rendre impropres à cet usage. Flip pensa alors à se servir de boyaux convenablement préparés, et il suspendit sa fabrication d'arcs jusqu'au moment où il aurait pu apprêter les intestins grêles de quelques gibiers. Il s'occupa alors d'établir quelques bancs fixés le long des parois de la grotte, en fixant sur des pieux enfoncés dans le sable les planches du tillac du canot, planches dont l'embarcation pouvait se passer. Il installa également une table au milieu de la grotte. Ces quelques meubles furent très-appréciés par la ménagère, et pour la première fois, un certain jeudi, la famille put enfin *se mettre à table* !

Cependant, le mauvais temps ne discontinuait pas. Les averses et les rafales se succédaient sans relâche. Flip se demandait si la saison des pluies commençait à cette époque sous cette latitude et si elle ne devait pas durer plusieurs semaines. Dans ce cas, la chasse et la pêche auraient été fort compromises, et il aurait fallu aviser.

Cette tempête de pluie et de vent redoubla de violence dans la nuit du 21 au 22 avril. Flip avait pris toutes les précautions pour sauvegarder son feu ; d'ailleurs, il ne croyait pas avoir quelque danger à craindre, tant que le vent soufflerait de la partie du nord-ouest. Les remous seuls étaient à redouter. Le plus ordinairement, Flip faisait les quarts de nuit et veillait près du foyer, pendant que Mrs. Clifton et ses enfants dormaient dans la grotte. Mais depuis quelque temps, Marc avait obtenu de partager cette tâche avec lui. Le courageux marin n'eût pas résisté à une complète privation de sommeil et il avait dû, bon gré, mal gré, accéder à la demande de Marc. Flip et le jeune garçon, en qui on pouvait avoir toute confiance, se relayaient de quatre heures en quatre heures.

Or, dans cette détestable nuit du 21 au 22 avril, vers minuit, Flip avait cédé le quart à Marc, et était allé s'étendre sur son lit de mousse. Le foyer, bien fourni de combustible, flambait merveilleusement ; le bois, entassé à la porte de la grotte, ne manquait pas. Marc, abrité par un pan de roches, se garait de son mieux contre la pluie qui tombait à torrents.

Pendant une heure, aucun incident nouveau ne se produisit. Le vent et la mer mêlaient leurs mugissements, mais l'état atmosphérique n'empirait pas.

Tout à coup, vers une heure et demie du matin, le vent avec une brusquerie sans pareille, sauta du nord-ouest au sud-ouest. Ce fut comme une trombe d'air et d'eau qui se précipita vers la falaise, en soulevant une colonne de sable.

Marc, aveuglé, renversé tout d'abord, se releva aussitôt et courut à son feu ! …

Plus de foyer. L'ouragan avait dispersé les pierres, arraché les tisons. Les torches résineuses s'envolaient dans les rafales comme des fétus lumineux. Les charbons incandescents roulaient sur le sable et jetaient leurs dernières lueurs.

Le pauvre Marc fut désespéré.

« Flip ! Flip ! s'écria-t-il. »

Le marin, subitement réveillé, accourut aux cris de Marc. Il comprit tout ! Le jeune garçon et lui voulurent ressaisir quelques-uns de ces charbons que la tourmente emportait ! Mais, aveuglés par la pluie, renversés par les rafales, ils ne purent y parvenir, et ils revinrent, désespérés, se blottir au pied de la falaise, au milieu de l'obscurité profonde !

L'ouragan avait dispersé les pierres.

CHAPITRE XII

L'art du feu – Nouvelles découvertes
Une tortue – Un coup du sort

La situation était devenue terrible. Un coup de vent avait suffi à compromettre l'avenir de la malheureuse famille ! Sans feu, qu'allait devenir la petite colonie ? Comment préparer les aliments nécessaires à son existence ? Comment résister aux froids rigoureux de l'hiver ? Comment même se protéger dans la nuit contre l'attaque des bêtes fauves ? C'est à quoi songeait le pauvre Flip et, malgré son énergie morale, il demeurait anéanti. Il restait là, immobile, muet, ses vêtements souillés de vase et trempés de pluie. Son vague regard se perdait dans l'ombre.

Quant au pauvre Marc, son désespoir eût été indescriptible. Il pleurait.

« Pardonnez-moi ! pardonnez-moi ! Murmurait-il. »

Flip avait pris les mains du jeune garçon, et il les serrait dans les siennes, mais sans trouver un mot à lui dire pour le consoler.

« Ma mère ! ma pauvre mère ! répétait Marc.

— Ne la réveillons pas, mon jeune monsieur, lui dit le marin. Elle dort ! Ses enfants dorment aussi. Ne les réveillons pas ! Demain, nous chercherons à réparer ce malheur…

— Il est irréparable ! murmura Marc, la poitrine gonflée de soupirs.

— Non… répondait Flip, non… peut-être ! … On verra ! »

L'honnête marin ne pouvait trouver de mots pour exprimer ces choses auxquelles il ne croyait pas !

Il voulut engager Marc à rentrer dans la grotte, car la pluie tombait à flots. Le malheureux enfant résistait.

« C'est ma faute ! c'est ma faute ! répétait-il.

— Non ! répondait Flip, non, mon jeune monsieur. Ce n'est point votre faute. J'aurais été là, que pareil malheur me serait arrivé ! Personne n'eût pu résister à cette trombe ! Vous avez été renversé ! Je l'aurais été également, et, comme vous, je n'aurais pu sauver une seule étincelle de ce feu ! Ne vous laissez pas aller ainsi, monsieur Marc ! Rentrons ! rentrons ! »

Marc dut céder aux instantes sollicitations de Flip, et il alla se jeter sur sa couche de mousses. Flip l'avait suivi ; mais le digne marin, anéanti, désespéré au fond du cœur, ne put trouver un moment de sommeil et, pendant toute la nuit, il entendit le pauvre enfant sangloter à son côté.

Vers cinq heures, la première lueur matinale apparut ; une légère clarté se glissa dans la grotte. Flip se leva et sortit. La trombe avait laissé au-dehors les marques de son passage. Le sable, amoncelé par le vent, formait çà et là de véritables dunes. Quelques arbres avaient été renversés plus loin, les uns déracinés, les autres brisés par le pied. Des charbons épars jonchaient le sol. Flip ne put maîtriser un geste de colère et de désespoir.

En ce moment, Mrs, Clifton quitta la grotte. Elle surprit le geste du marin. Elle vint à lui, elle considéra sa physionomie défaite. Celui-ci voulut en vain dissimuler.

« Qu'y a-t-il, ami Flip ? demanda-t-elle.

— Rien, madame, rien !

— Parlez, Flip. Je veux tout savoir.

— Mais, madame Clifton… dit Flip en hésitant.

— Ami Flip, reprit Mrs. Clifton d'un ton douloureux, quel malheur plus grand pourrait nous frapper, après tous ceux que nous avons éprouvés jusqu'ici ?

— Il en était un, madame, un seul ! répondit le marin en baissant la voix.

— Et lequel ?

— Voyez ! »

En ce disant, Flip conduisit Mrs. Clifton devant le foyer détruit.

« Le feu ! le feu éteint ! murmura la pauvre femme.

— Oui ! répondit Flip. Une trombe… pendant la nuit ! … »

Mrs. Clifton avait joint les mains, et elle regardait Flip.

« Et vous n'avez pu empêcher ? … dit-elle.

— Non… madame, répondit évasivement le digne homme… une maladresse de ma part… un défaut de surveillance… un instant d'oubli ! »

Marc s'était glissé hors de la grotte. Il aperçut sa mère. Il entendit la réponse de Flip. Il comprit que le marin voulait prendre le malheur à son compte. Il se précipita vers Mrs. Clifton, en s'écriant :

« Ce n'est pas lui, mère, c'est moi ! c'est moi ! »

La malheureuse mère avait ouvert ses bras à son enfant ; elle le couvrit de ses baisers. Mais Marc se désespérait !

« Ne pleure pas, mon enfant, ne pleure pas ! lui disait sa mère, tu me brises le cœur ! »

Robert, Jack et Belle étaient venus auprès de Mrs. Clifton. Robert, très-ému, n'épargnait pas les caresses et les bonnes paroles à son frère. Jack et Belle l'entouraient de leurs bras. Ce touchant tableau eût fait pleurer.

« Allons, allons ! dit Flip, un peu de courage, mes jeunes enfants. En tout ceci, personne ne mérite de reproches ! Il n'y a plus de feu ?

Eh bien, si nous ne pouvons nous en procurer, nous verrons à nous en passer !

— Oui, résignons-nous ! murmura Mrs. Clifton. »

Mais Flip n'était pas homme à se résigner. Ce feu qui lui manquait, il voulait le refaire à tout prix et, pendant cette journée, il employa divers moyens pour rallumer son foyer éteint.

Tirer des étincelles d'un silex était chose facile assurément. Le silex abondait sur la plage. Le couteau de Flip pouvait se transformer en briquet mais ces étincelles, il fallait une substance propre à les recueillir. Aucune n'est plus propre à cet usage que l'amadou, sorte de chair spongieuse et veloutée dont sont faits certains champignons du genre polypore ; cette substance on le sait, convenablement préparée, est extrêmement inflammable, surtout quand elle a été préalablement saturée de poudre à canon ou bouillie dans une dissolution de nitrate ou de chlorate de potasse. Peut-être ces champignons se rencontraient-ils sur cette terre ? Peut-être, d'autres champignons de la même famille donneraient-ils un amadou convenable ? C'était à chercher. Mais quant à projeter des étincelles sur des mousses sèches, – ce que tenta Flip –, il fallut y renoncer ; les mousses ne s'enflammèrent pas !

Le marin, après plusieurs vaines tentatives, eut recours au moyen employé par les sauvages, qui consiste à produire l'inflammation du bois par le frottement. Mais, – cela a déjà été dit –, les sauvages se servent, dans ce cas, d'un bois particulier que Flip ne connaissait pas ; en outre, leur procédé qui consiste soit à frotter deux morceaux de bois l'un contre l'autre, soit à introduire l'extrémité de l'un des morceaux dans un trou pratiqué dans l'autre, et à le faire tourner rapidement, exige une très-grande pratique pour réussir. Flip employa successivement ces deux moyens. Marc, Robert et Jack lui-même l'imitèrent sans obtenir d'autre résultat que de s'écorcher les mains. Le bois fut à peine échauffé par le frottement.

Flip renonça donc à se procurer du feu par ce procédé, et il n'eut plus qu'un espoir, il n'eut plus qu'une idée : trouver le champignon polypore, ou quelque autre végétal de même espèce dont la pulpe pût remplacer l'amadou.

Quatre jours s'étaient écoulés depuis ce déplorable incident. La confiance, qui commençait déjà à se fixer au cœur de ces abandonnés, était perdue désormais. La famille restait silencieuse. Plus de communications entre les enfants et Flip ! Plus de projets d'avenir ! Plus de plans que l'ingénieux marin se chargeât de réaliser !

La vie matérielle se ressentait de cet état de choses. On vivait sur les réserves de viande ou de poisson fumé ; mais les réserves diminuaient sensiblement. À quoi bon les renouveler, d'ailleurs ? Pourquoi chasser ou pêcher ? Sans feu, les produits de la chasse et de la pêche ne pouvaient plus être utilisés. Aussi, les excursions étaient-elles à peu près suspendues. Flip se contentait de refaire au jour le jour les provisions de végétaux qui servaient à l'alimentation quotidienne.

Parmi ces végétaux, les plus précieux au point de vue comestibles étaient sans contredit les fruits du cocotier. Ces noix de coco furent soigneusement recueillies, et elles entrèrent en grande proportion dans la nourriture habituelle de la famille. Les noix, dont la maturité n'était pas complète, contenaient un lait d'excellente qualité. Les enfants le retiraient en perçant une des trois ouvertures placées à la queue de la noix, et que ferme un bois assez tendre ; puis, ils buvaient ce lait avec un extrême plaisir. De plus, ce liquide, lorsqu'il restait pendant quelque temps enfermé dans un vase de bambou ou dans une calebasse, se chargeait d'acide carbonique, formait une liqueur mousseuse très-agréable au goût, mais très-capiteuse, ce dont Robert s'aperçut un jour à ses dépens. Lorsque la noix de coco était entièrement mûre, le lait, transformé en amande, durci, fournissait une amande très-saine et très-nourrissante.

Ainsi donc, ces cocotiers, assez nombreux aux environs de la grotte, pouvaient suffire par leurs fruits à l'alimentation ordinaire de la famille privée de nourriture animale. La récolte de ces fruits était facile. Marc et Robert, s'aidant des cordes fabriquées par Flip, montaient lestement au sommet des hauts cocotiers. De là, ils jetaient à terre ces noix qui ne s'y brisaient pas toutes, tant leur écorce est dure ; il fallait alors les écraser avec de lourdes pierres, au grand regret du marin, qui, s'il avait eu une scie, aurait fait de ces coques divers ustensiles de ménage.

Un autre végétal, découvert par le marin, fut bientôt introduit dans l'alimentation ordinaire de la petite colonie. C'était une plante marine, dont on consomme une grande quantité sur les rivages asiatiques, et Flip se souvint fort à propos d'en avoir mangé pour sa part. Cette algue appartenait à la famille des fucacées : c'était une sorte de sargasse, dont les roches, placées à l'extrémité de la falaise, fournirent une abondante récolte. En laissant sécher ces algues, on recueillait une certaine quantité de matière gélatineuse, assez riche en éléments nutritifs, et d'un goût particulier. Mais on s'y habituait. Les jeunes enfants firent d'abord la grimace, mais ils finirent par trouver cette substance excellente, et ils ne firent pas faute d'en consommer.

Les moules et quelques autres coquillages, mangés crus, variaient un peu cet ordinaire et introduisaient dans l'alimentation un peu de cet azote qui est indispensable à la nourriture du corps. D'ailleurs, vers cette époque, Marc, à une lieue au-dessous de la grotte, sur la côte sud, fut assez heureux pour découvrir un banc de mollusques fort utiles.

« Maître Flip, dit-il un jour à son ami le marin en lui présentant une coquille de la famille des ostracés.

— Une huître ! s'écria Flip.

— Oui, Flip, et s'il est vrai que chaque huître produise par année de cinquante à soixante mille œufs, nous aurons là une réserve inépuisable.

— En effet, monsieur Marc, et vous avez fait là une utile découverte. Demain, nous irons visiter ce banc. Les huîtres ont pour nous une qualité précieuse, c'est de ne point demander de cuisson ; mais je ne sais si leur substance est très-nourrissante.

— Non, répondit Marc, car ce mollusque ne contient qu'une très-faible quantité de matière azotée et, à un homme qui s'en nourrirait exclusivement, il n'en faudrait pas moins de quinze à seize douzaines par jour.

— Eh bien ! s'écria Flip, si le banc est inépuisable, nous en mangerons des douzaines de douzaines ! Ce sont des mollusques faciles à absorber que ces huîtres, et je ne crois pas qu'on puisse citer un cas d'indigestion produite par eux.

— Bon, dit Marc, je vais porter cette bonne nouvelle à ma mère.

— Attendez, monsieur Marc, répondit le marin, visitons d'abord le banc d'huîtres ; nous serons plus sûrs de notre affaire. »

Le lendemain, 26 avril, Marc et Flip suivirent la côte ouest, en descendant au sud à travers les lignes de dunes. À trois milles du campement, le rivage devenait rocheux. D'énormes blocs s'y entassaient d'une façon fort pittoresque ; les rocs ainsi qu'on le voit souvent sur les côtes armoricaines y formaient des *cheminées* sombres et profondes, dans lesquelles la marée montante s'engouffrait avec un bruit de tonnerre. Au large se dessinaient plusieurs rangées d'écueils qui eussent rendu cette partie de la côte inabordable, même à une embarcation de petite taille. Toutes ces têtes de roc écumaient sous le ressac, et la ligne des récifs se prolongeait ainsi jusqu'à l'extrémité du promontoire sud-ouest.

En arrière de ces rochers amoncelés sur le rivage et un peu en contre-haut s'étendaient de vastes plaines, véritables landes, plantées d'ajoncs et de bruyères. Leur aspect sauvage contrastait singulièrement avec cette région des falaises sur laquelle régnait une éternelle verdure. Ici, le rideau des arbres était repoussé à l'arrière-plan à plusieurs milles du rivage, sur ces premières croupes qui se reliaient au système orographique central. La contrée s'offrait ainsi sous une apparence désolée.

Flip et Marc descendaient toujours au sud, marchant l'un près de l'autre, causant peu cependant. Le marin cherchait à extraire une idée quelconque de son cerveau, mais sans y parvenir. Il était alors obsédé par une préoccupation unique. Sous ses pieds criaient des coquillages vides qu'on eût pu compter par millions. Des masses de vignots étaient engagés sous les roches plates que recouvrait la marée montante ; excellents mollusques, mais qui exigent une cuisson suffisante ! Il ne fallait donc pas songer à les utiliser.

Il en fut de même pour un reptile, dont la rencontre eût été joyeusement accueillie en toute autre circonstance. C'était un magnifique échantillon de l'ordre des chéloniens, une tortue franche du genre *Mydas*, et dont la carapace offrait à l'œil d'admirables reflets verts.

Flip avait le premier aperçu cette tortue qui se glissait entre les roches pour gagner la mer.

« À moi, monsieur Marc, à l'aide ! s'écria-t-il. »

Marc accourut à la voix du marin.

« Ah ! le bel animal ! s'écria le jeune garçon ! Mais comment le prendre ?

— Rien n'est plus aisé, répondit Flip. Nous allons le retourner sur le dos. Prenez votre bâton, et imitez-moi. »

Le reptile, sentant le danger, s'était retiré entre sa carapace et son plastron. On ne voyait plus ni sa tête, ni ses pattes. Il était inerte, immobile comme un morceau de roc.

Flip et Marc engagèrent alors leurs bâtons sous le sternum de l'animal, et, réunissant leurs efforts, ils parvinrent à le retourner sur le dos. Cette tortue, mesurant un mètre de longueur, devait peser au moins deux cents kilogrammes.

Le reptile ainsi retourné, – on apercevait sa tête –, laissait entrevoir cette tête petite, aplatie, mais très-élargie postérieurement par de grandes fosses temporales cachées sous une voûte osseuse.

« Et maintenant Flip, demanda Marc, que ferons-nous de cet animal ?

— Ce que nous en ferons, mon jeune monsieur, je n'en sais vraiment rien ! Ah ! si nous avions du feu pour le préparer, quel aliment sain et agréable nous fournirait cette superbe bête ! C'est la tortue franche ; elle se nourrit de cette excellente herbe marine qu'on nomme zostère, et sa chair est délicate et parfumée ! C'est avec elle que se prépare le fameux bouillon de tortue… »

Vraiment, si la situation n'eût été grave, le ton de gourmet désappointé que prenait l'honnête marin eût prêté à rire ! De quels yeux il regardait le chélonien, et quelles dents blanches, finement aiguisées, il montrait en le regardant ! Digne Flip, que cet accès de gourmandise te soit pardonné !

Marc écoutait son compagnon ; il comprenait tout ce que signifiaient ses réticences. Il repensait alors à la scène de l'orage, et s'accusait encore !

« Allons, dit Flip, en frappant du pied, il n'y a rien à faire ici. Partons.
— Mais cette tortue ? répondit Marc.
— Au fait, reprit Flip, ce n'est pas de sa faute si nous ne pouvons pas la manger ! Et il est inutile et il serait cruel de la laisser mourir ainsi sans profit pour personne. En avant, les bâtons. »

Les bâtons firent encore une fois l'office de leviers, et le reptile fut replacé dans sa position normale. Flip et Marc s'écartèrent de quelques pas. La tortue resta d'abord immobile ; puis, n'entendant plus aucun bruit, elle montra sa tête, ses gros yeux regardèrent de côté, ses membres aplatis en forme de rames sortirent de sa carapace ; enfin, l'animal, se mouvant avec une lenteur qui devait être cependant *un galop de tortue*, se dirigea vers la mer et disparut bientôt sous les flots.

« Bon voyage, tortue ! s'écria Flip d'un ton à la fois piteux et comique. Mais tu peux te vanter d'être un chanceux reptile ! »

Marc et le marin reprirent alors leur marche interrompue par cette rencontre. Ils arrivèrent bientôt à l'endroit signalé par le jeune garçon. C'était une suite de roches plates, très-divisées et couvertes d'huîtres. Flip constata que la récolte de ces mollusques s'opérait sans difficultés. Ce banc était immense, et on y eût compté les huîtres par milliers. Elles étaient de moyenne taille, mais excellentes, ce que Flip et Marc reconnurent en en goûtant quelques-unes dont les valves étaient entrouvertes ; elles rappelaient à s'y méprendre les huîtres de Cancale, l'une des meilleures variétés comestibles. Quant à l'exploitation de ce banc, rien n'était plus aisé.

« Avec le canot, dit Flip, lorsque la mer sera belle et le vent de terre, je me charge de contourner les récifs de la côte, et de venir mouiller à une seule encablure de ce banc. Nous chargerons l'embarcation de ces excellents mollusques, et nous les transporterons au pied de la falaise. Elles seront là à notre disposition, et nous en tirerons un bon profit. »

Ce jour-là, Marc et Flip en recueillirent quelques douzaines, qu'ils voulaient rapporter au campement. La récolte se fit rapidement, et trois quarts d'heure plus tard, tous deux rentraient à la grotte.

Les mollusques furent bien reçus, et il fut décidé qu'ils formeraient le plat principal du prochain repas.

La difficulté était d'ouvrir ces huîtres sans fausser l'unique couteau, auquel Flip tenait particulièrement et pour cause. Si le foyer eût encore contenu quelques charbons ardents, ces huîtres, posées sur des braises, se fussent ouvertes d'elles-mêmes, mais, – privation dont les conséquences se faisaient à chaque instant sentir –, le feu manquait.

Flip se chargea donc d'ouvrir les huîtres, en employant son couteau ; les enfants, rangés autour de lui, le regardaient opérer avec un intérêt bien naturel.

À la huitième huître, le couteau de Flip, mal engagé entre les valves, fit entendre un bruit sec.

La lame, cassée par son milieu, tomba sur la table.

« Malédiction ! s'écria Flip dans un mouvement de colère qu'il ne put retenir. »

Plus de feu ! Son couteau cassé ! Qu'allait-il devenir ? Qu'allaient devenir ces êtres si chers auxquels il s'était dévoué, corps et âme ?

Bon voyage, tortue !

CHAPITRE XIII

Le désespoir de Flip – Excursion vers le nord
Un marais giboyeux – Un chien ! – L'ingénieur Harry Clifton

Le ciel se déclarait-il contre ces malheureux abandonnés ? On pouvait le croire, après ces deux incidents du foyer éteint et de la lame brisée !

Flip, après ce dernier coup était sorti de la grotte, et il avait rejeté loin de lui le manche inutile de son couteau. Les enfants, sans prononcer une seule parole, restaient immobiles à leur place. Ils avaient compris la portée de cet irréparable malheur.

Mrs. Clifton, après la sortie du marin, se leva, ses yeux étaient rougis par la fatigue et la douleur. Elle comprima de la main sa poitrine oppressée et quitta la grotte.

Elle alla vers Flip, qui, les bras croisés, regardait la terre. Elle l'appela par son nom.

Flip ne l'entendit même pas.

Mrs. Clifton s'approcha alors du marin et lui toucha légèrement le bras.

Flip se retourna. Flip pleurait. Oui ! De grosses larmes coulaient sur ses joues.

Mrs. Clifton lui prit la main.

« Flip, mon ami, lui dit-elle de sa voix douce et calme, pendant les premiers jours après notre arrivée sur cette côte, quand j'étais désespérée, quand j'allais succomber à ma douleur, vous êtes venu à moi, vous m'avez relevée par vos paroles ! Vous m'avez montré mes quatre enfants pour lesquels mon devoir était de vivre ! Eh bien ! aujourd'hui que vous m'avez fait forte, ne dois-je pas vous relever à mon tour, et vous faire entendre les mêmes paroles dont vous vous serviez vis-à-vis de moi, et vous dire : ami Flip, il ne faut pas désespérer ! »

Le digne marin, en entendant cette femme, cette mère s'exprimer ainsi, sentait les sanglots l'étouffer. Il voulait répondre, il ne le pouvait pas.

Mrs. Clifton, voyant quels efforts il faisait pour se dominer, continua de lui parler à mi-voix, et de lui redire d'encourageantes paroles. Elle lui rappela que ses enfants et elle n'avaient d'espoir qu'en lui ; elle ajouta que s'il se laissait aller au désespoir, tout était fini pour eux. Ils étaient perdus !

« Oui, dit enfin le marin qui avait repris possession de lui-même, oui, *mistress* Clifton, vous avez raison et il serait indigne à moi de perdre courage, quand vous, une femme, vous montrez une telle force d'âme ! Oui ! je lutterai, je vaincrai le sort contraire. Vos enfants sont les miens, je travaillerai, je combattrai pour eux comme eût fait leur courageux père. Mais il faut me pardonner ce moment d'abandon ! C'était plus fort que moi. Maintenant, c'est fini ! c'est fini ! »

Flip serra la main de Mrs. Clifton et, sans ajouter une parole, il rentra dans la grotte, après avoir ramassé son couteau brisé, puis il s'occupa froidement à ouvrir les huîtres avec le restant de lame qui pouvait encore servir à cet usage.

Les infortunés mangèrent, car ils avaient faim. Les mollusques calmèrent un peu leur appétit. Le repas fut complété par des moelles de sargasse et des amandes de pin pignon. Mais tous étaient silencieux, et l'on sentait que le désespoir envahissait non seulement ces jeunes enfants, mais aussi la mère, mais aussi l'honnête marin, tant éprouvés déjà par les vicissitudes humaines.

Pendant les jours suivants, 27, 28 et 29 avril, Flip et les enfants travaillèrent courageusement à renouveler les provisions de noix de coco et de sargasses. Deux fois, le marin, montant son canot, alla jusqu'au banc d'huîtres en contournant la côte. Il rapporta plusieurs milliers de ces mollusques, et il eut l'idée de les parquer dans une sorte de parc naturel que formaient les rochers immergés au pied de la falaise. Ces huîtres se trouvaient ainsi déposées à quelques mètres de la grotte. Elles formèrent dès lors, avec les moules qui pouvaient se manger crues, le fond de l'alimentation quotidienne. Les estomacs souffraient de cette maigre chère, mais ces braves enfants ne se plaignaient jamais, dans la crainte de désespérer leur mère.

Mais Mrs. Clifton ne pouvait se méprendre sur les causes de ce dépérissement, si visibles sur ces jeunes natures. Flip non plus. Mais le pauvre homme ne savait plus qu'inventer. Il était à bout de ressources. Tout ce qu'il était humainement possible de faire, il le faisait ; mais les forces ont une limite. La famille ne pouvait plus compter que sur un secours providentiel. Mais la Providence interviendrait-elle ?

« Et cependant, se disait Flip, nous nous sommes assez aidés jusqu'ici, pour que le ciel nous vienne un peu en aide. »

Vers cette époque, le marin résolut de tenter une excursion vers le nord de la côte. Si par hasard cette terre était habitée, il fallait s'en assurer, et sans retard. Mais cette reconnaissance, Flip voulut la faire seul. Les enfants, affaiblis par l'insuffisance de leur nourriture, n'auraient pu le suivre, car son intention était de pousser, au besoin, son exploration jusqu'à une grande distance. Il pouvait donc se faire qu'il ne revînt pas le même jour. Dans ce cas, mieux valait que les fils restassent près de leur mère pendant la nuit.

Flip fit connaître sa résolution à Mrs. Clifton. Mrs. Clifton l'approuva. Si le projet de Flip devait amener une chance de salut, si petite que fût cette chance, il ne fallait pas la négliger.

Ce fut le mardi 29 avril, vers midi, que Flip, après avoir dit adieu à la famille, se mit en chemin. Il emportait pour toute provision quelques amandes de pignon. Il comptait, d'ailleurs, suivre la côte, et se nourrir de coquillages, moules ou autres.

Le temps était assez beau. La brise venait de terre et provoquait à peine de légères ondulations à la surface de la mer.

Marc accompagna Flip pendant un quart de mille, et se prépara à le quitter.

« Veillez bien sur nos enfants, Marc, lui dit le marin, et si je ne suis pas revenu avant la nuit, n'ayez aucune crainte.
— Oui, Flip. Adieu, Flip, dit le jeune garçon. »

Marc revint sur ses pas en suivant la falaise, et Flip se dirigea par la côte, vers l'embouchure de la rivière, qu'il atteignit bientôt. Là, il trouva les traces du premier campement, et les froides cendres des foyers éteints. Pas une braise, pas une étincelle, Flip, en revoyant la place où le canot avait accosté la terre, ne put réprimer un soupir. Son cœur était rempli d'espoir alors, et maintenant !…

« Encore, si j'étais seul ! se disait-il. Mais sur cette terre perdue, une femme, des enfants ! »

Flip remonta la rive gauche de la rivière. Il comptait la passer à la nage. Un nageur tel que lui ne s'embarrassait pas de si peu. En suivant la berge, il remarqua sur la rive opposée, très-accore, une faille qui devait lui permettre d'atteindre plus facilement le sommet de la falaise. Son projet était de suivre cette falaise élevée, qui se dessinait en retour sur la mer ; de la sorte, il pourrait observer d'un côté l'océan, et de l'autre, les plaines qui confinaient à cette partie de la côte.

Flip se prépara donc à traverser la rivière en cet endroit et il commença d'ôter ses habits qu'il voulait réunir et placer sur sa tête. Il avait ôté sa vareuse, mais, en la pliant, il sentit dans la poche de côté un paquet de petit volume. Ce que renfermait ce paquet, – une large feuille de platane convenablement ficelée avec une fibre de coco –, il n'aurait pu le dire. Très-surpris, il détacha la corde, il déroula la feuille, et vit un morceau de biscuit et un peu de viande qu'il fut tout d'abord tenté de porter à sa bouche !

Mais il se retint. Le digne Flip que Mrs. Clifton, le voyant partir sans provision suffisante, avait prélevé sur sa réserve ce morceau de biscuit et ce morceau de viande, les derniers peut-être !

« La bonne, l'excellente créature ! s'écria-t-il. Mais si elle se figure que je vais manger ce biscuit, et cette viande, quand ses enfants et elle en sont privés ! »

Cela dit, Flip refit proprement le petit paquet et il le remit dans sa poche, fermement résolu à le rapporter intact. Puis, il se déshabilla ; il disposa ses habits sur sa tête, et entra dans la rivière.

L'eau était fraîche. Ce bain fit plaisir à Flip. En quelques brasses, il eut atteint la rive droite ; il prit pied sur une étroite bande de sable, laissa à la brise le temps de le sécher un peu, puis il se rhabilla, et, par la faille, il parvint à gagner le sommet de la falaise, qui en cet endroit mesurait environ trois cents pieds de hauteur.

Le premier regard de Flip se porta vers la mer. Toujours déserte. La côte se prolongeait vers le nord-ouest en décrivant une courbe à peu près semblable à celle qui se dessinait au-dessous de la rivière. Elle formait ainsi une sorte de baie d'un périmètre de deux à trois lieues. La rivière se jetait donc à la mer au fond de cette baie. C'était en réalité une sorte de rade foraine assez profondément échancrée. Quant à la falaise, elle suivait une direction horizontale pendant deux à trois milles ; puis le sol semblait manquer subitement. Ce qu'il y avait au-delà, il était alors impossible de le savoir.

À la lisière orientale du plateau, c'est-à-dire à l'opposé de la mer, apparaissaient de larges masses de verdure. C'étaient des forêts étagées sur les premières ramifications du pic central ; au-dessus courait l'arête de puissants contreforts qui convergeaient vers la montagne. Tout ce pays était magnifique ; couvert de forêts et de prairies, il contrastait par sa fertilité avec cette région du sud, aride, sauvage et désolée !

« Oui ! pensait Flip, on pourrait vivre heureux sur cette côte ! Une petite colonie comme la nôtre devrait y prospérer ! Quelques outils, un peu de feu, et je répondrais de l'avenir ! »

Flip, en songeant, marchait d'un bon pas ; il observait attentivement le pays, mais sans quitter la lisière de la falaise. Après une heure de marche, il atteignit l'endroit où elle s'interrompait brusquement. La falaise formait en cet endroit un cap qui terminait la baie au nord. De ce point, la côte revenait un peu vers l'est et s'allongeait en un promontoire très aigu.

Au-dessous de la falaise, à deux cents pieds environ sous les yeux de Flip, le sol semblait être marécageux. On eût dit un immense marais, avec de vastes plaques d'eau stagnante, long et large d'une lieue. Il suivait les capricieux contours de la côte, indiquée par une longue ligne de dunes qui courait du sud au nord à quatre ou cinq cents pieds de la mer.

Flip, au lieu de tourner le marais et de s'engager trop à l'intérieur, résolut de suivre cette lisière sablonneuse. Une partie de la falaise éboulée lui permit d'arriver sans difficultés jusqu'au sol inférieur.

Ce sol était formé d'un limon argilo-siliceux mêlé de nombreux débris de végétaux. Des conferves, des joncs, des carex, des scirpes, et çà et là, quelques couches d'herbages le recouvraient. De nombreuses mares scintillaient sous les rayons solaires. Ni les pluies trop peu abondantes, ni aucune rivière gonflée par une crue subite, n'avaient pu former ces réserves d'eau. On en devait naturellement conclure que ce marais était alimenté par les infiltrations du sol. Et cela l'était en effet.

Au-dessus des herbes aquatiques, à la surface des eaux stagnantes, voltigeait un monde d'oiseaux. Un chasseur de marais, un *huttier*, n'aurait pu y perdre un seul coup de fusil. Canards sauvages, pilets, sarcelles, bécassines y vivaient par bandes, et ces volatiles, peu craintifs, se laissaient approcher. Flip eût pu les tuer à coups de pierre !

Mais à quoi bon ? Ces attrayants spécimens de la faune aquatique ne firent qu'accroître les regrets du marin. Il détourna les yeux et hâta sa marche à travers les étroites sentes qui devaient aboutir à la mer. Son bâton lui servait à sonder les herbages qui recouvraient les flaques d'eau, et à éviter quelque désagréable immersion au milieu d'un vaseux liquide. Mais s'il se tirait adroitement de ces mauvais pas, il ne marchait pas vite.

Enfin, vers trois heures et demie, Flip avait atteint la limite occidentale du marais. Une route facile se présentait à lui entre les dunes et la mer. C'était un sable fin, semé de coquillages, ferme au pied. Flip marcha plus rapidement, en grignotant ses amandes de pins pignons et se désaltérant aux ruisseaux qui versaient au rivage le trop-plein du marais. Les rochers manquaient à cette partie de la côte, et, conséquemment, les moules ou autres mollusques comestibles dont l'appétit de Flip se fût fort accommodé. Mais le marin avait à la fois l'esprit et l'estomac d'un philosophe, et il savait très-bien se passer de ce qu'il n'avait pas.

Il continuait ainsi son exploration vers le nord. Qu'espérait-il rencontrer sur ces plages désertes ? Quelque hutte d'indigènes, quelques débris d'un navire, quelque épave dont il ferait son profit ? Non. Il est plus vrai de dire que le vaillant marin, découragé malgré lui, marchait machinalement, sans but, sans idée arrêtée, et, l'on peut ajouter, sans espoir !

Il fit ainsi plusieurs milles. La contrée ne se modifiait pas. D'un côté la mer, de l'autre la plaine marécageuse. Aucun symptôme, aucun indice d'un changement prochain dans la nature du sol. Dès lors, que servait à Flip de poursuivre plus avant sa reconnaissance ? Pourquoi se fatiguer inutilement dans une vaine exploration ? Ce qu'il n'avait pas trouvé encore, le rencontrerait-il plus tard ?

Flip s'était assis sur le sable, entre deux touffes de joncs aigus, dont les racines servaient à fixer ces dunes mobiles. Il resta ainsi, pendant une demi-heure, sa tête appuyée sur ses mains, sans même chercher à observer cette mer qui ondulait devant lui. Puis il se leva afin de reprendre la route du campement.

En ce moment, un cri bizarre se fit entendre, qui attira l'attention du marin. Ce ne pouvait être un gloussement de canard sauvage. Ce cri ressemblait plutôt à un jappement.

Flip monta jusqu'au sommet d'une dune, et il promena ses regards sur le marais. Il ne vit rien, il observa seulement que des bandes d'oiseaux s'envolaient précipitamment des hautes herbes.

« Il y a là quelque animal, se dit Flip, quelque reptile qui met en émoi tous ces volatiles ! »

Flip regarda attentivement, mais les hautes herbes ne remuaient pas. Le cri ne s'était pas reproduit. Le marais, abandonné par les oiseaux, ne semblait pas receler un être vivant. Le marin attendit pendant quelques minutes ; il observait à la fois la plaine, le rivage et la ligne des dunes. Ces sables pouvaient cacher, en effet, quelque visiteur dangereux. Flip avait assuré son bâton dans sa main, et il se tenait prêt à toute attaque, mais les joncs restaient immobiles.

« Je me serai trompé, dit Flip, et il reprit sa route vers le sud, après avoir descendu la dune jusqu'au rivage. »

Mais le marin marchait depuis cinq minutes à peine, lorsque le singulier jappement se fit entendre de nouveau, à une distance assez rapprochée.

Flip s'arrêta. Cette fois, il ne pouvait pas s'y méprendre. C'était bien un aboiement, mais un aboiement étouffé, l'aboiement d'un chien épuisé par la fatigue.

« Un chien ici ! Sur cette côte ! murmura Flip. »

Il écouta. Deux ou trois jappements plaintifs frappèrent encore son oreille.

« Oui, un chien ! se dit Flip en revenant sur ses pas. Mais ce n'est pas un chien sauvage ! Le chien sauvage n'aboie pas ! Qu'est-ce que cela veut dire ? »

Une inexplicable émotion faisait battre le cœur du marin. Pourquoi ce chien sur cette côte ? Y avait-il donc quelque habitation sur cette terre, quelque campement d'indigènes ou de naufragés ? Il fallait à tout prix le savoir.

Flip remonta la petite chaîne de dunes. Les aboiements se faisaient plus distinctement entendre. Flip, étrangement ému, courait à travers les joncs, gravissant et dévalant les monticules de sable. Ce chien ne pouvait être loin, et il ne le voyait pas.

Mais soudain les herbes s'entrouvrirent sur la lisière d'une flaque d'eau stagnante. Un animal parut devant Flip. C'était un chien amaigri, efflanqué, souillé de vase, épuisé, se traînant à peine.

Flip alla vers lui. Le chien semblait l'attendre. C'était un animal de grande taille, aux oreilles pendantes, à la queue touffue, dont une boue liquide couvrait le poil soyeux. Sa tête était large et bien remplie. Il appartenait à cette intelligente race des épagneuls. Mais dans quel état il se montrait. Les pattes ensanglantées, le museau souillé d'une bave vaseuse ! Mais à voir ses yeux bons et doux, son regard affectueux, Flip comprit qu'il n'avait rien à craindre de cet animal.

Le chien s'approcha de Flip en rampant. Flip lui tendit la main que le chien se mit à lécher, puis, saisissant le pantalon du marin entre ses dents, il chercha à l'entraîner du côté du rivage.

Tout à coup, Flip s'arrêta, s'agenouilla sur le sable. Il approcha sa tête de la tête du chien ; il chercha à le dévisager, à le reconnaître sous la boue qui le couvrait, puis, laissant échapper un cri :

« Lui, lui ! Non, ce n'est pas possible ! »

Puis, il regarda, il regarda encore ; il essuya la tête de l'animal…

« Fido ! s'écria-t-il enfin. »

À ce nom, le chien donna des signes d'une extraordinaire agitation : il essaya de bondir, il remua vivement sa queue. Il se sentait reconnu !

« Fido ! répétait le marin, toi ! Toi ici ! »

Il est plus facile de comprendre que de dépeindre la stupéfaction du digne Flip, à retrouver sur cette côte déserte le chien Fido, le fidèle compagnon de l'ingénieur Clifton, l'ami des jeunes enfants, qu'il avait si souvent caressé à bord du *Vankouver* ! Fido l'avait bien reconnu lui !

« Mais il n'est pas venu seul ! s'écria Flip. Que s'est-il passé à bord du *Vankouver* ? »

Il semblait que Fido eût compris la question du marin. Il semblait qu'il voulût y répondre. Il aboyait, il essayait d'entraîner Flip, au risque de déchirer les vêtements du marin. Celui-ci ne pouvait se méprendre à cette intelligente pantomime.

« Il y a quelque chose, dit-il. Allons ! »

Et il suivit le sagace animal.

Flip et Fido, celui-ci guidant celui-là, prirent à travers les dunes et descendirent jusqu'au rivage. Pendant une demi-heure, ils allèrent ainsi. Fido semblait ranimé, il s'élançait en avant et revenait à Flip. Le marin était dans un état de surexcitation extraordinaire. Il espérait, mais il n'eût pu dire sur quoi portait son espoir. Il n'osait se formuler à lui-même les vagues pensées qui traversaient son esprit. Il allait, fatalement poussé vers l'inconnu. Il oubliait sa fatigue, et la longue route qu'il avait déjà faite, et ce chemin du retour qu'il lui faudrait bientôt reprendre !

Vers cinq heures du soir, le soleil était déjà très-abaissé sur l'horizon, quand Fido s'arrêta au pied d'une dune assez élevée ; puis, regardant Flip une dernière fois, et poussant un jappement étrange, il s'élança dans une étroite passe que les sables laissaient entre eux. Flip le suivit ; il tourna un gros bouquet de joncs, et il poussa un cri en voyant un homme étendu sur le sol. Flip se précipita vers lui et reconnut l'ingénieur Clifton.

Fido ! s'écria-t-il enfin.

CHAPITRE XIV

Des soins au blessé – Retour de Flip à la grotte
Le plan de Flip – À la rencontre de Flip

Quelle rencontre ! Quel hasard, ou plutôt quelle intervention providentielle se manifestait ainsi ! Quel changement dans la situation de la famille Clifton. Un père, un époux lui était rendu ! Qu'importait son dénuement, sa misère présente. Elle pourrait maintenant regarder l'avenir en face.

Flip n'eut même pas un instant cette pensée que ce corps étendu sur le sable pût n'être qu'un cadavre. Il s'était précipité vers lui. La figure d'Harry Clifton, tournée vers le ciel, était pâle, les yeux fermés, la bouche entrouverte, langue gonflée entre les dents. Son corps, les bras étendus, conservait une complète immobilité. Ses vêtements, tachés de boue, portaient des traces de violence. Près de l'ingénieur,

Flip aperçut un vieux pistolet à pierre, un couteau ouvert, et une hache de bord.

Flip se pencha sur le corps de l'ingénieur. Il défit les habits du malheureux. Le corps était chaud, mais effroyablement amaigri par les privations et les souffrances. Flip souleva la tête de Clifton ; il vit alors aux os du crâne une large blessure que recouvrait un épais caillot de sang.

Flip posa son oreille sur la poitrine du blessé. Il écouta.

« Il respire ! il respire encore ! s'écria-t-il. Je le sauverai. De l'eau ! de l'eau ! »

À quelques pas, Flip aperçut un petit ruisseau qui coulait sur un lit de sable du marais à la mer, y courut, trempa son mouchoir dans cette eau fraîche et revint vers le blessé. Il commença d'abord par baigner sa tête et dégagea délicatement les cheveux collés par le sang. Puis, il humecta les yeux, le front, les lèvres de l'ingénieur.

Harry Clifton fit un léger mouvement. Sa langue remua légèrement entre ses lèvres tuméfiées, et Flip crut entendre murmurer ce mot :

« Faim ! faim ! »

« Ah ! s'écria Flip, le malheureux, il meurt de faim ! Qui sait depuis combien de jours il est privé de nourriture ? »

Mais comment ranimer cet infortuné ? Comment ressaisir la vie prête à s'échapper de lui ?

« Ah ! s'écria Flip, le biscuit, la viande que Mrs. Clifton... C'est une inspiration du ciel qui a fait agir cette digne femme ! »

Flip courut jusqu'au ruisseau, et il en rapporta un peu d'eau dans une coquille. Puis, délayant un peu de biscuit dans cette eau fraîche, il en fit une sorte de panade, dont il porta quelques portions à la bouche du blessé.

Harry Clifton ne put, sans efforts, absorber une ou deux cuillerées de cette panade. Son gosier, rétréci, livrait à peine passage aux aliments. Cependant, il parvint à avaler un peu de ce pain détrempé, et il semblait que la vie lui revenait.

Pendant ce temps, Flip lui parlait comme une mère parle à son enfant malade. Il lui prodiguait ses plus encourageantes paroles. Une demi-heure s'écoula, et Harry Clifton entrouvrit les yeux. Son regard presque éteint se porta sur Flip. Il reconnut l'honnête marin, – ce fut évident –, car ses lèvres essayèrent de sourire.

« Oui, monsieur Clifton, lui dit Flip, c'est bien moi, le matelot du *Vankouver*... Vous m'avez bien reconnu ! ... Oui ! oui, je sais ce que vous voulez me demander ! Mais ne parlez pas ! Ce n'est pas la peine. Écoutez-moi seulement. Votre femme, vos enfants... tout le monde va bien. Ils sont heureux ! Très-heureux ! Et quand ils vous reverront, quelle joie ! Quel ravissement ! »

Un mouvement des doigts du blessé fut immédiatement compris de Flip. Flip mit sa main dans celle de l'ingénieur qui la serra faiblement.

« Compris, monsieur, compris, reprit le marin, mais ce n'est pas la peine ! Il n'y a pas de quoi ! C'est moi, au contraire, qui vous remercie d'être venu nous trouver. C'est gentil de votre part ! »

Et il riait, le bon Flip, et il tapotait doucement la main du blessé, et Fido, joignant ses caresses aux siennes, léchait les joues de son maître !

Mais tout à coup, Flip de s'écrier :

« J'y pense ! Vous devez mourir de faim, Fido ! Mangez donc, monsieur, mangez donc ! Votre vie est encore plus précieuse que la mienne ! »

Ce disant, Flip présenta quelques petits morceaux de viande et de biscuit au fidèle chien. Fido se jeta dessus, et dévora avec avidité. Flip lui redonna quelques portions de sa précieuse réserve. Il était dans un jour de prodigalité. D'ailleurs, il croyait très-sérieusement que, le père retrouvé, il n'y avait plus à se préoccuper du salut de la petite colonie.

Cependant Harry Clifton reprenait quelques forces en avalant son biscuit mouillé. Pendant qu'il mangeait, Flip examinait sa blessure : l'os du crâne avait été seulement contusionné. Flip, qui s'y connaissait, – il avait eu vingt fois l'occasion de se traiter lui-même –, ne trouva pas que l'état du blessé fût autrement grave. De l'eau fraîche devait avoir raison de cette fracture. Une compresse, faite avec le mouchoir de Flip, fut appliquée sur la tête de Clifton et le marin disposa pour son malade un lit bien doux d'herbes et de plantes marines, qu'il arrangea sur une rampe de sable. Le blessé fut transporté sur cette couche rapidement improvisée, et Flip le recouvrit de sa vareuse et de sa chemise de laine, afin de le préserver contre le froid de la nuit.

Clifton se laissait faire, et ne pouvait remercier son sauveur que par un regard de reconnaissance.

« Ne parlez pas, ne parlez pas ! lui répétait Flip. Je n'ai pas besoin de connaître ou de savoir ce qui est arrivé. Plus tard, vous nous raconterez cela. L'important est que vous soyez ici, et, ciel clément ! vous y êtes ! »

Puis, quand toutes ces dispositions furent prises, le marin s'agenouilla près de l'ingénieur, et s'approchant de son oreille :

« Vous m'entendez bien, monsieur Clifton ? dit-il. »

Harry Clifton fit de l'œil un signe affirmatif.

« Écoutez-moi donc, reprit Flip. Voici la nuit qui vient, mais elle sera belle, à en juger par l'aspect du ciel. Si vous aviez été assez fort pour faire quelques pas, quand bien même j'aurais dû vous porter un mille ou deux, nous serions partis ensemble ; mais à suivre les sinuosités de la côte, quatre lieues nous séparent du campement où se trouvent votre femme et vos enfants ! – en bonne santé, je vous le répète ! Une vaillante femme que vous avez là, monsieur Clifton, et de courageux enfants ! »

Un regard du blessé remercia le brave marin. La vie lui revenait à entendre parler ainsi de ceux qu'il aimait tant.

« Voici donc ce que je vais faire, reprit Flip. Le plus pressé, c'est de vous transporter dans la grotte où les soins ne vous manqueront pas. Je vais donc vous laisser ici pendant quelques heures. J'ai mis près de vous, dans cette coquille, un peu de biscuit détrempé, et de petits morceaux de viande au cas où vous sentiriez la force de manger. Fido n'y touchera pas ; il me l'a promis. Dans une autre coquille se trouve un peu d'eau douce, afin que vous puissiez humecter vos lèvres. Très-bien. Vous m'entendez ! Bon. Je vais partir. Il est huit heures. Dans deux heures au plus, je serai rendu à la grotte, car j'ai de bonnes jambes. Une fois arrivé, je prendrai le canot, vous savez bien, le canot du *Vankouver*, que ces honnêtes coquins ont mis à notre disposition. Le vent est bon ; il souffle du sud-ouest, je ne mettrai donc pas plus de six quarts d'heure à revenir près de vous. C'est donc pendant trois heures et demie, monsieur l'ingénieur, mettons quatre heures, que je vous prie de m'attendre. Donc, à minuit, je serai ici. Nous attendrons ensemble la marée descendante du matin qui favorisera notre retour, et à huit heures du matin, vous serez couché sur un bon lit de mousse, dans une demeure bien chaude, bien confortable, et au milieu de votre chère famille. Cet arrangement vous convient-il ?

— Oui ! Flip ! murmura Harry Clifton.

— C'est dit, répliqua le marin ; je pars, monsieur Clifton ; attendez-moi avec confiance et vous verrez que je serai exact au rendez-vous ! »

Flip, ayant pris ses dernières dispositions, après avoir soigneusement *bordé* le lit d'herbages sur lequel reposait le blessé, lui serra encore une fois la main. Puis, s'adressant au fidèle chien :

« Quant à toi, Fido, veille bien, mon garçon, veille sur ton maître, et ne lui mange pas sa pâtée ! »

Fido comprit sans doute, car il poussa un aboiement qui ressemblait tellement à un *oui* que Flip fut tout rassuré. Puis ce digne homme s'éloigna à grands pas.

Avec quel entrain, avec quelle ardeur Flip reprenait alors le chemin du campement ! Quelle joie le soutenait ! Comme il oubliait toutes les fatigues de cette journée ! Non ! il ne revenait pas les mains vides à la grotte ! Il ne songeait plus à son couteau cassé, à son foyer éteint ! Un ingénieur tel qu'Harry Clifton ne saurait-il pas se tirer d'affaire ! N'était-il pas capable de faire tout avec rien ? Mille projets éclosaient maintenant dans le cerveau de Flip, et il ne doutait pas de les accomplir un jour !

Cependant, la nuit était venue. La côte et l'océan se confondaient dans une obscurité profonde. La lune, alors dans son dernier quartier, ne devait pas se lever avant minuit. Flip ne devait donc compter que sur son instinct et son adresse pour retrouver sa route et se tirer des mauvais pas. Ne pouvant couper en droite ligne, sous peine de se perdre en plein marais, il dut suivre la lisière du rivage jusqu'au commencement de la falaise. Mais, arrivé à ce point, les difficultés commencèrent. Il fallait retrouver les étroits sentiers qui circulaient entre les mares. Flip ne comptait plus ses faux pas ; il en riait même, et ne regrettait que le retard apporté à sa marche. À chaque instant, les oiseaux aquatiques, subitement réveillés, s'envolaient des touffes d'herbes.

« Bah ! se répétait Flip, ce sol est comme une écumoire ! Mais, des trous ne sont que des trous, et j'en ai vu bien d'autres dans ma vie ! Je me suis déjà enlisé dans des terrains un peu plus méchants que celui-ci, et ce n'est pas un marais qui m'empêchera de passer ! »

Avec cette manière de raisonner, on fait bien des choses ! Flip, trempé des pieds à la tête, et souillé de vase, avançait toujours, et il atteignit cette brèche par laquelle il était descendu du sommet de la falaise sur le sol marécageux de la plaine. Vingt autres n'auraient pas reconnu au milieu des ténèbres ce passage praticable. Mais Flip ne pouvait s'y tromper ; il voyait la nuit, comme un nyctalope. Il gravit la brèche avec la légèreté d'un chasseur d'isards.

« Enfin, se dit-il, voici donc un terrain solide ! Ce maudit marais aurait fini par me fatiguer les jambes ! Je sens même un peu de lassitude… Bah ! je vais me remettre avec un temps de galop ! »

Et Flip le fit comme il le disait. Les coudes serrés aux hanches, la poitrine bien ouverte, il courut comme un coureur de profession. En quelques minutes, il eut franchi le plateau de granit et atteint la rive droite de la rivière. Enlever ses habits, c'est-à-dire son pantalon et sa chemise de grosse toile, en faire un paquet, le placer sur sa tête, se jeter à l'eau, traverser la rivière, se rhabiller sur l'autre rive, ce fut l'affaire d'un moment. Le premier campement atteint, il rangea le pied de la falaise et, tout en courant, il se dirigea vers la grotte.

À dix heures et quelques minutes, Flip arrivait au dernier tournant, et là, il fut hélé par une voix qu'il reconnut immédiatement.

« Hé ! Flip.
— Hé ! monsieur Marc ! répondit-il. »

Le marin et le jeune garçon furent aussitôt l'un près de l'autre. Marc n'avait pas voulu se coucher. Il était inquiet de l'absence de Flip. Pendant que sa mère reposait, il veillait au-dehors sur toute la famille et guettait l'arrivée de son ami. Cette première nuit passée loin de Flip lui semblait ne devoir jamais finir.

Mais le marin ne comptait pas sur la présence du jeune Marc. Il hésita un instant à lui apprendre le prochain retour de son père. Cette nouvelle inattendue et cette joie subite ne le saisiraient-elles pas ? Mais, non, pensa Flip ; ce jeune garçon a la force morale d'un homme, et d'ailleurs, les bonnes nouvelles ne font jamais de mal.

« Hé bien, Flip, demandait Marc dont le cœur battait avec violence, eh bien, votre exploration ?...

— Il y a du nouveau, monsieur Marc, répondit le marin.

— Ah, Flip ! s'écria le jeune garçon, allez-vous donc rendre un peu d'espoir à ma mère ? Ce sont là des épreuves trop fortes pour une femme ! Elle y succombera !

— Monsieur Marc, répondit Flip, je vous rapporte une nouvelle telle que si vous ne remerciez pas le ciel en l'apprenant vous seriez bien ingrat !

— Qu'y a-t-il, Flip ? Qu'y a-t-il ? demanda le jeune garçon, tremblant d'émotion.

— Du calme, monsieur Marc, reprit le marin, et écoutez-moi. J'ai retrouvé Fido.

— Fido ! notre chien ! le chien de mon père ?

— Oui ! Fido, amaigri, exténué, mourant ; mais il m'a reconnu !

— Et puis... dit Marc, la voix altérée, et puis... parlez Flip. Fido... vous ne l'avez pas amené ?...

— Non, monsieur Marc, je l'ai laissé... là-bas... quelqu'un à veiller...

— Mon père ?

— Oui ! »

Marc serait tombé si Flip ne l'eût retenu ! Le jeune garçon pleurait dans les bras du marin. Flip lui racontait d'une voix émue tout ce qui s'était passé dans cette rencontre ! Ah ! quelle joie au cœur de Marc ! Son père ! son père vivant !

« Partons ! s'écria-t-il, en s'arrachant des bras du marin. Il faut le transporter ici.

— Oui, répondit Flip, et il n'y a pas un instant à perdre. Voici ce que j'ai résolu de faire, monsieur Marc. »

Flip fit part au jeune garçon de son intention de prendre le canot et de se rendre par mer jusqu'à l'endroit où il avait laissé Harry Clifton sous la garde de Fido. Il voulait tenir sa promesse d'être revenu à minuit. La marée allait monter, et le flot le favorisant, il voulait en profiter pour gagner plus rapidement dans le nord.

« Et ma mère ? dit Marc, dois-je la prévenir ?

— Monsieur Marc, répondit le marin, c'est là une mesure délicate ; écoutez ce que votre cœur vous dira : il faudra préparer Mrs. Clifton peu à peu…

— Je ne vous accompagnerai donc pas, Flip ? demanda le jeune garçon.

— Je crois que vous devez rester ici dans l'intérêt de votre mère, monsieur Marc.

— Mais mon père ! mon père qui m'attend !

— Non, mon jeune monsieur ; vous êtes l'aîné de la famille. Vous devez veiller sur elle en mon absence. D'ailleurs, remarquez bien que nous serons de retour à huit heures du matin au plus tard. Je ne vous demande donc que quelques heures de patience.

« — Mais, dit encore le jeune garçon en insistant, si mon pauvre père allait succomber à ses souffrances, si je n'étais pas là pour…

— Monsieur Marc, répondit sérieusement l'honnête marin, c'est un père vivant que je vous ai annoncé et c'est un père vivant que je ramènerai à sa famille ! »

Marc se rendit aux raisons de Flip. Les choses étaient convenablement arrangées. En effet, la présence de Marc était nécessaire à la grotte, non seulement parce qu'il lui appartenait de veiller sur ses hôtes, mais aussi parce que, seul, le jeune garçon pouvait adroitement préparer sa mère à cette immense joie qui l'attendait. Marc, d'ailleurs, n'aurait pu partir sans prévenir Mrs. Clifton de son départ, et certainement il n'eût pas eu le courage d'interrompre son sommeil.

Marc vint donc aider le marin à préparer son embarcation. La voile était encore enverguée car Flip s'était récemment servi du canot pour la pêche des huîtres. Il fut donc poussé à la mer.

En ce moment, le courant qui sortait du canal, formé entre l'îlot et la côte, se dirigeait vers le nord. La brise, soufflant du sud-ouest, devait en outre favoriser la marche de l'embarcation. La nuit était obscure, il est vrai, et la lune ne devait pas se lever avant deux heures. Mais un marin tel que Flip n'était pas gêné de se diriger dans l'ombre. Flip se plaça à l'arrière du canot.

« Embrassez bien mon père, cria le jeune garçon.

— Oui, monsieur Marc, répondit le marin, je l'embrasserai pour vous et pour tout le monde. »

Flip hissa sa voile, et le canot disparut bientôt dans l'obscurité.

Il était dix heures et demie du soir. Marc resta seul sur la grève, en proie à une fébrile agitation. Il ne pouvait se décider à rentrer dans la grotte ; il sentait le besoin d'aller, de venir, de respirer cet air frais de la nuit. Non ! il ne voulait à aucun prix réveiller sa mère ! Que lui eût-il dit ? Aurait-il pu lui cacher son trouble, aurait-il pu se taire devant elle ?

Mais pourquoi se taire ? Flip ne lui avait-il pas recommandé de préparer peu à peu Mrs. Clifton à revoir celui qu'elle croyait à jamais perdu ? Son père à lui, son mari à elle, n'allait-il pas être là dans quelques heures ? Mais que dire, qu'imaginer, que faire ?

Marc réfléchissait, en allant incessamment du rivage à la grotte. Bientôt, l'ombre de la nuit s'éclaircit un peu. Une lueur douce dessina vaguement les sommets de la côte et laissa une petite bande de mer étinceler à l'horizon. C'était la lune qui se levait dans l'est. Il était plus de minuit en ce moment. Si Flip avait pu heureusement accomplir sa traversée, il devait être alors près d'Harry Clifton. Marc songea que son père avait un ami sûr qui veillait sur lui. Cette idée lui rendit quelque calme ; dans son esprit surexcité, il imaginait, il voyait les marques de dévouement que le digne marin prodiguait à son père et qu'il eût tant voulu lui prodiguer lui-même !

Alors Marc songea sérieusement à ce qu'il devrait dire à Mrs. Clifton. Il aurait nécessairement à expliquer le retour de Flip pendant la nuit, le départ du canot, et pourquoi le marin avait agi de la sorte. Il résolut d'apprendre à sa mère que, pendant son excursion, Flip avait découvert une île assez rapprochée de la côte, que cette île lui avait paru être habitée, et, que, coûte que coûte, il voulait l'atteindre avant le lever du soleil. À cette nouvelle, le jeune garçon ne doutait pas que sa mère ne fût vivement émue. Il ajouterait alors que suivant l'opinion de Flip, cette île devait servir de refuge à des naufragés, car le marin croyait avoir aperçu un mât de signal élevé sur une hauteur et destiné à attirer l'attention des navigateurs. Marc insinuerait alors que ces naufragés pourraient bien être des gens du *Vankouver*. Pourquoi, en effet, ce navire errant à l'aventure, privé de son capitaine, manœuvré par un second ignorant et un équipage en révolte, n'aurait-il pas donné sur les récifs qui hérissent cette côte ? Cette hypothèse admise, le jeune garçon laisserait à sa mère le soin d'espérer que son époux, le père de ses enfants, fît partie des rescapés.

Marc réfléchit ainsi pendant de longues heures, craignant ou d'en trop dire ou de ne pas en dire assez. Cependant, la lune passait au méridien, et quelques vagues lueurs, éparses dans l'est, annonçaient le prochain lever du soleil. Le jour devait se faire assez rapidement sous cette latitude relativement basse.

Marc, assis sur un roc, était absorbé dans ses pensées, quand, relevant la tête, il vit sa mère debout devant lui.

« Tu ne t'es donc pas couché, mon enfant ? demanda Mrs. Clifton.

— Non, mère, répondit Marc en se levant, non. Pendant l'absence de Flip, je n'aurais pu dormir, et mon devoir était de veiller sur vous tous.

— Cher Marc, mon enfant chéri, dit Mrs. Clifton, en prenant les mains du jeune garçon. Et Flip ? ajouta-t-elle.

— Flip ? dit Marc, hésitant un peu, eh bien, Flip est revenu.

— Revenu ! répondit Mrs. Clifton en regardant autour d'elle.

— Oui, dit Marc, revenu... et reparti... Il a pris le canot... »

Marc balbutiait. Sa mère le regarda jusque dans les yeux.

« Pourquoi Flip est-il reparti ? demanda-t-elle.

— Mère, il est reparti…

— Qu'y a-t-il donc, Marc ? Tu me caches quelque chose ?

— Non, mère, je vous ai dit… Je ne sais, mais j'ai bon espoir… »

Mrs. Clifton prit la main de son fils, et demeura quelques instants sans lui parler. Puis :

« Marc, dit-elle, qu'y a-t-il de nouveau ?

— Mère, écoutez-moi, dit Marc. »

Marc raconta alors à Mrs. Clifton les prétendus incidents du voyage de Flip. Mrs. Clifton l'écouta sans prononcer un seul mot. Mais quand son fils parla des naufragés du *Vankouver*, et de la possibilité de les retrouver sur cette île, Mrs. Clifton, abandonnant la main de Marc, se leva, et s'avança jusqu'à la lisière du rivage.

En ce moment, ses autres enfants accoururent à elle ; ils se jetèrent dans ses bras, et Mrs. Clifton, – pourquoi ? Elle n'eût pu le dire –, les embrassa avec une extraordinaire ardeur. Puis, sans demander de nouvelles explications à son fils aîné, mais le cœur agité d'une indicible émotion, elle s'occupa de la toilette de Jack et Belle.

Quant à Marc, il continua sa promenade sur la grève, décidé à ne plus parler, car son secret lui serait parti de ses lèvres. Seulement, il dut répondre à Robert quand celui-ci, ne voyant plus le canot à sa place accoutumée, demanda ce qu'il était devenu.

« Flip l'a pris cette nuit, afin de poursuivre son exploration plus au nord.

— Flip est donc revenu ?
— Oui.
— Et quand sera-t-il de retour ?
— Probablement, ce matin vers huit heures. »

Il était alors sept heures et demie. Mrs. Clifton, redescendant alors vers le rivage, dit :

« Mes enfants, si vous le voulez, nous irons sur la falaise au-devant de notre ami Flip. »

La proposition fut acceptée. Marc n'osait plus regarder sa mère. Il avait pâli rien qu'à l'entendre parler, et senti tout son sang lui refluer au cœur.

La mère et les enfants prirent le chemin du rivage. Bientôt, Robert signala un point blanc au large. C'était une voile ; on ne pouvait s'y tromper ; c'était le canot de Flip qui, sous l'action de la marée descendante, doublait, au plus près, la pointe nord de la baie. Avant une demi-heure, il devait être arrivé au campement.

Mrs. Clifton regarda Marc qui fut sur le point de s'écrier : « Mon père, mon père est là ! ». Mais il se retint par un suprême effort.

Cependant, l'embarcation ralliait la côte avec rapidité. La lame écumait sous son étrave, et elle s'inclinait sous le vent qui venait de terre. Bientôt, elle fut suffisamment distincte pour que Robert pût s'écrier avec raison :

« Tiens ! il y a un animal à bord.

— Oui ! un chien, répondit Marc, à qui cette réponse échappa malgré lui. »

Sa mère alla se placer à son côté.

« Ah ! si c'était seulement notre Fido ! dit la petite Belle. »

Quelques instants après, Robert, comme s'il eût répondu à sa sœur disait :

« Mais c'est Fido ! Je le reconnais, mère ! c'est Fido !
— Fido ! murmura Mrs. Clifton.
— Oui ! mère ! répétait le jeune garçon, Fido ! votre brave chien ! Mais comment est-il là avec Flip ? Fido ! Fido ! ajouta-t-il en criant à haute voix. »

Un aboiement arriva jusqu'à lui.

« Il me reconnaît ! il me reconnaît ! répétait Robert. Fido ! Fido ! »

En ce moment, l'embarcation entrait dans l'étroit canal formé entre l'îlot et la côte ; le jusant l'entraînait avec une extrême vitesse. Il ne tarda pas à gagner l'extrémité de la falaise, qu'un coup de barre lui fit heureusement doubler !

À ce moment, le chien se précipita à la mer et nagea vers le groupe des enfants, en coupant obliquement le flot qui menaçait de l'entraîner. Bientôt, il atteignit le sable et courait au-devant des enfants qui lui rendaient caresse pour caresse !

Cependant, Marc avait couru vers le canot. Mrs. Clifton, pâle comme une morte, le suivait.

Le canot prit un peu de tour, et vint s'échouer doucement sur la grève. Flip était debout à la barre. Un homme, couché près de lui, se souleva un instant, et Mrs. Clifton tomba évanouie dans les bras de l'époux qu'elle avait tant pleuré !

Mrs. Clifton tomba évanouie.

CHAPITRE XV

La famille réunie – La convalescence d'Harry Clifton
Ce qui s'est passé sur le *Vankouver*
Ce qu'il en est de la situation des naufragés
L'Oncle Robinson

Enfin ! Ils étaient tous réunis ! Ils oubliaient tout leur dénuement, leur misère présente, le menaçant avenir qui les attendait, les terribles épreuves dont le sort venait de les frapper coup sur coup ! Ils s'oubliaient eux-mêmes dans cet embrassement commun qui les réunissait sur le cœur d'Harry Clifton ! Que de larmes de joie furent répandues ! Mrs. Clifton, revenue à elle, s'était agenouillée près du canot, et remerciait Dieu.

Ce jour-là, à l'almanach de Belle, c'était le dimanche 1er mai, un jour d'actions de grâce. La famille entière allait le passer au chevet du malade. Harry Clifton se sentait un peu revivre. Les soins que Flip lui avait prodigués, ce peu de nourriture qu'il avait déjà pu prendre, l'espoir, le bonheur, tout contribuait à lui rendre ses forces perdues. Il était bien affaibli encore, mais vivant, bien vivant, comme l'avait dit Flip au jeune Marc.

Harry Clifton n'aurait pu se rendre en marchant du canot à la grotte. Flip et ses deux enfants le transportèrent sur une civière de branchage. De chaque côté, Belle et Jack tenaient les mains de leur père. Mrs. Clifton avait préparé dans le meilleur coin de la grotte un excellent lit d'herbes et de mousse sur lequel Harry Clifton fut déposé. Presque aussitôt, fatigué par l'émotion et le voyage, il tomba dans un assoupissement dont Flip augura bien.

« Je suis un peu médecin, dit-il à Mrs. Clifton, ou du moins j'ai souvent soigné des malades. Je m'y connais ! Très-bon, ce sommeil, très-bon ! Quant à cette blessure de monsieur l'ingénieur, c'est peu de choses. Nous la soignerons dès qu'il sera réveillé. Mais, je vous le répète, madame, une simple plaisanterie que cette blessure. Moi, qui vous parle, j'ai eu la tête écrasée entre deux navires, au quai de Liverpool ! Est-ce qu'il y paraît ? Non. Et depuis cet accident-là, je n'ai plus de migraines. Voyez-vous, *mistress* Clifton, quand on ne meurt pas dans les trois jours d'une blessure à la tête, il faut bien en prendre son parti, on est sûr d'en guérir ! »

L'excellent Flip, dont la satisfaction se trahissait volontiers par une loquacité exceptionnelle, riait et souriait au milieu de ce déluge de paroles. Pendant le sommeil d'Harry Clifton, il raconta aux enfants et à leur mère tout ce qui s'était passé depuis la veille, son exploration de la côte nord, la traversée du marais, l'apparition de Fido, auquel revenait tout le mérite de l'affaire, car Fido avait reconnu Flip, et Flip : « un imbécile, un étourdi » n'avait pas reconnu Fido !

Si le fidèle chien fut fêté et caressé, on se le figure sans peine. Précisément, Marc avait tué un canard en visitant la veille les rives du lac, et le canard fut adjugé sans conteste à l'intelligent terre-neuve. Il n'en fit qu'une bouchée, ce qui suscita cette réflexion de Jack :

« Bon chien ! Que tu es donc heureux d'aimer la viande crue ! »

Quant à l'histoire de Mr. Clifton, son évasion du *Vankouver*, son arrivée sur cette côte, Flip, l'ignorant encore, n'en put rien dire.

« Et c'est fort heureux, ajouta-t-il, parce que nous laisserons à ce brave monsieur le plaisir de nous raconter lui-même ses aventures ! »

Cependant, il fallait songer à Harry Clifton. Si à son réveil, on eût pu lui offrir quelques tasses de bouillon chaud ! Quel bien il eut ressenti ! Mais il ne fallait pas y songer. Flip, à défaut de cette réconfortante boisson, pensa à préparer quelques huîtres bien fraîches, véritable mets de malade, qu'un estomac affaibli devait supporter aisément. Mrs. Clifton se chargea de choisir dans le parc les meilleurs de ces mollusques.

Pendant ce temps, Flip alla chercher dans le canot les objets rapportés par Harry Clifton, objets précieux, s'il en fut jamais : un couteau à plusieurs lames et à scie, qui venait à propos remplacer le couteau de Flip, une hache dont l'habile marin devait apprécier toute la valeur, et qui, dans sa main, serait un outil de première utilité, Quant au pistolet, malheureusement déchargé, il ne contenait plus un seul grain de poudre, et ne pouvait procurer du feu. Des trois objets, c'était le moins utile, bien que Robert s'amusât à le brandir d'un air belliqueux.

Puis, on attendit le réveil d'Harry Clifton. Vers onze heures environ, l'ingénieur appela sa femme et ses enfants. Tous accoururent à sa voix. Son tranquille sommeil l'avait réconforté. Aussitôt, Mrs. Clifton et Flip pansèrent sa blessure dont la cicatrisation était déjà fort avancée.

Mrs. Clifton offrit alors quelques huîtres à son mari. Elles étaient si appétissantes que celui-ci les mangea avec un plaisir extrême. La pauvre mère, dont la provision de viande et de biscuit était épuisée, tremblait à cette pensée que son cher malade demandât un peu de cette nourriture dont elle n'avait plus. Mais cette fois, du moins, les huîtres suffirent. Harry Clifton se sentait beaucoup mieux. La parole lui revenait. Il appelait chacun par son nom. Quelques couleurs reparaissaient sur ses joues creuses et pâles. Il put même, en se reposant entre chaque phrase, raconter à tous son histoire depuis la révolte du *Vankouver*.

Après la mort du capitaine Harrisson, le navire avait fait route vers le sud. Le second en avait pris le commandement. Clifton, prisonnier dans sa cabine, ne pouvait communiquer avec personne. Il pensait à sa femme, à ses enfants abandonnés en mer ! Qu'allaient-ils devenir ? Quant à lui, son sort ne pouvait être douteux. Il serait mis à mort par ces forcenés.

Quelques jours se passèrent, et il arriva ce qui arrive toujours, quand un navire se trouve dans de telles conditions. Les Kanaques, après s'être révoltés contre le capitaine Harrisson sous l'inspiration du second, se révoltèrent alors contre lui. Ce misérable les provoqua par sa cruauté. Ce second, c'était un coquin de la pire espèce.

Trois semaines après la première révolte, le *Vankouver*, revenu vers le nord, était retenu par les calmes persistants. Il avait en vue une côte qui n'était autre que la côte septentrionale de cette terre ; mais, du rivage jusqu'alors exploré par Flip, on ne pouvait l'apercevoir.

Le 24 avril, dans la matinée, Harry Clifton, toujours emprisonné, entendit sur le pont un grand tumulte, mêlé de cris. Il comprit que la situation s'aggravait. Peut-être y avait-il là une occasion pour lui de recouvrer sa liberté. La surveillance dont il était l'objet lui parut diminuer ; il en profita. Il força la porte de sa cabine. Il se précipita dans le carré ; il détacha de la panoplie un pistolet chargé et une hache de bord, et il s'élança sur le pont. Fido l'accompagnait.

En ce moment la révolte était terrible, et une lutte sanglante s'engageait entre les Kanaques et l'équipage. À l'instant où Clifton parut sur le pont, la situation du second et de ses gens était désespérée. La foule hurlante des Kanaques, armés de piques et de haches, les entourait et, presque aussitôt, le second, frappé mortellement, tomba ensanglanté.

Clifton comprit que c'en était fait du navire, et qu'entre les mains des Kanaques, il ne pouvait tarder à se perdre. Une côte était en vue, à deux milles sous le vent. Il résolut de risquer sa vie pour l'atteindre et se dirigea vers les parois de l'avant afin de se jeter à la mer.

Mais Harry Clifton avait été vu au moment où il allait accomplir son projet. Deux des révoltés s'élancèrent sur lui. D'un coup de pistolet, l'ingénieur en renversa un sur le pont. Mais il ne put parer un coup de barre d'anspect que l'autre lui porta à la tête, qui le fit tomber par-dessus le bord. La fraîcheur de l'eau le ranima. Il revint à la surface, ouvrit les yeux, et vit le *Vankouver* éloigné déjà de plusieurs encablures. Un aboiement se fit entendre près de lui. C'était Fido ; le vigoureux terre-neuve nageait à son côté et lui fournit un solide point d'appui.

Le flot portait à terre. Mais la distance à parcourir était grande. Harry Clifton, blessé, affaibli, se débattit vingt fois contre la mort. Vingt fois, son fidèle compagnon le ramena au-dessus de l'eau. Enfin, après une longue lutte, Clifton, poussé par le courant, sentit un sable ferme sous ses pieds. Aidé de Fido, il se mit hors de la portée des lames, il se traîna jusqu'à la dune, où il serait mort de faim si Flip, guidé par le chien, ne l'eût enfin trouvé. Harry Clifton, en terminant son récit, avait saisi la main de Flip, et il la serrait dans la sienne.

« Mais, sans vous commander, monsieur, lui dit le marin, quel jour avez-vous quitté le *Vankouver* et sa cargaison de coquins ?

— Le 23 avril, mon ami.

— Bon ! répondit Flip, comme c'est aujourd'hui le 1er mai, il y avait huit jours que vous étiez couché sur cette dune, à attendre la mort ! Et moi qui ne m'en doutais seulement pas ! Quelle brute je fais ! »

Cependant, après avoir achevé son histoire, après avoir encore une fois reçu les caresses de sa femme et de ses enfants, Harry Clifton manifesta le désir de prendre quelque chaude boisson.

À cette demande, chacun se regarda. Mrs. Clifton pâlit. Devait-on avouer à ce malade le dénuement auquel était réduit sa famille ? Flip ne crut pas qu'il fût opportun de faire cet aveu et, d'un signe, il engagea Mrs. Clifton à se taire. Puis, se hâtant de répondre à l'ingénieur :

« Bien, monsieur, dit-il de sa joyeuse voix, boisson chaude ! En effet ! très-bon ! très-bon ! du bouillon de cabiai, par exemple. Nous vous en ferons. Mais, pour l'instant, le feu est éteint ! Pendant que nous causions, j'ai sottement laissé éteindre le feu ; mais je vais le rallumer ! »

Et Flip sortit de la grotte, suivi de Mrs. Clifton.

« Non madame ! lui dit-il à voix basse, non, il ne faut pas encore lui dire cela ! Demain ! plus tard !
— Mais s'il demande ce bouillon chaud que vous lui avez promis !
— Oui ! je sais bien ! C'est fort embarrassant. Mais gagnons du temps ! Peut-être oubliera-t-il ?... Tenez, il faut le distraire. Racontez-lui notre histoire ! »

Mrs. Clifton et Flip entrèrent dans la grotte.

« Eh bien, monsieur l'ingénieur, comment cela va-t-il ? dit le marin. Mieux n'est-ce pas ! Si vous avez la force de nous écouter, madame Clifton va vous raconter nos aventures ! Elles valent bien les vôtres ! Vous verrez cela ! »

Sur un signe de son mari, Mrs. Clifton commença son récit. Elle raconta par le détail tout ce qui s'était passé depuis la séparation du *Vankouver* et du canot, l'arrivée à l'embouchure de la rivière, le premier campement sous l'embarcation, l'excursion dans la forêt, l'exploration de la falaise et du rivage, la découverte du lac et de la grotte, les chasses, la pêche. Elle n'oublia pas l'incident du couteau cassé, mais elle ne dit mot de l'orage et du foyer éteint. Puis, elle parla de ses enfants, de leur dévouement, de leur courage. Ils étaient dignes de leur père. Enfin, elle fit un tel éloge de Flip, de son abnégation sublime, elle le remercia en versant de si bonnes larmes de reconnaissance, que l'excellent homme, tout rougissant, ne sut plus où se cacher.

Harry Clifton se releva un peu et, plaçant ses deux mains sur les épaules de Flip, accroupi près de sa couche :

« Flip, lui dit-il avec un accent qui trahissait l'émotion la plus vive, vous avez sauvé ma femme et mes enfants, vous m'avez sauvé moi-même ! Soyez béni, Flip !
— Mais non, monsieur l'ingénieur, répondait le marin, il n'y a pas de quoi... Pur hasard, que tout cela... Vous êtes vraiment trop honnête... »

Puis, bas à Mrs. Clifton :

« Continuez, madame, continuez ! Il oublie le bouillon ! »

S'adressant de nouveau à Harry Clifton :

« D'ailleurs, reprit-il, rien n'est encore fait, monsieur l'ingénieur. Nous vous attendions. Je ne voulais pas agir sans vos ordres. Puis, j'avais besoin d'une hache, et d'un couteau pour remplacer mon couteau cassé ; et vous avez eu la bonté de m'apporter tout cela ! N'est-il pas vrai, monsieur Marc ?
— Oui, Flip, répondit le jeune garçon en souriant.
— De charmants enfants que vous avez là, monsieur Clifton. Une vaillante et aimable famille ! Un peu impatient peut-être, monsieur Robert, mais cela se calmera ! Croyez-moi, monsieur, avec ces honnêtes garçons, et avec vous, un ingénieur, nous ferons quelque chose ici !
— Surtout, si vous nous y aidez, ami Flip, répondit Mr. Clifton.

— Oui, père ! s'écria Marc. Notre ami Flip sait tout faire ! Il est marin, pêcheur, chasseur, charpentier, forgeron...

— Oh ! monsieur Marc ! répondit Flip, il ne faut pas exagérer ! Je fais un peu de tout, comme un marin, mais mal, très-mal. Je n'ai pas d'idées, moi ! Il faut que je sois guidé ! Mais, monsieur Clifton étant là, je... Nous serons très-heureux, ici !

— Heureux, dit Harry Clifton, en regardant sa femme.

— Oui, mon cher Harry, répondit Mrs. Clifton. Je n'ai plus rien à désirer depuis que vous m'avez été rendu ! Que regretterais-je ? La fortune ? Non. La société de nos semblables ? Oui, peut-être ! Mais, en tout cas, nous n'avons ni parents ni amis qui nous attendent là-bas ! Nous rentrions dans notre patrie comme des étrangers ! Oui ! je le crois, comme notre ami Flip, nous pourrons vivre heureux sur ce coin de terre, et attendre que Dieu, dans sa souveraine justice, daigne nous en tirer ! »

Harry Clifton pressa sur son cœur sa chère femme, si confiante et si forte ! La vie lui revenait au milieu de ce petit monde sur lequel se concentraient toutes ses affections.

« Oui ! dit-il, oui ! nous pourrons encore être heureux ! Mais, répondez-moi, ami Flip, cette côte appartient-elle à un continent ou à une île ?

— Demande pardon, monsieur, dit Flip, qui voyait avec plaisir la conversation s'engager dans cette voie, mais c'est une question que nous n'avons pas encore résolue.

— Elle est importante, cependant.

— Très-importante en effet ; mais voici les longs jours qui viennent. Dès que vous serez en parfaite santé, monsieur Clifton, nous explorerons notre nouveau domaine, et nous saurons si nous avons droit ou non à la qualification d'insulaires !

— Si cette terre n'est qu'une île, répondit Harry Clifton, nous avons peu d'espoir d'être jamais rapatriés, car les bâtiments fréquentent peu cette portion du Pacifique !

— En effet, monsieur, répondit le marin et, dans cette situation, nous ne devrons compter que sur nous, et non sur les autres. Si cette terre est une île, et si nous en sortons jamais, ce ne sera qu'à la condition de nous fournir à nous-mêmes les moyens de la quitter !

— Faire un navire ! s'écria Robert.

— Hé ! hé ! répondit Flip, en se frottant les mains, nous avons un canot, c'est déjà quelque chose.

— Mes enfants, reprit Harry Clifton, avant de chercher à quitter cette île, si c'en est une, nous chercherons d'abord à nous y installer. Plus tard, nous verrons ce qu'il conviendra de faire. Mais, dites-moi, Flip, vous avez sans doute un peu exploré la contrée environnante. Qu'en pensez-vous ?

— Beaucoup de bien, monsieur l'ingénieur. C'est, sans contredit, un pays charmant, très-varié surtout. Vers le nord, près de l'endroit où vous attendiez, il existe un vaste marais dans lequel pullulent les oiseaux aquatiques. Ce sera là une excellente réserve pour nos jeunes chasseurs !

— Bon ! fit Robert.

— Oui, mon jeune monsieur, un marais fait pour vous, mais il ne faudra pas vous y embourber ! Vers le sud, monsieur, c'est une région aride, sauvage, des dunes, des roches, un banc d'huîtres, de ces bonnes huîtres que vous venez de manger, un banc inépuisable ! Puis, en arrière de la côte, des prairies verdoyantes, des forêts magnifiques, des arbres de toute espèce, des cocotiers ! Oui, monsieur, je ne cherche point à surprendre votre bonne foi, nous avons des cocotiers véritables ! Monsieur Robert, si cela ne vous dérange pas trop, allez donc cueillir un coco pour monsieur votre père, un coco pas trop mûr, vous m'entendez bien, afin que son lait soit meilleur ! »

Robert sortit en courant. Harry Clifton, écoutant le joyeux bavardage du marin, ne pensait plus à réclamer sa boisson chaude. Flip, enchanté, continuait de plus belle.

« Oui, monsieur l'ingénieur, ces forêts doivent être immenses, et nous n'en connaissons qu'une faible partie. Monsieur Robert y a déjà tué un charmant cabiai ! Et puis, – mais j'oublie vraiment –, nous avons aussi une garenne bien peuplée d'excellents lapins ! Nous avons un îlot, un îlot fort agréable, que nous n'avons pas encore eu le temps de visiter ! Nous avons un lac, monsieur, non pas un étang, un vrai lac, avec de belles eaux, et des poissons délicats qui n'ont d'autre envie que de se laisser prendre ! »

À ce récit enchanteur, Harry Clifton ne pouvait s'empêcher de sourire, Mrs. Clifton, l'œil humide, regardait le bon Flip, que Belle et Jack dévoraient des yeux. Jamais ils n'auraient cru que leur domaine pût provoquer des descriptions si enthousiastes !

« Et la montagne, dit Jack.
— Et la montagne ! reprit Flip. Le jeune monsieur a raison ! J'allais oublier la montagne, avec son pic neigeux ! Un vrai pic, non pas un modeste pain de sucre ! Non, un pic haut de six mille pieds au moins, et que nous gravirons un jour ! Ah ! véritablement, que cette terre soit un continent ou une île, on ne pouvait pas mieux choisir ! »

En ce moment, Robert rentra, apportant un coco frais. Flip en versa le lait dans une tasse de bambou et le malade but cette bienfaisante liqueur avec un plaisir extrême.

Flip continua pendant une grande heure encore à charmer son auditoire ; la peinture qu'il fit de ce pays, les avantages incontestables qu'il présentait, les projets si facilement réalisables dont le marin entretint l'ingénieur, tout cela vous eût donné le désir d'émigrer vers cette terre de prédilection.

« Nous serons les Robinsons du Pacifique ! dit Marc.
— Oui, monsieur, répondit Flip.
— Bon ! fit Jack, et moi qui avais toujours rêvé de vivre dans son île avec la famille du *Robinson suisse* !
— Eh bien, monsieur Jack, vous êtes servi à souhait ! »

À souhait ! Flip, parlant ainsi, oubliait que dans ce récit imaginaire, l'auteur a tout mis, industrie et nature, au service de ses naufragés. Il leur a choisi une île toute particulière, sous un climat où les rigueurs de l'hiver ne sont point à craindre. Chaque jour, ils trouvent, à peu près sans chercher, l'animal ou le végétal dont ils ont besoin. Ils possèdent des armes, des outils, de la poudre, des vêtements ; ils ont une vache, des brebis, un âne, un porc, des poules. Leur vaisseau échoué leur fournit en abondance le bois, le fer, les graines de toute espèce ! Non ! la situation n'était pas et ne pouvait pas être la même ! Les naufragés suisses sont des millionnaires ! Ceux-ci sont des malheureux, réduits au plus complet dénuement, qui ont tout à créer autour d'eux !

Mais Harry Clifton, qui ne s'abusait certainement pas, garda pour lui les pensées que lui suggéra la comparaison de Flip. Il se borna à demander au digne marin si, réellement, il ne regrettait rien !

« Rien, monsieur Clifton, rien ! répondit Flip. Je n'ai pas de famille. J'étais même orphelin, je crois, avant de venir au monde ! »

Là-dessus, Flip partit de nouveau. Il apprit à Mr. et Mrs. Clifton qu'il était français de naissance, un Picard du Marquenterre, mais fameusement *américanisé*. Il avait parcouru le monde entier sur terre et sur mer ! Ayant tout vu, il ne pouvait plus s'étonner de rien. Et d'ailleurs, en fait d'accidents ou d'aventures, il lui était arrivé tout ce qui peut arriver à une créature humaine. Si donc, de temps en temps, on voulait *faire une partie de désespoir,* il ne fallait pas compter sur lui !

À entendre Flip parler ainsi de sa voix franche et claire, à voir ses gestes rassurants et sa personne qui respirait la santé et la force, un mourant se fût ranimé ! Ah ! si Harry Clifton n'avait pas l'île enchantée du *Robinson suisse,* il avait du moins le fidèle, le dévoué Flip, et il lui tardait d'être sur pied pour visiter avec lui cette terre inconnue, et la coloniser !

Mais, en ce moment, un peu fatigué, il se sentit gagné par le sommeil. Mrs. Clifton pria ses enfants de laisser reposer leur père.

Tous allaient donc quitter la grotte, quand Belle s'arrêtant :

« Ah çà ! dit-elle, monsieur Flip, nous n'allons plus pouvoir vous appeler *papa Flip* puisque nous avons retrouvé notre vrai père !

— *Papa Flip* ! murmura en souriant Harry Clifton.

— Oui, monsieur, excusez-moi, dit le marin. Cette charmante demoiselle et monsieur Jack avaient déjà pris l'habitude de m'appeler papa ; mais maintenant…

— Eh bien, maintenant, répondit Jack, *papa Flip* deviendra notre oncle !

— Oui ! l'oncle Robinson ! dit Belle en frappant des mains. »

Et tous, d'un commun accord, poussèrent trois hurrahs pour *l'Oncle Robinson* !

Nous serons les Robinsons du Pacifique !

CHAPITRE XVI

Un secret bien difficile à garder
Différentes questions – De l'amadou !

L'Oncle Robinson ! Ce fut le mot de la journée, et tout l'honneur en revint à Jack et à Belle. Le nom en resta désormais à Flip qui voulut tout d'abord se défendre de l'accepter, ne désirant être que l'humble serviteur de la famille. Mais on lui fit entendre qu'il n'y avait ici ni maître ni serviteur, et il dut se résigner. D'ailleurs, il n'en était plus à changer de nom ! Il se nommait Jean-Pierre Fanthome en Picardie, Flip en Amérique ! Pourquoi ne serait-il pas Oncle Robinson sur une des terres de l'océan Pacifique !

Le sommeil d'Harry Clifton se prolongea jusqu'au lendemain soir. Mais, pendant que l'ingénieur dormait, Oncle Robinson, – ou même *Oncle* ainsi que ses nouveaux neveux l'appelaient le plus souvent –, Oncle s'inquiétait fort de son réveil. En effet, le convalescent demanderait à manger, et la question du bouillon deviendrait *brûlante* !

Oncle en causait avec Mrs. Clifton.

« Que voulez-vous, madame, lui répétait-il, il faudra bien avouer notre situation tôt ou tard ! Nous avons retrouvé le mari, le feu se retrouvera à son tour. Comment ? Je n'en sais rien, mais il se retrouvera. »

Mrs. Clifton secouait la tête, d'un air de doute que l'Oncle essayait en vain de dissiper.

Le lendemain 2 mai Harry Clifton se sentit beaucoup mieux à son réveil. Ses forces devaient bientôt lui suffire à quitter la grotte. Après avoir embrassé sa femme et ses enfants, après avoir serré la main de l'Oncle Robinson, il avoua qu'il avait faim.

« Bien, monsieur, bien, se hâta de répondre l'Oncle d'un ton joyeux. Que faut-il vous servir ? Demandez ! Ne vous gênez pas. Nous avons encore des huîtres toutes fraîches !

— Et ajoutez, Oncle, qu'elles sont excellentes ! dit Harry Clifton. »

— Puis, nous avons de l'amande de coco, du lait de coco, et il serait difficile de trouver un aliment plus convenable pour un estomac affaibli !

— Je le crois, Oncle, je le crois. Cependant, sans être médecin, j'imagine qu'un léger morceau de venaison, convenablement grillée, ne me ferait aucun mal !

— Y pensez-vous, monsieur ? répondit l'Oncle. Il ne faut pas vous hâter de revenir à une alimentation trop substantielle ! Vous êtes dans la situation de ces malheureux naufragés que l'on recueille sur des épaves de navire, mourant de soif et de faim. Croyez-vous donc qu'on leur permette de satisfaire immédiatement leur appétit ?

— Immédiatement, non, répondit Clifton ; mais le lendemain on ne les empêche pas, je suppose…

— Quelquefois, monsieur, quelquefois, dit Flip avec aplomb, cela dure huit jours ! Oui, monsieur Clifton, huit grands jours ! Moi qui vous parle, en 55, j'ai fait naufrage. On m'a recueilli, on a eu la bonté de me recueillir sur un radeau. Eh bien, j'ai voulu manger trop vite, et j'ai failli en mourir. Depuis ce temps-là, j'ai l'estomac…

— Excellent ? dit Clifton.

— Excellent, j'en conviens, répondit Flip ; mais enfin cela aurait pu mal tourner ! »

Vraiment, on ne put s'empêcher de rire aux raisonnements de l'Oncle Robinson.

« Eh bien, Oncle, dit l'ingénieur, je me soumettrai encore aujourd'hui à la diète que vous me prescrivez. Mais vous ne verrez aucun inconvénient, je pense, à ce que je prenne quelque boisson chaude ?

— Boisson chaude ! s'écria l'Oncle Robinson, mis au pied du mur, boisson chaude ! Parfait, monsieur ! Tant qu'il vous plaira ! Un bouillon, par exemple !

— Oui.

— Bon ! Eh bien, monsieur Robert et moi, nous allons battre la forêt afin de vous tuer un bouillon, je veux dire de quoi faire un bouillon de première qualité, avec des yeux grands comme les yeux de mademoiselle Belle. C'est entendu ! »

Ce matin-là, Harry Clifton se contenta donc de moelle de sargasses, d'huîtres et d'amande de coco. Puis, Robert et l'Oncle

Robinson, étant allés à la garenne, en rapportèrent deux lapins qui s'étaient pris aux collets. L'Oncle montra à l'ingénieur le produit de sa chasse, et on tomba d'accord sur ce point qu'un bouillon de lapin, bien chaud, contribuerait beaucoup à lui rendre des forces.

Puis, les enfants s'occupèrent de récolter les fruits qui formaient leur principale nourriture. Mrs. Clifton et Belle lavèrent le peu de linge dont la petite colonie pouvait disposer. Pendant ce temps, l'Oncle Robinson, assis près du lit de mousses de l'ingénieur, s'entretenait avec lui.

Harry Clifton demanda à l'Oncle s'il avait lieu de penser que cette partie de la côte fût visitée par des bêtes fauves, ce qui eût constitué un danger grave pour des gens privés d'armes défensives. L'Oncle n'osa se prononcer sur cette question, mais il raconta l'incident qui avait marqué sa première visite à la grotte, et il figura sur le sable l'empreinte que ce même sable portait trois semaines auparavant.

L'ingénieur l'écoutait attentivement. Il fut d'avis que des travaux de palissade devraient être entrepris le plus vite possible, de manière à défendre l'entrée de la grotte. Il recommanda à l'Oncle de tenir de grands feux allumés, pendant la nuit, car les fauves se hasardent peu à franchir une barrière de flammes.

L'Oncle Robinson promit de n'y point manquer, ajoutant, au surplus, que le bois ne ferait jamais défaut et que la colonie possédait des forêts inépuisables.

L'ingénieur traita ensuite la question d'alimentation, et demanda si la famine pouvait jamais être à craindre.

L'Oncle ne le pensait pas. Les fruits, les œufs, les poissons, les mollusques abondaient et les vivres se renouvelleraient aisément dès que les engins de pêche ou de chasse auraient été perfectionnés.

Clifton s'occupa alors de la question des vêtements. Les habits des enfants seraient bien vite usés, comment pourrait-on les remplacer ?

L'Oncle Robinson demanda à diviser la question des vêtements. Le linge, il faudrait nécessairement s'en passer, et avant peu. Quant aux habits, c'était autre chose, et les animaux se chargeraient de les fournir.

« Vous comprenez bien, monsieur Clifton, que si nous ne pouvons éviter la visite des bêtes féroces, nous en profiterons pour leur emprunter leur fourrure.

— Mais elles ne la donnent pas sans se faire prier, Oncle !

— On les priera, monsieur, que ceci ne vous inquiète pas ! Guérissez-vous d'abord, et tout ira bien. »

Pendant cette journée, Jack se distingua par un coup de maître. Au moyen d'une fibre de coco et d'un morceau d'étoffe il fit une miraculeuse pêche de grenouilles dans les herbes du lac. Ces batraciens appartenaient à ce genre improprement nommé *crapaud brun* ; en réalité, c'étaient de véritables grenouilles, excellentes à manger. Avec cette chair blanche et légère qui contient beaucoup de gélatine, quel bouillon on eût fait pour Harry Clifton ! La pêche de Jack ne put donc être utilisée, mais l'Oncle Robinson ne le félicita pas moins de son adresse.

Le lendemain, vendredi, après une nuit assez bonne, l'ingénieur se sentit plus fort ; sa blessure se cicatrisait rapidement. Cependant, sur les conseils de l'Oncle et de Mrs. Clifton, il consentit à rester couché pendant cette journée, étant bien résolu d'ailleurs à faire le lendemain sa première promenade aux environs de la grotte.

L'Oncle, par un entêtement un peu inexplicable s'ingénia encore à esquiver la question du feu. Pourquoi cependant ? Est-ce qu'il ne faudrait pas toujours en venir à l'aveu de la situation ? Est-ce qu'Harry Clifton ne finirait pas par l'apprendre ? Ne valait-il pas mieux qu'il en fût instruit ? Ce coup qu'avaient supporté sa femme et ses enfants, est-ce qu'il ne le supporterait pas lui-même ? Ou plutôt, l'Oncle Robinson comptait-il donc sur un hasard pour lui rendre ce qu'il avait perdu ? Non, sans doute, mais il ne pouvait se décider à parler, et il faut le dire, Mrs. Clifton elle-même, l'encourageait à se taire ! La chère femme, voyant son mari faible encore, hésitait à lui causer cette nouvelle douleur.

Quoi qu'il en soit, l'Oncle Robinson ne savait plus comment échapper aux demandes d'Harry Clifton. Il était évident que lorsqu'il lui apporterait ses huîtres et ses amandes habituelles, Clifton ne manquerait pas de réclamer le bouillon si formellement promis. Or, l'Oncle ne saurait plus que répondre.

Mais, fort heureusement, un changement de temps vint le tirer d'embarras. Le ciel s'était chargé de nuages pendant la nuit, vers le matin une violente bourrasque, accompagnée de pluie, se déclara. Les arbres pliaient sous le vent, et le sable du rivage volait comme une grêle.

« Ah ! bonne pluie, bonne pluie ! s'écriait l'Oncle.
— Mauvaise pluie ! lui disait Marc, qui comptait redescendre la côte jusqu'au banc d'huîtres.

— Très-bonne, vous dis-je, monsieur Marc ! Cela nous sauve ! »

Marc ne comprenait rien à la satisfaction de l'Oncle, mais il s'expliqua ce contentement quand, étant entré dans la grotte, il l'entendit dire à Mr. Clifton d'un ton dépité :

« Ah ! monsieur l'ingénieur, quel temps ! quel vent ! quelle pluie ! Il n'est pas possible de tenir notre feu allumé ! Le voilà encore éteint !
— Eh bien, mon ami ! répondit Clifton, le malheur n'est pas grand ; on rallumera le feu quand la tourmente aura cessé !
— Sans doute, monsieur, sans doute, on le rallumera, et ce n'est pas cela qui m'inquiète ! C'est pour vous, monsieur Clifton, que ce contretemps m'afflige !
— Pour moi ? répondit l'ingénieur.
— Oui ! J'allais vous confectionner un excellent bouillon de grenouille, quand toutes mes braises se sont envolées.
— Que voulez-vous, Oncle ? Je m'en passerai.
— C'est de ma faute aussi, répétait l'Oncle, qui corsait peut-être un peu trop son honnête mensonge ! C'est de ma faute ! Pourquoi ne l'ai-je pas fait hier, ce malheureux bouillon, pendant que mon feu pétillait ? Quel beau feu bien flambant ! Et maintenant, vous auriez cet excellent breuvage qui vous eût fait tant de bien !
— Ne vous désolez pas, Oncle Robinson. J'attendrai un jour encore. Mais ma femme, mes enfants, comment prépareront-ils leur repas ?
— Oh, monsieur ! N'avons-nous pas notre réserve de biscuit et de viande salée ? »

La réserve ! Le digne marin savait bien que ce dernier morceau de biscuit, ce dernier morceau de viande, Mrs. Clifton les lui avait donnés lorsqu'il tenta sa dernière excursion au nord de la côte !

« Savez-vous, Oncle, lui dit alors Harry Clifton, qu'il faudra imaginer quelque autre installation pour notre foyer ! Nous ne pouvons le laisser dans un endroit, où chaque coup de vent menace de l'éteindre.

— D'accord, monsieur Clifton ; mais comment percer une cheminée dans cette épaisse voûte de granit ? J'en ai examiné les parois ! Pas un trou, pas une fissure ! Aussi si vous m'en croyez, nous bâtirons quelque jour une maison, une vraie maison !

— Une maison de pierre ?

— Non, une maison de bois, une maison de poutres et de madriers. Maintenant que nous avons votre hache, cela ne sera pas difficile, vous verrez comment votre serviteur manie cet outil, rien que pour avoir travaillé pendant six mois chez un charpentier de Buffalo !

— Bon, mon ami, répondit l'ingénieur, nous vous verrons à l'œuvre et, pour mon compte, je ne demande qu'à travailler sous vos ordres.

— Vous ! un ingénieur ! s'écria l'Oncle Robinson. Et les plans, monsieur, qui ferait les plans, si ce n'est vous ? C'est qu'il nous faut une habitation confortable, avec fenêtres, portes, chambres, salons, cheminées, cheminées surtout ! Ne pas oublier les cheminées ! Et quelle joie, ce sera, en revenant d'une excursion lointaine, d'apercevoir un petit filet bleuâtre de fumée montant vers le ciel, et de se dire : « Là-bas, il y a un bon foyer qui nous attend, et de bons amis qui nous feront fête ! »

Ainsi causait l'inépuisable marin, qui donnait espoir et courage à toute la famille. La journée fut pluvieuse jusqu'à la nuit. Il avait été impossible de s'aventurer au-dehors. Mais chacun s'occupa dans la grotte. L'Oncle Robinson, avec la scie du couteau d'Harry Clifton, compléta la série de ses vases de bambou. Il fabriqua même des assiettes plates qui remplacèrent très-avantageusement les coquilles dont on se servait jusqu'alors. Il prépara aussi son propre couteau, ou du moins, il en arrondit le restant de la lame, en l'usant sur un galet, et il s'en servit ainsi. De leur côté, les enfants ne restèrent pas oisifs ; ils préparèrent des amandes de coco et de pins pignons, quelques pintes de lait fermenté furent enfermées dans des calebasses, dans lesquelles la fermentation devait le changer en liqueur alcoolique. Pour sa part, Robert nettoyait le pistolet de son père, très-rouillé par l'eau salée, et sur lequel il paraissait compter beaucoup. Mrs. Clifton lava les vêtements de ses enfants.

Le lendemain, samedi 3 mai, le ciel rasséréné promettait une journée magnifique. Le vent était passé au nord-est, et le soleil brillait d'un vif éclat. L'Oncle n'avait plus même l'apparence d'un prétexte à ne pas faire du feu. De plus, Harry Clifton avait hâte de sortir et d'examiner les environs du campement ; il voulait se baigner dans ces rayons de soleil et leur demander sa complète guérison. Il demanda donc à l'Oncle l'appui de son bras. L'Oncle, n'ayant aucune raison plausible de refuser, se résigna ; il offrit son bras, et quitta la grotte, comme une victime qui marche au supplice.

Tout d'abord, Harry Clifton poussa un soupir de satisfaction. Ce bon air frais et tonique, il le huma comme un réconfortant. Il n'avait encore rien pris *de si chaud* ! Il regarda la mer étincelante ; il descendit jusqu'à la grève ; il observa l'îlot, l'étroit canal, les sinuosités de la côte, et la rade foraine. Puis, se retournant, il aperçut la falaise du premier plan, le verdoyant rideau d'arbres, la luxuriante prairie, le lac à reflets bleus encadré dans son épaisse bordure de forêts, et le haut pic qui dominait cet ensemble. Cette belle nature lui plut ; il augura bien de cette contrée charmante et, dans son cerveau d'ingénieur éclorent vingt projets qu'il voulait exécuter sans retard.

Harry Clifton, appuyé tantôt sur le bras de sa femme, tantôt sur celui de l'Oncle Robinson, revint à la grotte ; il examina la falaise, et il arriva à cet endroit où la roche noircie indiquait que le feu avait été allumé.

« C'était là le foyer ? dit-il. Oui, je comprends que dans les remous de vents qui tourbillonnent sur cette falaise, il s'éteigne aisément. Nous chercherons une disposition meilleure ; mais en attendant, contentons-nous de cet endroit. Allons, mes enfants, Marc, Robert, une ou deux brassées de bois sec. Le combustible ne manque pas. Faisons donc un feu bien flambant. »

À ces paroles du père, tous se regardèrent sans répondre. L'Oncle baissait les yeux vers la terre ; il avait l'air d'un coupable.

« Eh bien, mes enfants ? reprit Harry Clifton, m'avez-vous entendu ? »

Il fallait parler. Mrs. Clifton comprit que c'était à elle de prendre la parole.

« Mon ami, dit-elle en prenant la main, serrant la main de son mari, j'ai un aveu à te faire.
— Lequel, ma chère Élise ?
— Harry, répondit Mrs. Clifton d'une voix grave, nous n'avons pas de feu.
— Pas de feu ! s'écria Clifton.
— Ni aucun moyen d'en allumer ! »

Harry Clifton s'était assis sur un quartier de roche, sans ajouter un seul mot. Mrs. Clifton lui raconta tout ce qui s'était passé depuis le débarquement, l'incident de l'allumette, comment le feu avait été transporté jusqu'à la grotte, et dans quelles conditions, malgré la plus active surveillance, il s'était éteint, sous le vent d'un orage. La mère n'avait point nommé son fils Marc, mais celui-ci s'avançant vers Harry Clifton :

« Et c'est pendant que je veillais, dit-il, que ce malheur est arrivé ! »

Clifton prit la main de Marc et, l'attirant près de lui, il le serra sur sa poitrine.

« Et vous n'avez pas même un petit morceau d'amadou ! demanda-t-il.
— Non, mon ami ! répondit Mrs. Clifton. »

L'Oncle voulut intervenir alors :

« Mais tout espoir n'est pas perdu ! dit-il. Il n'est pas possible que nous ne trouvions pas le moyen de faire du feu ! Savez-vous sur quoi je compte monsieur Clifton ?
— Non, mon ami.
— Sur la nature, monsieur, sur la nature elle-même qui nous rendra un jour ce qu'elle nous a pris.
— Et comment ?
— Par un coup de foudre ! Un arbre embrasé, et voilà notre foyer rétabli.

— Oui, répondit l'ingénieur : mais en attendant que votre feu fût rallumé par ce coup de tonnerre fort problématique, ne serait-il pas toujours à la merci de la première bourrasque ? Mais n'avez-vous donc pas essayé d'obtenir du feu par le frottement de deux morceaux de bois ?

— Oui, dit Robert, mais nous n'avons pas réussi.

— Si nous avions eu seulement une lentille ! ajouta Marc.

— On peut remplacer la lentille, répondit Harry Clifton, par deux verres de montre, entre lesquels on introduit de l'eau.

— Très-juste, monsieur Clifton, répondit l'Oncle, mais si vous avez une montre, nous n'en avons pas !

— On peut aussi, dit Clifton, échauffer de l'eau jusqu'au point d'ébullition, en lui communiquant un mouvement rapide dans un vase clos !

— Excellent moyen pour faire des bouillis, et non des rôtis. Voyez-vous, monsieur Clifton, tous ces moyens ne sont pas pratiques, et le seul espoir que j'ai, c'est de trouver une espèce de champignon qui remplace l'amadou.

— Mais le linge brûlé peut servir d'amadou.

— Je le sais, répondit Flip, mais je ferai observer à monsieur Clifton que, pour faire du linge brûlé, il faut d'abord avoir du feu ! Et pour avoir du feu…

— Il y a un moyen bien plus simple que tous ceux-là ! répondit Clifton.

— Lequel ? s'écria l'Oncle Robinson, en ouvrant de grands yeux.

— C'est de se servir de l'amadou que j'ai dans ma poche ! répondit Clifton, en souriant. »

Quels hurrahs poussèrent les enfants ! Quel hurlement s'échappa de la bouche de l'Oncle ! Allait-il donc devenir fou, cet homme que rien ne pouvait surprendre ? La vérité oblige à dire qu'il se mit à danser une frétillante gigue que n'eût pas désavouée un Écossais ; puis, prenant Belle et Jack par la main, il les entraîna dans une ronde échevelée, en chantant :

> *Il a de l'amadou,*
> *Le brave, le digne homme.*
> *C'est à devenir fou !*
> *Il a de l'amadou !*

Il a de l'amadou !

CHAPITRE XVII

Un festin – La question de l'île ou du continent
Le train de bois – Le courage de Jack
La palissade – Des chacals !

Quand l'accès de joie du digne marin fut passé, on le vit se frapper la tête en se décernant les qualifications les moins gracieuses. Et, en effet, que de finasseries perdues depuis trois jours, quand le malade avait dans sa propre poche !... Peut-être Harry Clifton avait-il un peu prolongé la situation en ne donnant pas son amadou dès les premiers mots prononcés par Mrs. Clifton. Mais qui eût voulu le lui reprocher ?

Lorsque le calme fut rétabli dans la petite colonie, l'Oncle s'occupa d'allumer du feu. Rien n'était plus facile ; la lame cassée servant de briquet, un silex et un peu d'amadou, il n'en fallait pas davantage.

Le morceau d'amadou présenté par l'ingénieur avait la grandeur d'une carte à jouer ; il était très-sec. L'Oncle en déchira un petit morceau et il serra précieusement le reste. Puis il prépara le foyer extérieur au moyen de feuilles mortes, de bois léger et de mousses sèches, qui pussent s'enflammer aisément. Cela fait, il se disposait à faire jaillir des étincelles, quand Robert lui dit :

« Oncle Robinson.
— Monsieur Robert ?
— Est-ce que mon pistolet ne pourrait pas vous servir ?
— Comment ?
— À la place de la poudre, mettez un petit morceau d'amadou dans le bassinet, et tirez : il prendra feu.
— C'est une idée, mon jeune monsieur, et ma foi, nous allons la mettre à exécution. »

L'Oncle prit le pistolet, plaça dans le bassinet un petit morceau d'amadou, et il arma.

« Laissez-moi tirer, dit Robert. »

Le marin remit l'arme au jeune garçon. Celui-ci tira, et les étincelles du silex allumèrent l'amadou. L'Oncle, se courbant alors vers son foyer, introduisit la substance en ignition sur les feuilles sèches ; une légère fumée se produisit. L'Oncle souffla, d'abord comme un soufflet de salon, ensuite comme un soufflet de forge. Le bois sec pétilla, et une belle flamme s'éleva dans l'air. Des cris de joie saluèrent son apparition.

La bouilloire, pleine d'eau douce, fut aussitôt suspendue au-dessus du feu, et Mrs. Clifton y plaça les cuisses de grenouilles que le marin avait dépiautées avec une habileté remarquable.

À midi, le pot-au-feu était suffisamment réduit. Il répandait une odeur engageante ; un lapin rôti, dont l'Oncle surveilla spécialement la cuisson, des moules et des œufs de pigeon devaient compléter le repas. Rien de cru. Tout cuit, même les amandes de pignons. On se mit joyeusement à table, et si l'on fit fête à ce festin, cela ne se demande pas. Le bouillon de grenouilles, même sans légumes, fut déclaré supérieur. Harry Clifton exigea que chacun en eût sa bonne part. L'Oncle Robinson dut y goûter, quoiqu'il s'en défendît. Il fut forcé d'avouer, lui qui avait mangé des nids de salanganes en Chine, des sauterelles grillées dans le Zanzibar : « c'est-à-dire ce qu'il y a peut-être de meilleur au monde », que rien ne valait le bouillon de grenouilles. En conséquence, maître Jack fut spécialement chargé de faire la pêche aux batraciens.

Mr. Clifton, sérieusement réconforté, voulut prolonger jusqu'au lac sa promenade avec sa femme et ses enfants. Mais Mrs. Clifton désirait s'occuper de quelques détails domestiques. L'ingénieur, ses trois garçons et le marin prirent donc le chemin de la falaise. Robert et Jack emportaient leurs lignes. On dépassa le rideau des beaux arbres. Arrivé à la rive du lac, le père, assis sur un tronc abattu, admira le beau paysage qui se déroulait devant ses yeux, ces forêts, ces montagnes, ces mouvements de dunes, cette magnifique étendue d'eau limpide, ce lac tout empreint de cette poésie mélancolique que Cooper a si bien ressentie et décrite pour le Champlain et l'Ontario.

L'Oncle Robinson indiqua à Harry Clifton quelles explorations, les enfants et lui, avaient déjà faites de la contrée environnante, la découverte de la garenne au sud, la reconnaissance de la double rivière.

« Nous visiterons ensemble tout notre domaine monsieur Harry, dit-il, et vous apprécierez les ressources qu'il renferme. Nous parcourrons notre îlot, et je serai fort trompé s'il ne sert de refuge à une colonie de palmipèdes. Et le marais, le grand marais que j'ai traversé en allant à votre rencontre, quelle réserve de gibier aquatique, et dans ces forêts que de quadrupèdes qui n'attendent qu'un coup adroit pour figurer sur notre table ! Ainsi donc, au nord les oiseaux de marécage, au sud les lapins de garenne, à l'est le gibier de poil, à l'ouest les manchots, les pingouins, que sais-je ? Vous voyez qu'il ne nous manque rien.

— Que le moyen de tuer ce gibier, répondit Harry Clifton,

— Mais nous fabriquerons des arcs, monsieur Clifton, le bois ne nous fera pas défaut. Quant aux cordes, les quadrupèdes voudront bien nous les fournir eux-mêmes.

— Bien, répondit Clifton, mais avant tout, installons une basse-cour, établissons un enclos, et essayons de domestiquer quelques couples de ces animaux qui errent à l'état sauvage.

— Excellente idée, monsieur, répondit l'Oncle, et très-facilement réalisable, et après avoir domestiqué les animaux, peut-être parviendrons-nous à civiliser les plantes potagères, et Mrs. Clifton ne s'en plaindra pas.

— En effet, mon digne ami, dit en souriant l'ingénieur. Avec un homme tel que vous, rien n'est impossible. Savez-vous, Oncle Robinson, – j'aime vraiment à vous appeler ainsi –, savez-vous qu'une maison bâtie à mi-chemin du lac à la mer, au milieu de ces grands arbres, serait dans une situation charmante ?

— J'y ai déjà songé, monsieur, répondit le marin, et cette maison, c'est comme si elle était faite. Voyez là-bas, un peu sur la droite, ce magnifique bouquet de micocouliers ; ne dirait-on pas que la nature les a disposés tout exprès ! On garderait les arbres qui formeraient appui aux angles de l'habitation et aux murs de refend ; on abattrait les autres, on disposerait en travers d'épais madriers en réservant la place des portes et des fenêtres, on établirait un toit de poutres et de chaume, et la maison aurait très-bon air.

— Il serait facile aussi, ajouta l'ingénieur, en profitant de la pente du sol, de dériver les eaux du lac jusqu'à cette habitation.

— Dérivons, monsieur, dérivons ! s'écria l'Oncle, enthousiasmé. Ce sera superbe ! Ah ! que de projets à exécuter ! Il faudrait aussi, à l'endroit où la rivière sort du lac, jeter un pont qui rendrait plus rapide l'exploration de la rive droite.

— Oui, répondit Clifton, mais un pont volant, une sorte de pont-levis, car, si j'ai bien compris la description que vous m'avez faite, toute cette partie de la côte comprise entre la mer, la falaise et le lac, est couverte par la rivière ?

— Oui, monsieur.

— Au nord, reprit l'ingénieur, depuis son embouchure jusqu'à l'endroit où elle sort du lac, cette rivière forme une barrière infranchissable aux animaux. Le lac, depuis la sortie de la rivière jusqu'à l'embouchure du cours d'eau supérieur, défend la partie nord-est de la contrée. Des bêtes fauves ne peuvent venir jusqu'à la grotte que par le sud, après avoir contourné les rives du lac. Eh bien, Oncle, supposez que nous puissions fermer, soit par une palissade, soit par un large fossé alimenté d'eau par le lac lui-même, toute cette partie du sud qui s'étend sur l'espace d'un mille, depuis l'angle ouest du lac jusqu'à la mer, est-ce que nous ne serons pas couverts de tous les côtés ? Est-ce que nous n'aurons pas créé ainsi un vaste parc, dont nos animaux domestiques ne pourront pas sortir, et dans lequel les animaux sauvages ne pourront pas entrer ?

— Ah ! monsieur l'ingénieur, s'écria l'Oncle, on me donnerait un domaine sur les bords de la Mohawk que je ne le changerais pas pour ce parc-là ! Il faut se mettre à l'œuvre !

— Chaque chose en son temps, Oncle Robinson, répondit Clifton en arrêtant le marin qui avait déjà saisi sa hache. Avant de clôturer le parc, avant même de construire la maison, commençons par protéger la grotte que nous habitons, et défendons-en l'entrée par une palissade.

— Monsieur, répondit le marin, je suis tout prêt. Si vous voulez rester sur la rive du lac avec monsieur Robert et monsieur Jack qui nous pêcheront quelques truites, monsieur Marc et moi, nous irons abattre des arbres dans la forêt. »

La proposition fut acceptée. L'Oncle et son *neveu* Marc, remontant la rive septentrionale du lac, se dirigèrent vers le bois. Pendant ce temps, ses deux frères s'amusèrent à pêcher ; Jack descendit un peu plus bas, jusqu'à la partie marécageuse où il comptait bien faire une provision de grenouilles. Le père et son second fils s'occupèrent à tendre des lignes, et ils furent assez heureux pour ramener une demi-douzaine de belles truites. Mais plus d'une fois, Mr. Clifton dut réprimer les impatiences de maître Robert.

Pendant l'absence du marin et de Marc, tandis que Robert s'éloignait pour déplacer ses lignes, l'ingénieur réfléchissait à cette situation nouvelle que le sort lui avait créée. Il repassait dans son esprit ces graves événements qui venaient de modifier si complètement son existence ; il ne désespérait pas, même dans les conditions actuelles, de rendre le bien-être à sa famille, mais il aurait voulu savoir si quelque espoir lui restait de jamais revoir son pays et, pour l'apprendre, il devait avant tout relever la position de cette côte dans les mers du Pacifique. Cela fait, il importerait de résoudre cette importante question : cette côte appartenait-elle à un continent ou à une île ?

Relever la position de la côte sans instruments d'astronomie était à peu près impossible. Comment mesurer la longitude sans chronomètre, et la latitude sans sextant ? Estimer la route parcourue par le *Vankouver* depuis les dernières observations du capitaine Harrisson n'offrirait que de très-incertaines données, et cependant l'ingénieur ne pouvait s'en rapporter qu'à cette vague appréciation. Le navire avait été jeté au nord hors de sa route assurément, mais jusqu'à quel parallèle, ce point n'était pas aisé à déterminer.

La seconde question devait s'élucider plus facilement. En effet, deux moyens s'offraient à Mr. Clifton pour reconnaître s'il foulait du pied le sol d'une île ou d'un continent : gravir le pic central, ou opérer une reconnaissance en canot.

Le pic devait avoir une altitude de cinq à six mille pieds au-dessus du niveau de la mer. Donc, s'il appartenait à une île de moyenne grandeur, mesurant de quarante à cinquante lieues de circonférence, un observateur placé à son sommet verrait l'océan et le ciel se confondre autour de lui sur un même horizon. Mais ce pic était-il accessible ? Pouvait-on franchir la ligne de forêts et la succession des contreforts qui se développaient à sa base ?

L'autre moyen était plus pratique. Il suffisait de prolonger la côte en canot et d'en relever la configuration. L'Oncle était bon marin, l'embarcation tirait peu d'eau ; elle pourrait suivre les sinuosités du rivage, pendant les longues journées de juin ou de juillet, et l'on serait rapidement fixé sur la nature de cette terre.

Si c'était un continent, le rapatriement devenait possible. L'installation pouvait n'être que provisoire.

Si c'était une île, la famille Clifton, prisonnière était à la merci d'un hasard qui amènerait quelque navire dans ces parages. Dans ce cas, il fallait se résigner et s'installer définitivement. D'ailleurs, Harry Clifton, homme énergique et courageux, ne s'effrayait pas d'un tel isolement. Seulement, il voulait savoir à quoi s'en tenir, et il résolut d'opérer une reconnaissance dès que les circonstances le permettraient.

Tout en réfléchissant ainsi, l'ingénieur, qui regardait le lac, fut assez surpris de voir ses eaux bouillonner à une centaine de mètres de la rive. Quelle cause produisait ce phénomène ? Était-ce une expansion des forces souterraines, ce qui eût expliqué le caractère volcanique de la côte ? N'était-ce qu'un reptile qui faisait de ce lac sa demeure habituelle ? Clifton ne savait que penser. Le bouillonnement s'effaça bientôt, mais l'ingénieur résolut d'observer à l'avenir ces eaux un peu suspectes.

La journée s'avançait et le soleil s'abaissait déjà sur l'horizon, lorsque Mr. Clifton discerna, près de la rive nord du lac, une masse assez considérable qui se mouvait à sa surface. Cet objet et ce bouillonnement observé avaient-ils entre eux quelque rapport ? Il était naturel que Clifton se le demandât. Quant à l'objet, on ne le distinguait que confusément, mais on ne pouvait douter qu'il ne se déplaçât en suivant la rive septentrionale.

Harry Clifton appela ses deux enfants, Robert et Jack. Il leur montra la masse mouvante et il leur demanda ce que c'était. Jack répondit avant son frère. L'un dit : « C'est un monstre marin », l'autre : « C'est une énorme pièce de bois en dérive ». Pendant ce temps, la masse se rapprochait, et il fut bientôt constant que c'était un train de bois dirigé par des hommes.

Et tout à coup Robert de s'écrier :

« Mais ce sont eux ! Ce sont Marc et l'Oncle Robinson ! »

Le jeune garçon ne se trompait pas. Son frère et le marin avaient construit un radeau avec les pièces de bois abattu, et ils le conduisaient vers l'angle du lac le plus rapproché de la grotte. Dans une demi-heure, ils devaient avoir accosté.

« Allons, Jack, dit Mr. Clifton, cours prévenir ta mère de notre arrivée... »

Jack regarda du côté de la falaise. La distance lui semblait un peu longue. Et puis, traverser ce sombre rideau de grands arbres !... Enfin, il hésitait.

« As-tu peur ? lui demanda Robert en se moquant.
— Oh ! Jack ! dit le père.
— Eh bien, j'irai ! dit Robert.
— Non, lui dit son père. Marc et l'Oncle auront besoin de ton aide. »

Jack regardait toujours sans répondre.

« Mon enfant, lui dit son père après l'avoir attiré entre ses genoux, il ne faut pas avoir peur. Tu as bientôt huit ans ; tu es déjà un petit homme. Songe que tu es appelé à nous aider dans la limite de tes forces. Il ne faut pas avoir peur.
— J'irai, père, répondit le petit garçon en étouffant un soupir. »

Puis il partit assez résolument, en emportant ses grenouilles.

« Il ne faut pas te moquer de Jack, dit Mr. Clifton à Robert. Au contraire, tu dois l'encourager. Il vient de triompher de lui-même. C'est bien. »

Harry Clifton et son fils se dirigèrent alors vers le point de la rive où le train flottant allait accoster. L'Oncle et Marc le dirigeaient habilement au moyen de longues perches, et bientôt ils atteignirent la rive.

« Cela va bien ! cela va bien ! criait l'Oncle.
— Une bonne idée que vous avez eue de construire ce radeau, dit l'ingénieur.
— C'est une idée de monsieur Marc, répondit l'Oncle. Votre fils aîné, monsieur Clifton, deviendra avant peu un bûcheron émérite ! C'est lui qui a imaginé ce moyen de transport, qui charrie nos matériaux et nous-mêmes ! »

Le train flottant se composait d'une trentaine de troncs de sapins, qui mesuraient de vingt à trente pouces de diamètre à leur base. De fortes lianes les amarraient ensemble. L'Oncle et les deux enfants se mirent à l'ouvrage, et avant la nuit chaque tronc avait été halé à terre.

« C'est assez pour aujourd'hui, dit l'Oncle.
— Oui, dit Clifton, demain nous transporterons ces bois à la grotte.
— Avec votre permission, monsieur l'ingénieur, dit le marin, nous les équarrirons ici même ; ils seront moins lourds à transporter.
— C'est juste, Oncle Robinson. Maintenant, rentrons à la grotte où le dîner nous attend. Que dites-vous de nos truites ?
— Et vous, monsieur, de notre gibier ? Un heureux coup de monsieur Marc. »

Oncle présenta à Clifton un animal un peu plus grand qu'un lièvre et appartenant à l'ordre des rongeurs. Son pelage jaune était mélangé de taches verdâtres, et sa queue n'existait qu'à l'état rudimentaire.

« Cet animal, dit Clifton, appartient au genre de l'agouti ; mais il est un peu plus grand que l'agouti des contrées tropicales, qui est le véritable lapin d'Amérique. Ce doit être un de ces *maras* à longues oreilles, que l'on rencontre dans les parties tempérées du continent américain. En effet, je ne me trompe pas. Voyez les cinq molaires dont les mâchoires de ce rongeur sont armées de chaque côté ; c'est ce qui le distingue particulièrement des agoutis.

— Et cela se mange ? demanda l'Oncle Robinson.

— Cela se mange et cela se digère parfaitement. »

Marc suspendit son agouti au bout de son bâton, et, Clifton s'appuyant au bras de l'Oncle, on arriva à la grotte vers six heures. La mère attendait ses convives et avait préparé un excellent repas. Le soir venu, toute la famille alla se promener sur la plage. Clifton examina la disposition de l'îlot, la direction des courants qui enfilaient le canal, et il reconnut avec l'Oncle que l'établissement d'un petit port serait facile, en coupant le canal par une jetée. Mais ce projet fut ajourné à une époque indéfinie. Des travaux plus pressés réclamaient les bras de la petite colonie, entre autres la construction de la palissade. Il fut même décidé qu'aucune nouvelle excursion ne serait entreprise avant que cette clôture ne fût terminée.

Puis la famille revint à la grotte, Mrs. Clifton au bras de son mari, l'Oncle causant avec Marc et Robert, Jack et Belle ramassant des coquilles ou des galets. Ils passèrent près du parc aux huîtres dont la réserve devait être refaite. On eût dit de braves bourgeois se promenant dans leur parc. Pendant la nuit, Marc et l'Oncle Robinson veillèrent attentivement sur le feu, obligation qui rendait bien urgente la découverte d'un champignon inflammable.

Le lendemain, Clifton et l'Oncle tracèrent la ligne que devaient former les pieux de la palissade en avant de la grotte. Les premiers prenaient leur point d'appui sur le mur même de la falaise. On obtenait ainsi une sorte de cour semi-circulaire qui serait avantageusement utilisée pour divers besoins domestiques. La ligne déterminée, l'Oncle s'occupa de creuser des trous, opération qui se pratiqua aisément dans ce sol sableux. Ce travail dura jusqu'à midi.

Après le repas, Clifton, Marc et le marin allèrent jusqu'à cet endroit de la rive du lac où les bois avaient été déposés. Là, il s'agissait de les débiter, en leur donnant la grosseur et la longueur convenables.

Vraiment, l'adroit marin n'en imposait pas quand il parlait de son habileté à manier la hache. Il fallait le voir, le pied tourné en dehors, comme un vrai charpentier, enlever d'énormes copeaux et équarrir ses rondins à vue d'œil. La fin de la journée et toute la journée du lendemain furent employées à ce travail. Le mardi matin commença la pose des pieux. Ils furent solidement enfoncés dans le sol, et réunis entre eux par des traverses de bois fortement attachées. À leur pied, Clifton fit planter une sorte d'agave dont les plants s'étaient multipliés à la base de la falaise. Cet agave, espèce d'aloès d'Amérique, devait bientôt former avec ses feuilles dures et épineuses une impénétrable haie.

Ces travaux de la palissade furent terminés le 6 mai ; l'accès de la grotte était bien défendu. Harry Clifton n'eut qu'à s'applaudir de son idée car, précisément la nuit suivante, une troupe de chacals vint rôder autour du campement. Ils produisaient un assourdissant vacarme. Le feu, flambant dans l'ombre, les tenait à distance. Quelques-uns de ces animaux s'avancèrent cependant jusqu'à la palissade. Mais l'Oncle leur lança des tisons embrasés, et ils s'enfuirent en hurlant.

C'est un monstre marin.

CHAPITRE XVIII

Exploration de la côte du sud-est – Des armes de chasse
Jack a disparu ! – Excursion sur l'îlot
Chasse aux pingouins, manchots et phoques

Ces travaux terminés, il fallut sans retard s'occuper de renouveler les réserves de toute nature. Il va sans dire que Mr. Clifton avait retrouvé sa santé et ses forces. Sa blessure, entièrement cicatrisée, ne le faisait plus souffrir. Toute son énergie, toute son ingéniosité, il allait l'employer au bien-être de sa petite colonie.

On était au mardi 7 mai. Après le déjeuner du matin, pendant que les enfants, pêchant et dénichant des œufs, exploraient la grève et la falaise, Harry Clifton et l'Oncle Robinson se dirigèrent en canot vers le banc d'huîtres. La mer était belle et le vent bon, venant de terre. La traversée se fit sans accident. Clifton observa avec attention toute cette partie de la côte. Son caractère sauvage le frappa. Ce sol convulsionné, hérissé d'énormes roches, devait évidemment sa conformation à l'expansion des forces plutoniques. L'ingénieur, très-versé dans les sciences naturelles, ne pouvait s'y tromper.

Lorsque l'Oncle et lui eurent atteint le banc de mollusques, ils commencèrent leur récolte et bientôt l'embarcation en avait sa pleine charge. Cette réserve d'huîtres était véritablement inépuisable.

Avant d'appareiller, l'Oncle, se rappelant l'histoire de la tortue et n'ayant plus aucune raison de ménager les intéressants chéloniens, proposa à Clifton d'aller fureter entre les roches. Ils débarquèrent donc sur la grève et se mirent en chasse. Le sable offrait çà et là de petites extumescences qui attirèrent l'attention de Clifton. En fouillant ces petits monticules, il y trouva une certaine quantité d'œufs parfaitement sphériques, à la coque blanche et dure. C'étaient des œufs de tortue, dont l'albumine a la propriété de ne pas se coaguler à la chaleur comme le blanc des œufs d'oiseaux. Les tortues marines affectionnaient évidemment cette plage, et elles venaient du large y déposer leurs œufs, en laissant au soleil le soin de les faire éclore. Ces œufs étaient en grand nombre, ce qui ne doit pas surprendre, puisque ces animaux peuvent en pondre annuellement jusqu'à deux cent cinquante chacun.

« C'est un véritable champ d'œufs ! s'écria l'Oncle ; ils sont mûrs et nous n'avons qu'à les récolter.

— Ne prenons que le nécessaire, mon brave compagnon, répondit Clifton. Ces œufs, une fois déterrés, ne tarderaient pas à se gâter. Il vaut mieux les laisser éclore et produire de nouvelles tortues qui nous en pondront d'autres. »

L'Oncle ramassa donc une douzaine d'œufs seulement. Puis Clifton et lui retournèrent au canot. La voile fut hissée, et une demi-heure après, l'embarcation accostait au pied de la falaise. Les huîtres furent déposées dans le parc, et les œufs portés à la mère qui se chargea de les accommoder pour le repas de midi.

Après ce repas, l'Oncle voulut traiter avec Mr. Clifton la question des armes. On ne pouvait toujours chasser à coups de pierres ou à coups de bâtons. Le procédé était vraiment trop primitif, peu offensif et peu défensif assurément. À défaut d'armes à feu, les arcs, convenablement établis, forment un engin redoutable. L'Oncle résolut d'en fabriquer.

Avant tout, il importait de trouver un bois propre à cet usage. Harry Clifton se souvenait à la perfection de quelle manière les autochtones des bouches de l'Amour procédaient pour fabriquer leur outil de chasse. Certes, ils ne se privaient pas d'employer toute espèce d'arbre pour peu que leur bois fût suffisamment élastique mais également capable de supporter une certaine compression de ses fibres. En somme, il s'agissait de choisir un tronc d'un diamètre de trois à quatre pouces, parfaitement rectiligne sur une longueur de six à sept pieds, et ne présentant que de rares et très-fines branches. Ainsi, le bois ne comporterait que peu de nœuds ce qui n'affecterait pas la puissance de l'arc. Au surplus, se poserait la question de la corde pour laquelle l'ingénieur préférait privilégier l'emploi de fibres végétales plutôt que de boyaux ; ces derniers réclamant une plus longue préparation. Fendre le tronçon dans le sens de la longueur ne présenterait pas plus de difficultés que son écorçage. Longitudinalement, la longue pièce de bois, cintrée, devrait alors présenter l'aubier sur sa partie convexe : le dos, et le bois véritable, le duramen, sur sa partie concave : le ventre. L'adroit marin, armé de son couteau affinerait ensuite les extrémités, équilibrerait les branches de manières à ce que, depuis le centre de la perche, les deux moitiés présentassent une même déformation sous la tension d'une corde fixée à chaque extrémité. Détailler la poignée dans la masse du bois accroîtrait enfin la préhension de l'arme. Voici en substance quel était le travail de l'artisan. Il serait mal-aisé de décrire combien cet ouvrage se révélait d'importance. Les variétés d'arbres ne manquaient pas dans les forêts de l'île pour réaliser ces arcs, mais l'ingénieur, tout comme l'Oncle, souhaitait fabriquer des armes tout aussi durables qu'efficaces. Ainsi, toute la famille se mit en quête d'un spécimen approprié pour cette utilisation toute spéciale.

Fort heureusement, Harry Clifton trouva au milieu d'un bouquet de cocotiers une certaine espèce connue sous le nom d'*airi* ou de *crejimba*, dont le bois sert à fabriquer les meilleurs arcs des Indiens de l'Amérique méridionale. Le père et les enfants coupèrent quelques branches de ce *crejimba* et ils les rapportèrent à la grotte. En quelques heures de travail, l'Oncle Robinson fabriqua trois arcs d'une courbure régulière et d'assez grande dimension, ce qui leur donnait du ressort et assurait leur portée. La corde fut faite d'une fibre de noix de coco très-résistante. Quant aux flèches, l'Oncle se contenta de couper de petits bambous, dont les nœuds furent soigneusement affleurés, et d'armer leur extrémité supérieure d'un piquant de hérisson. De plus, pour régulariser leur vol, il empenna leur extrémité inférieure de plumes d'oiseaux. Véritablement, ces arcs, bien maniés, devaient former un engin redoutable.

On comprend bien que les enfants voulurent essayer leurs nouvelles armes le jour même. Ils furent satisfaits de la hauteur à laquelle leurs flèches montaient dans l'air et certainement, l'habitude aidant, ces arcs leur rendraient de grands services, soit comme armes défensives, soit comme armes offensives. Après avoir expérimenté la portée de ces arcs Mr. Clifton voulut connaître leur puissance de pénétration. On prit pour but le tronc d'un micocoulier ; plusieurs flèches furent lancées et elles s'implantèrent fortement dans ce bois dur. Cet exercice terminé, le père engagea ses enfants à ne point perdre leurs flèches et à ne point les sacrifier sans nécessité, car leur fabrication demandait un temps trop précieux.

La nuit était venue ; toute la famille rentra dans la cour palissadée qui précédait la grotte. Il était environ huit heures et demie à la montre de l'ingénieur. Cet excellent instrument, enfermé dans son double boîtier d'or, n'avait aucunement souffert de son immersion dans l'eau de mer, mais il fallait le régler de nouveau, car sa marche avait été interrompue pendant la maladie de Clifton, et, pour le régler, faire une bonne observation de la hauteur du soleil.

La nuit fut encore troublée par le hurlement des chacals, auxquels se mêlèrent d'autres cris semblables à ceux que Mrs. Clifton avait déjà entendus. Évidemment une bande de singes rôdait dans les environs. Contre ces agiles animaux, la palissade eût été certainement insuffisante, mais en somme ces singes étaient moins à craindre que les bêtes fauves. Néanmoins, Harry Clifton résolut, dans une prochaine excursion, de reconnaître à quelle espèce ils appartenaient.

Le jour suivant, mercredi 8 mai, fut employé à divers travaux. On renouvela la provision de bois et on fit une visite à la garenne où quelques lapins furent adroitement abattus à coups de flèches. Ce jour-là, Mrs. Clifton réclama une bonne provision de sel, car elle avait l'intention de saler sa réserve de viande qui s'était augmentée de deux cabiais. Marc et son père allèrent récolter dans le creux des roches le sel que la mer y déposait par évaporation, et ils rapportèrent plusieurs livres de cette utile substance, le seul minéral qui entre dans l'alimentation. Mrs. Clifton remercia son mari, et elle lui demanda en outre s'il espérait pouvoir lui procurer un savon quelconque dont elle avait grand besoin pour ses lavages. Clifton lui répondit que certains végétaux pouvaient remplacer avantageusement le savon des meilleures savonneries tel que le lierre, le savonnier ou encore la commune saponaire, et qu'il ne désespérait pas d'en rencontrer dans ces inépuisables forêts. D'ailleurs, il fut convenu que le linge de la petite colonie serait ménagé le plus possible. Sans imiter absolument les sauvages, on pouvait pendant la belle saison se vêtir légèrement, de manière à épargner les habits jusqu'au moment où l'Oncle Robinson aurait trouvé le moyen de les remplacer.

Ce jour-là, au dîner, un plat nouveau parut sur la table. Ce fut un plat de ces écrevisses excellentes dont fourmillait le haut cours de la rivière. L'Oncle, pour tout appât, s'était contenté de jeter dans le courant un fagot au milieu duquel il avait mis un morceau de viande. Quand il le retira, quelques heures après, toutes les branches étaient garnies de crustacés. On fit cuire ces écrevisses dont le test offrait une belle couleur bleu cobalt, et elles furent déclarées délicieuses.

Pour occuper sa soirée, l'Oncle Robinson fabriqua de nouveaux vases de bambou de différentes capacités. Ah ! s'ils avaient pu aller sur le feu ! Mais la bouilloire était toujours le seul ustensil qui servît aux préparations culinaires. Que n'eût pas donné Mrs. Clifton pour posséder une marmite ! À quoi l'Oncle répondit qu'un pot de terre suffirait aux besoins et qu'il se chargeait de le fabriquer s'il trouvait de la terre à potier.

On mit ensuite à l'ordre du jour le programme du lendemain. En attendant la grande excursion que Clifton voulait tenter à l'intérieur des terres, on résolut de faire une visite à l'îlot et, soit comme pêcheurs soit comme chasseurs, les enfants comptaient bien ne pas revenir les mains vides.

Ce soir-là, la famille eut une petite alerte. Quand le moment fut arrivé de rentrer dans la grotte, Mrs. Clifton s'aperçut que le petit Jack manquait à l'appel. On le chercha. En vain. On l'appela. Pas de réponse.

On conçoit quelle fut l'inquiétude de tous en ne revoyant pas cet enfant. Personne ne pouvait dire à quel moment il avait disparu. Une nuit très-noire couvrait la côte, la lune étant nouvelle alors. Aussitôt, le père, les frères, l'Oncle de se disperser chacun de son côté, l'un à la grève, l'autre au lac, tous appelant à grands cris.

L'Oncle Robinson fut le premier rassuré sur le sort de Jack. Sous le bouquet de micocouliers, à l'endroit le plus sombre du rideau d'arbres, il aperçut le petit bonhomme immobile, les bras croisés.

« Eh ! monsieur Jack, c'est vous ? lui cria-t-il.
— Oui, Oncle, répondit Jack d'une voix altérée, et j'ai bien peur.
— Mais, que faites-vous là ?
— Je fais le brave ! »

Ah ! le cher enfant ! L'Oncle le prit dans ses bras, et tout courant il le rapporta à sa mère. Quand on connut la réponse du petit bonhomme, quand on comprit qu'il cherchait à se rendre brave, qui aurait eu le courage de le gronder ? Il fut embrassé, caressé à la ronde, et les quarts de nuit ayant été réglés pour la surveillance du feu, on alla se coucher.

Le lendemain 9 mai, un jeudi, les préparatifs furent faits pour l'excursion projetée. Harry Clifton, ses trois fils et l'Oncle s'embarquèrent dans le canot afin de faire d'abord le tour de l'îlot. Le canal traversé, l'exploration commença. La partie de l'îlot opposée à la côte présentait une berge de rochers très-accore, mais lorsqu'il eut doublé sa pointe nord, l'ingénieur reconnut que sa côte occidentale était semée d'écueils. Cet îlot mesurait environ un mille et demi de longueur et un quart de mille au plus dans sa partie sud qui formait sa plus grande largeur ; terminé en pointe au nord, il figurait assez bien un sac à plomb de chasseur.

Les explorateurs prirent terre sur l'extrémité méridionale de l'îlot. Tout d'abord, ils firent lever une innombrable troupe d'oiseaux appartenant principalement au genre des goélands. C'étaient de ces espèces de mouettes qui nichent dans le sable et dans les fentes de rochers. Clifton reconnut plus spécialement des labbes à queue pointue, auxquels on donne vulgairement le nom de stercoraires. Tout ce monde ailé s'enfuit à tire-d'aile, prit le large et disparut.

« Ah ! dit Clifton, ces oiseaux-là savent évidemment ce qu'ils ont à redouter de la présence de l'homme.

— Ils nous supposent mieux armés que nous ne sommes, répondit l'Oncle, mais en voici d'autres qui ne s'enfuiront pas et pour cause. »

Les animaux que l'Oncle désignait ainsi, lourds représentants de l'embranchement des volatiles, c'étaient des plongeurs de la taille d'une oie, et dont les ailes dépourvues de pennes sont impropres au vol.

« Quels oiseaux gauches et maladroits ! s'écria Robert.

— Ce sont des pingouins, répondit Clifton, c'est-à-dire des *gras*, *pinguis* en latin, et ceux-là justifient bien leur nom.

— Bon, dit Marc, ils vont éprouver la puissance de nos flèches.

— Inutile d'émousser nos piquants de hérisson, répondit l'Oncle. Ces oiseaux sont des animaux stupides et nos bâtons en viendront aisément à bout.

— Ils ne sont pas mangeables, dit le père.

— D'accord, répliqua l'Oncle, mais ce sont des réceptacles à graisse, et leur graisse peut nous servir. Il ne faut pas la dédaigner. »

Sur cette parole de l'Oncle chacun se précipita le bâton haut. Ce ne fut pas une chasse mais un massacre. Une vingtaine de ces pingouins se laissa tuer stupidement sans chercher à fuir. Ils furent transportés dans le canot.

Quelques centaines de pas plus loin, les chasseurs rencontrèrent une nouvelle bande de plongeurs dont la stupidité n'était pas moins grande mais qui offrait au moins une chair mangeable. C'étaient des manchots dont les ailes sont réduites à l'état de moignons aplatis en forme de nageoires et que garnissent quelques plumes d'apparence squameuse. On ne tua que ce qu'il fallait pour le présent de ce gibier si facile à tuer. Ces manchots poussaient des cris assourdissants tels qu'eussent été des braiments d'âne. Mais cette chasse, ou plutôt cette tuerie qui n'exigeait ni adresse ni courage dégoûta les enfants. L'exploration de l'îlot fut donc reprise.

La petite troupe continua de s'avancer vers la pointe nord sur un sol sableux dans lequel les nids de manchots formaient d'innombrables fondrières. Soudain, l'Oncle Robinson s'arrêta et fit signe à ses compagnons de rester immobiles. Puis, vers l'extrémité de l'îlot, il leur montra de gros points noirs qui nageaient à fleur d'eau. On eût dit des têtes d'écueils en mouvement.

« Qu'est-ce donc ? demanda Marc.

— Ce sont, répondit l'Oncle, de braves amphibies qui nous apportent des paletots, des vestes, des houppelandes.

— Oui, répondit Mr. Clifton, c'est un troupeau de phoques.

— Sans doute, répliqua l'Oncle, et il faut nous en emparer à tout prix. Mais rusons, car nous ne pourrons les approcher que par ruse. »

Il fallait avant tout laisser ces animaux venir à terre. En effet, si, avec leur bassin étroit, leur poil ras et serré contre la poitrine, leur conformation fusiforme, ces phoques sont d'excellents nageurs, leur marche sur le sol est très-imparfaite. Avec ces pieds courts et palmés, véritables rames, ils ne peuvent que ramper.

L'Oncle connaissait les habitudes de ces amphibies. Il savait qu'une fois à terre, étendus sous les rayons du soleil, ils s'endormiraient promptement. Chacun attendit donc patiemment, même l'impatient Robert, et un quart d'heure après, une demi-douzaine de ces mammifères marins, couchés sur le sable, dormaient d'un profond sommeil.

L'Oncle Robinson résolut de se glisser avec Marc derrière un petit promontoire qui s'avançait vers le nord de l'îlot, et de se placer ainsi entre les phoques et la mer. Pendant ce temps, le père et les deux autres enfants devaient aller à leur rencontre et ne se montrer qu'en entendant les cris de l'Oncle. Celui-ci, armé de sa hache, devait attaquer les phoques. Les autres, munis seulement de leur bâton, essaieraient de leur couper la retraite.

L'Oncle et le jeune garçon se portèrent alors en avant et disparurent derrière le promontoire. Harry Clifton, Robert et Jack se dirigèrent silencieusement vers le rivage, avec certains mouvements de reptation assez gauches.

Tout à coup, la haute taille du marin se développa. Il poussa un cri. Clifton et ses deux enfants se jetèrent en toute hâte entre la mer et les phoques. Deux de ces animaux, vigoureusement frappés à la tête par la hache de l'Oncle, restèrent morts sur le sable. Les autres voulurent gagner la mer, mais Clifton s'opposa hardiment à leur marche et deux de ces amphibies tombèrent encore sous la hache de l'Oncle. Le reste de la troupe put gagner le large, non sans avoir renversé le jeune Robert, qui poussa des cris effrayants. Mais il en fut quitte pour la peur et se releva sain et sauf.

« Bonne chasse ! s'écria l'Oncle, et pour le garde-manger et pour la garde-robe ! »

Ces phoques étaient relativement de petite taille, car leur longueur ne dépassait pas un mètre et demi. Leur tête ressemblait à celle d'un chien. L'Oncle et Marc allèrent chercher le canot, les phoques furent embarqués, et l'embarcation, traversant le canal, vint s'échouer doucement au pied de la falaise.

Ce fut une opération assez difficile que la préparation de ces peaux de phoques. Cependant, les jours suivants, l'Oncle se mit à l'œuvre et s'en tira fort adroitement. Ces peaux ne devaient être employées qu'à la fabrication des vêtements d'hiver ; mais cela ne suffisait pas. L'Oncle avait l'idée d'offrir à Clifton une peau d'ours pour passer son hiver. Mais l'ours lui manquait toujours, bien qu'il ne désespérât pas de le rencontrer. Du reste, il n'en avait rien dit à personne. Il voulait agir en secret et surprendre l'ingénieur Clifton.

Je fais le brave !

CHAPITRE XIX

De la question vestimentaire – La grande exploration
Nombreuses découvertes

Pendant les deux semaines suivantes, Clifton ne put entreprendre sa grande exploration et les diverses occupations domestiques réclamaient le concours de tous à la grotte. La question des vêtements primait alors les autres ; la peau des animaux devait forcément remplacer les tissus qui manquaient. On organisa donc de nouvelles chasses au phoque, et l'Oncle parvint à en tuer encore une demi-douzaine. Mais bientôt ces amphibies, devenus très-défiants, abandonnèrent l'îlot, et il fallut renoncer à retrouver leur piste.

Très-heureusement, ces phoques furent remplacés par une bande d'animaux dont une dizaine tomba sous les flèches des enfants pendant la journée du 18 au 19 mai. C'étaient des renards de cette espèce dite *mégalote*, sorte de chien à longues oreilles, à pelage gris jaunâtre, un peu plus grand que le renard ordinaire. Cette rencontre accrut avantageusement la réserve de pelleteries. Mrs. Clifton était satisfaite. L'Oncle était enchanté. Il ne semblait plus rien désirer en ce monde. Cependant, quand Clifton lui demandait s'il lui manquait quelque chose :

« Oui, répondait-il. Mais ce qui lui manquait, il se refusait à le dire. »

Enfin ces travaux d'intérieur cessèrent. La grande préoccupation de Mr. Clifton était d'explorer la côte, et de savoir enfin si le sort l'avait jeté sur une île ou sur un continent. Il fut donc décidé que le 31 mai on ferait une expédition à l'intérieur dans le double but de reconnaître la configuration de la contrée et d'examiner ses richesses naturelles. À ce sujet, l'Oncle Robinson eut une excellente idée.

« Nous voulons, dit-il, aller à l'intérieur des terres. Eh bien ! Pourquoi ne profiterions-nous pas du cours d'eau que la nature a mis à notre disposition ? Remontons la rivière en canot ; naviguons tant qu'elle sera navigable, et quand elle ne pourra plus nous porter, nous débarquerons. Mais au moins le canot sera toujours à notre disposition pour le retour. »

Ce plan fut adopté. Restait une importante question à résoudre. Qui prendrait part à l'expédition ? Laisser Mrs. Clifton seule à la grotte répugnait à son mari, et cependant cette courageuse femme eût accepté d'y passer une nuit ou deux seule avec sa petite fille. Marc, comprenant que sa présence auprès de sa mère lèverait toute difficulté, offrit généreusement de rester à la grotte. Mais on voyait bien que ce sacrifice coûtait au jeune garçon.

« Mais, dit l'Oncle Robinson, pourquoi toute la famille ne viendrait-elle pas ? Voilà les beaux jours de juin qui commencent et les nuits sont déjà très-courtes. Une nuit à passer dans les bois, qu'est-ce que cela ? Rien ! Je propose donc que tout le monde vienne. Si aucun obstacle ne nous retarde, en partant lundi matin nous serons de retour mardi soir. D'ailleurs une grande partie de la route se fera en canot, et il y aura peu ou point de fatigue. »

Inutile de dire si cette proposition fut goûtée de tous, grands et petits. Les préparatifs de départ furent aussitôt commencés. Viandes rôties, œufs durs, poissons grillés, fruits furent mis en réserve pour la grande expédition. De nouvelles flèches fabriquées par l'Oncle, des bâtons durcis au feu, la hache de Clifton devaient, le cas échéant, servir à l'attaque et à la défense. Quant à la question du feu, elle fut ainsi résolue : le morceau d'amadou fut partagé en deux ; une moitié soigneusement serrée dut rester à la grotte et servir à rallumer le foyer au retour, l'autre moitié devait être emportée pour les besoins du voyage. Il va sans dire que la recherche d'une substance propre à remplacer l'amadou était mise au premier rang parmi les futures découvertes des voyageurs.

La veille du départ, – c'était un dimanche –, fut consacrée au repos et sanctifiée par la prière. Mr. et Mrs. Clifton firent un peu de bonne morale à leurs enfants, et l'Oncle Robinson ne leur épargna pas les principes qu'il puisait dans sa philosophie naturelle. Le lendemain, 31 mai, toute la famille était levée avec le soleil. La journée promettait d'être magnifique. Le canot était préparé ; l'Oncle l'avait muni de sa voile pour profiter des brises favorables, de deux avirons destinés à le manœuvrer contre le vent, et d'une longue cordelle en fibre de coco destinée à le haler sur les berges.

Le canot fut poussé à la mer. À six heures du matin, chacun y prit sa place comme il convenait : Marc et Robert à l'avant, Jack et Belle près de leur mère au milieu, l'Oncle et Clifton à l'arrière. L'Oncle tenait la barre du gouvernail, Clifton l'écoute de la voile.

Le vent venait du large. Une légère brise ridait la surface de l'océan. De joyeux cris d'animaux animaient les airs. La voile fut hissée, et l'embarcation descendit doucement le canal creusé entre l'îlot et la côte. La mer commençait à monter, circonstance favorable, car pendant quelques heures le flot entraînerait le canot vers le haut cours de la rivière.

En peu d'instants, aidée par le vent et le flux, l'embarcation atteignit l'extrémité nord de l'îlot, presque à la hauteur de la rivière. Harry Clifton fila l'écoute de la voile, et, poussé vent arrière, il remonta le cours d'eau. Les rayons du soleil que n'arrêtait plus la falaise venaient joyeusement jusqu'à lui. Fido aboyait gaiement, et Jack lui répondait.

Les enfants reconnurent en passant leur premier campement, et Mrs. Clifton indiqua à son mari l'endroit où le canot renversé leur avait servi de tente. Mais le flot montant entraînait l'embarcation avec rapidité. Les roches du premier campement disparurent.

Bientôt, entre les rives verdoyantes, l'embarcation eut atteint ce point où la forêt formait angle avec la rivière. Les voyageurs pénétrèrent alors sous un dôme de feuillage. Quelques-uns des plus grands arbres entremêlaient leurs branches au-dessus du cours d'eau. La voile complètement déventée était devenue inutile. L'Oncle pria Marc et Robert de l'amener, ce que les deux jeunes garçons firent lestement. Les avirons furent parés à tout événement, mais la marée suffisait à imprimer au canot une vitesse assez grande ; cependant, comme son gouvernail n'avait plus d'action puisque sa vitesse et celle du courant étaient égales, l'Oncle installa une godille à l'arrière, et par ce moyen il le maintint dans la direction voulue.

« Ces rives sont véritablement charmantes, disait Clifton en observant cette sinueuse rivière enfouie sous la verdure.

— Oui, répondit la mère ; avec un peu d'eau et d'arbres, comme la nature obtient de beaux effets !

— Vous en verrez bien d'autres, madame, répliqua l'Oncle Robinson. Je vous répète que le sort nous a conduits sur une terre enchantée.

— Mais vous avez déjà exploré ce cours d'eau ? demanda Mrs. Clifton.

— Sans doute, répondit Robert. L'Oncle et moi nous avons remonté la rive droite au milieu des lianes et des broussailles.

— Quels beaux arbres ! dit Clifton.

— Oui, dit l'Oncle. Le bois ne nous manquera pas, quelque usage que nous voulions en faire. »

En effet, sur la rive gauche s'élevaient de magnifiques échantillons de la famille des ulmacées, ces précieux bois-francs d'ormes recherchés par les constructeurs et qui ont la propriété de se conserver longtemps dans l'eau. Puis c'étaient de nombreux groupes appartenant à la même famille, entre autres ces micocouliers dont l'amande fournit une huile fort utile. Plus loin, l'ingénieur remarqua quelques lardizabalées, dont les rameaux flexibles, macérés dans l'eau, forment d'excellents cordages, et deux ou trois troncs des ébénacées dont le bois si dur présente une couleur noire coupée de quelques veines. Entre autres, Clifton reconnut cette espèce particulière à l'Amérique du Nord, le *Diospyros virginiana* que l'on rencontre jusqu'à la latitude de New-York.

Parmi les plus beaux arbres se distinguaient les géants de l'espèce des liliacées, dont Humboldt observa de si beaux échantillons aux Canaries.

« Ah ! les beaux arbres ! s'écrièrent Robert et Marc.

— Ce sont des dragonniers, répondit Mr. Clifton, et je vous étonnerais bien, mes enfants, en vous apprenant que ces géants ne sont que des *poireaux ambitieux*.

— Est-il possible ? répondit Marc.

— Ou du moins, reprit Clifton, qu'ils appartiennent à cette même famille des liliacées que l'oignon, l'échalote, la civette, l'asperge. Et véritablement les humbles membres de cette famille nous eussent été plus utiles que ces gigantesques arbres. J'ajouterai que les liliacées comprennent encore la tulipe, l'aloès, la jacinthe, le lis, la tubéreuse et ce *Phormium tenax*, ce lin de la Nouvelle-Zélande dont votre mère s'accommoderait si bien.

— Père, demanda Marc, comment les naturalistes ont-ils rangé dans une même famille des dragonniers de cent pieds et des oignons de deux pouces ?

— Parce que les caractères typiques de ces végétaux sont les mêmes, mon cher enfant. Il en est ainsi des animaux, et tu serais bien étonné de rencontrer dans la même catégorie des requins et des raies. Il s'ensuit donc que cette famille des liliacées est extrêmement considérable, et l'on ne compte pas moins de douze cents espèces répandues sur la surface du globe, mais surtout dans les zones tempérées.

— Bon ! s'écria l'Oncle, je ne désespère pas alors de trouver un jour ou l'autre quelques-unes de ces modestes liliacées que vous regrettez, Mrs. Clifton. D'ailleurs ne médisons pas des dragonniers. Si j'ai bonne mémoire, aux Sandwich on se nourrit de leurs racines ligneuses connues sous le nom de racines de *Ti*. Cuites, elles sont excellentes ; j'en ai mangé. Broyées et soumises à une certaine fermentation, elles produisent une très-agréable liqueur.

— En effet, répondit l'ingénieur, mais ces racines proviennent du dragonnier pourpre que nous rencontrerons peut-être. Quant à celui-ci, il ne donne que le sang-dragon, cette résine renommée qui s'emploie avantageusement dans les cas d'hémorragie, et dont Béthencourt fit une si abondante récolte lors de la conquête des Canaries. »

Le canot était parti à six heures du matin. Une heure après, la marée aidant, il avait atteint les eaux du lac. Ce fut une vraie joie pour les enfants de déboucher sur une vaste plaine liquide dont ils n'avaient encore parcouru que les rives. De cet endroit, on revit la falaise de l'ouest, le rideau des grands arbres, le tapis jaune des dunes et la mer étincelante. Il s'agissait alors de traverser le lac dans sa partie septentrionale et d'arriver ainsi à l'embouchure du haut cours de la rivière. Le vent était bon alors, et l'écran des arbres ne l'arrêtait plus. L'Oncle fit hisser la voile, et la légère embarcation courut rapidement vers la côte orientale. Harry Clifton, se rappelant ce bouillonnement inexplicable qu'il avait observé lors de sa première visite au lac, regardait attentivement ces eaux un peu suspectes. Mais les enfants ne songeaient qu'à les admirer en les voyant si belles, et le petit Jack, laissant tremper sa main hors du canot, s'amusait à tracer un petit sillage tout murmurant.

Sur la demande de Marc, on alla reconnaître le petit îlot qui émergeait à trois cents mètres de la rive. Le canot l'accosta en quelques instants. C'était une sorte de roc mesurant un are de superficie, tout encombré d'herbes aquatiques et que semblaient affectionner particulièrement les oiseaux du lac. On eût dit un énorme nid dans lequel tout un monde ailé vivait en bonne intelligence. Fido, aboyant, voulait s'y élancer, mais Mr. Clifton le retint. Cet îlot, c'était une réserve de gibiers aquatiques et il ne fallait pas inutilement troubler la retraite de ces oiseaux, car on leur eût donné l'idée d'aller nicher ailleurs.

Cette exploration terminée, l'Oncle Robinson dirigea le canot vers l'embouchure du haut cours d'eau. Ce point atteint, il fallut non seulement amener la voile mais aussi démâter l'embarcation, car elle n'aurait pu s'engager sous cet arceau de verdure bas et touffu. Puis, le flot ne se faisant plus sentir dans cette partie supérieure de la rivière, l'Oncle et Marc se mirent aux avirons, laissant à l'ingénieur le soin de gouverner.

« Nous voici dans l'inconnu ! dit Clifton.

— Oui, monsieur, répondit l'Oncle, nous ne nous sommes pas encore aventurés si loin. Nous vous attendions pour faire cette excursion. Où va cette rivière. Je ne saurais le dire, mais je ne serais pas étonné qu'elle se prolongeât fort avant dans l'intérieur des terres, car, vous le voyez, sa largeur est encore considérable. »

En effet, le diamètre de cette nouvelle embouchure dépassait quatre-vingts pieds et le lit de la rivière ne semblait pas se rétrécir. Très-heureusement son courant n'était pas rapide, et la légère embarcation, entraînée par ses rames, le refoula facilement, tantôt près d'une rive, tantôt près de l'autre.

On alla ainsi pendant deux heures environ. Le soleil, quoique très-élevé dans sa course, traversait à peine l'épais feuillage. Plusieurs fois les explorateurs prirent pied sur les berges. Pendant ces haltes, on fit quelques utiles découvertes dans le règne végétal. La famille des chénopodées était principalement représentée par une sorte d'épinards sauvages qui croissait spontanément. Mrs. Clifton en fit provision, se promettant de les transplanter plus tard. Elle trouva aussi de nombreux échantillons de crucifères à l'état sauvage, qu'elle espérait bien *civiliser* par la transplantation ; c'étaient, dans le genre chou, du cresson, du raifort, des raves, et de petites tiges rameuses légèrement velues, hautes d'un mètre et produisant de petites graines presque brunes dans lesquelles Clifton reconnut aisément le sénevé qui donne la moutarde.

Ces précieux végétaux furent déposés dans l'embarcation et le voyage recommença. C'était vraiment une traversée charmante. Les arbres servaient de refuge à un grand nombre d'oiseaux. Marc et Robert saisirent dans leur nid deux ou trois couples de gallinacés à becs longs et grêles, longs de cou, courts d'ailes et sans apparence de queue ; c'étaient des *tinamous*. Il fut décidé que l'on garderait vivants un mâle et une femelle pour peupler la future basse-cour. Les jeunes chasseurs tuèrent aussi à coups de flèches quelques *touracos louris*, sorte de grimpeurs de la grosseur d'un pigeon, tout peinturés de vert avec une partie des ailes de couleur cramoisie et une huppe droite festonnée d'un liseré blanc, oiseaux charmants, excellents surtout au point de vue comestible, et dont la chair est extrêmement recherchée.

Pendant une de ces haltes, une autre découverte très-importante fut faite grâce au petit Jack qui en porta d'abord la peine. Le petit bonhomme était allé se rouler dans une sorte de clairière ; quand il revint, ses vêtements étaient entièrement maculés d'une terre jaunâtre, ce qui lui valut une admonestation de sa mère. Jack en était tout honteux.

« Voyons, madame Clifton, dit l'Oncle Robinson, ne le grondez pas. Il faut bien que cet enfant s'amuse.

— Qu'il s'amuse sans se rouler ! répondit la mère.

— Mais on ne peut pas s'amuser sans se rouler ! répondit l'Oncle.

— Ah ! digne Oncle ! répondit Mrs. Clifton. Je voudrais bien savoir ce que son père en pense.

— Pour cette fois, répondit Clifton, je pense qu'il ne faut point gronder Jack ; mais on doit le féliciter au contraire de s'être roulé dans cette terre jaune.

— Et pourquoi ?

— Parce que cette terre jaune, c'est de l'argile, c'est de la terre glaise, c'est de quoi fabriquer une poterie commune mais utile.

— De la poterie ! s'écria Mrs. Clifton.

— Oui, car je ne doute pas que l'Oncle Robinson ne soit potier, comme il est charpentier, bûcheron et tanneur.

— Dites qu'il est marin, répliqua l'Oncle, et cela suffit. »

Clifton et l'Oncle se rendirent à la clairière, conduits par le petit Jack. L'ingénieur reconnut que le sol était formé de cette terre glaise plus spécialement nommée argile figuline, qui est principalement employée à la fabrication de la faïence commune. Il ne pouvait s'y tromper et d'ailleurs, ayant mis sur sa langue un peu de cette substance, il sentit ce happement particulier à l'argile qui vient de son extrême avidité pour les liquides. Ainsi donc, cette précieuse matière si largement répandue à la surface du globe, la nature l'offrait libéralement à la petite colonie. En cet endroit, cette argile se rencontrait au milieu de produits arénacés siliceux dont elle formait la pâte.

« Excellente découverte ! s'écria Mr. Clifton. J'ai même cru un instant que c'était du kaolin, ce qui nous eût permis de fabriquer de la porcelaine. Du reste, en broyant cette terre glaise et en la privant par le lavage de ses parties les plus grossières, nous obtiendrons de la faïence.

— Contentons-nous d'une simple poterie, répondit l'Oncle Robinson. Je suis certain que madame Clifton paierait cher une écuelle de terre. »

On fit donc une bonne provision de cette terre plastique qui remplaça dans le canot le lest de galets. L'Oncle, à son retour à la grotte, devait sans perdre de temps se mettre à l'ouvrage et fabriquer des pots, des plats, des assiettes, à la grande satisfaction de la ménagère.

On se rembarqua dans le canot qui, sous l'impulsion des avirons, continua de remonter tranquillement le cours de la rivière. Celle-ci devenait très-sinueuse ; son lit se rétrécissait sensiblement. On devait penser que sa source n'était pas très-éloignée ; sa profondeur diminuait aussi, et l'Oncle, en sondant, reconnut que l'embarcation n'avait plus que deux à trois pieds d'eau sous sa quille. Clifton estimait qu'en ce moment ils avaient fait deux lieues environ depuis l'endroit où le cours supérieur se jetait dans le lac.

L'étroite vallée que les explorateurs traversaient alors était moins boisée. Au lieu de former une forêt épaisse, les arbres s'éparpillaient par groupes. De grosses roches aux vives arêtes se dressaient sur les berges. La nature du sol, son aspect, sa configuration se modifiaient sensiblement. C'étaient ici les premiers mouvements du système orographique dont le pic central formait le point culminant.

Vers onze heures et demie, il fut impossible de s'avancer plus loin. L'eau manquait à l'embarcation. Le lit de la rivière, dépourvu d'herbes, était semé de pierres noirâtres. Le bruit d'une chute peu éloignée se faisait entendre depuis quelques instants.

En effet, après avoir tourné un angle brusque de la rive, le canot se trouva au pied d'une cascade. Le site était charmant. Au milieu d'arbres résineux, au fond d'une gorge pittoresquement encombrée de roches moussues d'aspect très-sauvage, la rivière se précipitait d'une trentaine de pieds. Le volume des eaux n'était pas considérable, mais elles tombaient brisées par les pointes de rocs, recueillies en de certains points par des vasques naturelles, croisant leurs jets, entrechoquant leurs volutes, elles formaient une cascade ravissante. La famille s'était arrêtée pour contempler ce beau spectacle.

« Oh ! la belle chute ! s'écria Jack.

— Père, père, dit Belle à son tour, allons plus près encore ! »

Mais le désir de la petite fille ne put être satisfait. Le canot s'échouait à chaque coup de rame. Il fallut regagner la rive gauche à une cinquantaine de pieds de la chute. Là, tous débarquèrent et les deux plus jeunes enfants commencèrent à gambader sur la berge.

« Qu'allons-nous faire maintenant ? demanda Marc.

— Allons du côté de la montagne, répondit l'impatient Robert en indiquant le pic qui se dressait au nord du point de débarquement.

— Mes enfants, dit Mrs. Clifton, avant d'entreprendre cette nouvelle excursion, j'ai une suggestion à vous faire.

— Laquelle, mère ? demanda Marc.

— Celle de déjeuner. »

La proposition fut acceptée sans conteste. Les provisions furent retirées du canot. À la viande froide, on ajouta les louris et les tinamous. Un feu de bois sec fut allumé, et ce petit gibier, enfilé dans une baguette, se dora bientôt devant une flamme pétillante.

Ce repas fut rapidement enlevé. On avait hâte de pousser plus avant. Clifton et l'Oncle observèrent attentivement les lieux afin de ne point s'égarer au retour. D'ailleurs, ils ne pouvaient manquer de retrouver le cours d'eau qui les avait emmenés jusqu'à cet endroit.

Ces rives sont véritablement charmantes.

CHAPITRE XX

Un mouflon – Une fumée entre les roches
Une nuit au campement – Ascension du pic
Une île dans l'océan Pacifique

La famille se mit en route. L'Oncle et ses deux amis Marc et Robert marchaient en avant, portant leurs arcs et surveillant cette contrée nouvelle. Un peu en arrière, Mr. et Mrs. Clifton s'avançaient avec Jack et Belle qui gambadaient, couraient et se fatiguaient inutilement quoi qu'on pût leur dire.

Le sol était très-accidenté sur ce terrain que les forces plutoniennes avaient évidemment convulsionné ; on remarquait de nombreux débris de basalte et de pierre ponce. La nature volcanique de cette région s'affirmait de plus en plus. Cependant les voyageurs n'avaient pas encore dépassé la zone des arbres que dominait le pic neigeux. Ces conifères, comme tous ceux qui se rencontrent à cette hauteur, étaient des pins et des sapins qui peu à peu devenaient plus rares.

Pendant cette première partie de l'ascension, l'Oncle fit remarquer à Harry Clifton de larges empreintes incrustées dans le sol qui indiquaient la présence d'animaux de grande taille. Quels étaient ces animaux, on ne pouvait le dire. Il était donc prudent de se tenir sur ses gardes, et recommandation fut faite aux enfants de ne pas s'éloigner.

Mr. Clifton et l'Oncle causaient ensemble, et l'observation attentive de ces empreintes fit naître dans l'esprit de l'ingénieur une idée assez plausible.

« Ces animaux, dit-il à l'Oncle, sont évidemment puissants et nombreux. Je serais donc porté à croire que le sort nous a jetés sur un continent plutôt que sur une île, à moins que cette île ne fût considérable. Mais je n'en connais pas de telle dans cette partie du Pacifique où nous avons été abandonnés par le *Vankouver*. Oui, nous sommes sur un continent et probablement sur une portion de la côte américaine comprise entre les quarantième et cinquantième degrés de latitude septentrionale.

— Continuons notre ascension, répondit l'Oncle, et nous saurons peut-être à quoi nous en tenir quand nous aurons dépassé la zone des arbres.

— Mais, mon digne ami, reprit Clifton, nous n'apercevrons qu'un côté de cette terre, à moins de monter jusqu'au sommet du pic.

— Ce serait une grosse besogne, répondit l'Oncle, et d'ailleurs le sommet de ce pic n'est peut-être pas accessible, mais peut-être pourrons-nous le contourner à sa base et savoir enfin si nous sommes des insulaires ou… – comment dirais-je ? –, des continentaux.

— Eh bien, pressons le pas !

— Si monsieur l'ingénieur m'en croit, dit l'Oncle, nous nous contenterons pour aujourd'hui d'atteindre la limite des arbres. Là, nous camperons pour la nuit, qui sera belle. Je me charge d'organiser le campement, et demain au lever du soleil, nous tenterons l'ascension de la montagne. »

Il était trois heures alors. On continua de gravir ce sol montueux. Si les animaux féroces abondaient dans le pays, du moins n'en voyait-on jusqu'ici que les traces, ce dont personne ne songeait à se plaindre. Quant au gibier, il ne manquait pas, et Fido en fit lever plusieurs pièces importantes mais difficiles à reconnaître. Cependant les flèches de Marc et de Robert jetèrent sur le sol un couple de gallinacés de la famille des faisans. Ce n'étaient point des faisans ordinaires. Ceux-ci portaient un fanon charnu qui pendait sur leur gorge et deux cornes minces et cylindriques plantées en arrière des yeux. Ces beaux oiseaux avaient la taille d'un coq ; la femelle était brune, mais le mâle resplendissait sous son plumage de rouge éclatant semé de petites larmes blanches. Mr. Clifton donna leur véritable nom à ces gallinacés en les appelant des *tragopans*. Mrs. Clifton regretta fort de n'avoir pu les prendre vivants. Ces faisans eussent été l'ornement de sa basse-cour, mais il fallait les accepter tels quels et se contenter de les faire rôtir à la prochaine halte.

Un autre animal de grosse taille se laissa aussi apercevoir un instant entre les roches basaltiques. On ne put s'en emparer mais Clifton fut très-satisfait d'avoir pu constater sa présence dans le pays. C'était un de ces grands moutons si communs dans les montagnes de la Corse, de la Crète, de la Sardaigne, qui forment une espèce à part connue sous le nom de mouflon. Clifton l'avait facilement reconnu à ses fortes cornes courbées en arrière et aplaties vers la pointe, à sa toison laineuse et grisâtre cachée sous des poils longs et soyeux d'une couleur fauve. Ce bel animal resta longtemps immobile près du tronc d'un arbre abattu. Clifton et l'Oncle parvinrent à l'approcher d'assez près. Le mouflon les regarda d'un œil étonné comme s'il voyait pour la première fois des bipèdes humains, puis, sa crainte subitement éveillée, il disparut à travers les clairières et les roches sans que la flèche de l'Oncle eût pu l'atteindre.

« Au revoir ! lui cria l'Oncle d'un ton de dépit fort comique. Le maudit animal ! Ce ne sont pas ses gigots, c'est sa toison que je regrette ! Il nous emporte un paletot avec lui, mais nous le reprendrons !
— Nous essaierons du moins, répliqua Clifton, et si nous parvenons à domestiquer quelques couples de ces animaux, les gigots et les paletots, comme dit l'Oncle, ne nous manqueront plus. »

À six heures du soir, la petite troupe avait atteint la limite des arbres. On décida de s'arrêter en cet endroit, d'y préparer le repas du soir et de camper pour la nuit. Il ne s'agissait plus que de trouver un endroit favorable au campement, et chacun fut invité à chercher un gîte convenable. Marc et Robert allèrent d'un côté, Clifton et l'Oncle d'un autre. Mrs. Clifton, Jack et Belle restèrent à l'abri d'un grand pin.

Marc et Robert étaient partis depuis quelques minutes à peine quand leur mère les vit revenir précipitamment. Leur physionomie trahissait un certain effroi. Mrs. Clifton alla vers eux.

« Qu'y a-t-il, mes enfants ? demanda-t-elle.
— Une fumée, répondit Robert, nous avons vu une fumée monter entre les roches.
— Ah ! fit Mrs. Clifton, des hommes en cet endroit ! »

Puis, saisissant ses enfants et les rapprochant d'elle :

« Mais quels hommes ? Des sauvages, des cannibales ? »

Les enfants regardaient leur mère sans répondre. En ce moment, l'Oncle et l'ingénieur reparurent. Marc leur apprit ce qui s'était passé. Toute la famille resta silencieuse pendant quelques instants.

« Agissons prudemment, dit enfin l'Oncle Robinson. Il est évident qu'il y a là, près de nous, des créatures humaines. Nous ne savons à qui nous aurons affaire et à dire vrai je redoute encore plus ces inconnus que je ne les désire. Restez près de Mrs. Clifton, monsieur l'ingénieur. Monsieur Marc, Fido et moi nous allons opérer une reconnaissance. »

L'Oncle, le jeune garçon et le fidèle chien partirent sans retard. Le cœur de Marc battait assez fort. L'Oncle, les lèvres serrées, les yeux largement ouverts, s'avançait avec une extrême circonspection.

Après quelques minutes de marche dans la direction du nord-est, Marc s'arrêta soudain et montra à son compagnon une fumée qui s'élevait dans l'air sur la lisière des derniers arbres. Cette fumée avait un caractère jaunâtre très-caractérisé. Pas un souffle d'air ne l'agitait et elle se perdait à une assez grande hauteur.

L'Oncle s'était arrêté. Marc contenait de la main Fido qui voulait s'élancer. Le marin fit signe au jeune garçon de l'attendre, et, se glissant comme un serpent entre les roches, il disparut.

Marc, immobile, très-ému, attendit son retour. Soudain un cri retentit du côté des roches. Marc s'élançait déjà, prêt à secourir son compagnon ; mais ce cri fut suivi d'un rire sonore, et l'Oncle reparut presque aussitôt.

« Ce feu, s'écria-t-il en agitant ses grands bras, ou plutôt cette fumée ! ...

— Eh bien ? ... demanda Marc.

— Eh bien ! c'est la nature qui en fait les frais ! Il n'y a qu'une source sulfureuse qui nous permettra de traiter efficacement nos laryngites ! »

L'Oncle et Marc revinrent aussitôt à l'endroit où les attendait Clifton, et l'Oncle les mit en riant au courant de la situation.

Père, mère, enfants voulurent se rendre aussitôt à l'endroit où jaillissait la source, un peu en dehors de la zone des arbres. Le sol était essentiellement volcanique. Clifton reconnut de loin la nature de cette source à l'odeur d'acide sulfurique que ses eaux dégageaient après avoir absorbé l'oxygène de l'air. Ces eaux sulfurées, sodiques, coulaient abondamment au milieu des roches. L'ingénieur, y trempant la main, observa qu'elles étaient onctueuses au toucher et que leur chaleur atteignait trente-cinq degrés environ. Leur saveur était un peu douceâtre. Cette source, comme celles de Luchon ou de Cauterets, aurait pu être utilisée efficacement pour le traitement des catarrhes de l'appareil respiratoire, et même, grâce à l'influence de la température, elle devait convenir aux tempéraments lymphatiques.

Marc demanda alors à son père comment il avait pu estimer à trente-cinq degrés la température de cette source, n'ayant pas de thermomètre à sa disposition. Mr. Clifton lui répondit qu'en plongeant la main dans ces eaux il n'avait éprouvé aucune sensation de chaud ni de froid ; conséquemment il en avait conclu qu'elles possédaient la même température que le corps humain qui est de trente-cinq degrés environ.

Ces observations faites, on résolut de camper en ce lieu, entre deux grandes roches basaltiques et sous l'abri des derniers arbres. Les enfants ramassèrent du bois sec en quantité suffisante pour entretenir le feu pendant toute la nuit. Quelques hurlements lointains, vaguement entendus dans l'ombre naissante, rendaient cette précaution indispensable. Il n'y a pas d'animaux, si féroces qu'ils soient, qui ne s'arrêtent devant une barrière de flammes.

Ces préparatifs furent rapidement terminés. La mère, aidée de Jack et de Belle, s'occupa du souper. Les deux faisans, rôtis à point, en firent les frais. Ce repas achevé, les enfants se couchèrent sur leurs lits de feuilles sèches. Ils étaient fatigués et ne tardèrent pas à s'endormir. Pendant ce temps, Clifton et l'Oncle Robinson firent une reconnaissance aux environs du campement. Ils allèrent même jusqu'à un petit bois de bambous qui croissaient sur une des premières pentes de la montagne. Arrivés à ce point, ils entendirent plus distinctement les hurlements des bêtes féroces.

Clifton, pour mieux défendre encore les approches de son campement, eut alors l'idée d'employer un moyen préconisé par Marco Polo, et dont les Tartares se servent pendant la nuit pour éloigner plus sûrement les animaux dangereux. L'Oncle et lui coupèrent une certaine quantité de bambous ; ils les rapportèrent au campement, et il fut convenu que de temps en temps on jetterait quelques-uns de ces végétaux sur les charbons incandescents. L'opération fut commencée, une pétarade s'ensuivit dont ne sauraient se faire l'idée ceux qui ne l'ont pas entendue. Marc et Robert furent réveillés au bruit. Les détonations les amusèrent fort et il est certain qu'elles étaient assez violentes pour effrayer les rôdeurs nocturnes. Et en effet, la nuit se passa sans que le repos de la famille Clifton eût été troublé en aucune façon.

Le lendemain, 1er juin, tout le monde fut sur pied de bonne heure et chacun se disposa à faire l'ascension. On partit à six heures du matin après un déjeuner sommaire. La zone des arbres fut bientôt dépassée et la petite troupe s'aventura sur les premières rampes du pic. Que ce pic fût un volcan, cela ne pouvait être douteux. En effet, les pentes étaient recouvertes de cendres et de scories entre lesquelles apparaissaient de longues coulées de lave. Clifton observa aussi la présence de ces matières qui précèdent ordinairement l'éruption lavique. C'étaient des pouzzolanes à petits grains irréguliers et fortement torréfiés, puis des cendres blanchâtres faites d'une infinité de petits cristaux feldspathiques.

Sur la substance minérale des laves très-capricieusement striées, la marche était facile sur ces pentes raides ; on s'élevait rapidement. De petites solfatares coupaient parfois la route, et il fallait les tourner ; mais ce qui causait un sensible plaisir à Clifton, ce fut de rencontrer abondamment du soufre déposé sur toutes les matières environnantes et qui formait des croûtes et des concrétions cristallines.

« Bon ! s'écria Clifton, mes enfants, voici une substance qui nous arrive à point.

— Pour faire des allumettes ? demanda Robert.

— Non, répondit le père, pour faire de la poudre, car en cherchant bien nous ne pouvons manquer de trouver du salpêtre.

— Est-il vrai, père ? demanda Marc. Tu nous ferais de la poudre ?

— Je ne vous promets pas de la poudre de première qualité, mais une substance qui saura nous rendre quelques services.

— Alors il ne vous manquera plus qu'une chose, dit Mrs. Clifton.

— Laquelle, ma chère Élisa ? demanda l'ingénieur.

— Des armes à feu, mon ami.

— Eh ! n'avons-nous pas le pistolet de Robert ?

— Oui ! oui ! s'écria le bruyant garçon en poussant des hurrahs semblables à des détonations.

— Un peu de calme, Robert, dit Mr. Clifton, et continuons notre ascension. En redescendant, nous ferons notre provision de soufre. »

La route fut reprise. Déjà, au-dessus de la partie occidentale de la côte, le regard pouvait embrasser un vaste horizon semi-circulaire, le rivage semblait tourner brusquement au nord et au sud ; vers le nord, au-delà du grand marais non loin duquel Clifton avait été retrouvé, vers le sud, au-delà du promontoire qui se prolongeait en arrière du banc d'huîtres. De ce point élevé, les voyageurs virent nettement déterminée la vaste baie au fond de laquelle se jetait la rivière, le cours sinueux de ce petit fleuve à travers les clairières, le large fouillis des forêts et le lac qui apparaissait comme un vaste étang. Au nord, la côte, qui semblait courir ouest et est, semblait profondément échancrée et former une baie très-creuse terminée à l'est par un cap arrondi au-delà duquel le regard, gêné par la montagne, ne pouvait atteindre. Dans le sud au contraire, la terre était sensiblement droite comme si elle eût été tracée au tire-ligne. Le développement de toute cette côte, depuis le cap jusqu'au promontoire, devait mesurer six lieues environ ; mais se rattachait-elle à l'arrière du pic à un continent quelconque, ou l'océan la baignait-elle sur sa partie encore invisible, c'est ce qu'on ne pouvait savoir. Quant à cette contrée située à la base du pic et arrosée par les deux cours de la rivière, elle semblait être la plus fertile, la région du sud étant sillonnée de dunes sauvages et celle du nord apparaissant comme un marécage immense.

La famille avait fait halte pour mieux observer cette terre et cet océan qui se développaient sous ses yeux.

« Eh bien ! qu'en pensez-vous, monsieur l'ingénieur ? dit l'Oncle, qu'en pensez-vous ? Sommes-nous dans une île, sommes-nous sur un continent ?

— Je ne saurais me prononcer, mon digne compagnon, répondit Clifton, car mes regards ne peuvent traverser cette montagne qui nous cache la partie orientale de la terre. Nous ne nous sommes pas élevés de plus de trois cents pieds au-dessus du niveau de la mer. Essayons d'en gagner encore autant de manière à atteindre le plateau sur lequel le pic prend naissance. Peut-être pourrons-nous le tourner alors et observer tout l'est de la côte.

— Je crains, dit l'Oncle, que cette seconde partie de l'ascension ne soit un peu fatigante pour Mrs. Clifton et ses deux jeunes enfants.

— Mais en cet endroit, répondit la mère, nous n'avons aucune attaque à craindre et je puis attendre votre retour avec Jack et Belle.

— En effet, ma chère amie, répondit Clifton, je crois que ni les hommes ni les animaux ne sont à craindre dans cet endroit.

— D'ailleurs, n'ai-je pas mon Jack pour me défendre ? dit en souriant Mrs Clifton.

— Et il vous défendrait comme un héros ! répondit l'Oncle. C'est un petit lion qui n'a pas froid aux yeux ; mais si vous le voulez, madame, je puis rester auprès de vous.

— Non, mon ami, non, accompagnez mon mari et mes enfants, je préfère vous savoir avec eux. Jack, Belle et moi nous vous attendrons ici en nous reposant. »

Ceci convenu, Mr. Clifton, l'Oncle, Marc et Robert reprirent leur ascension et bientôt, avec cette rapidité de décroissance particulière aux objets dans les régions montagneuses, la mère et ses deux petits ne leur apparaissaient plus que comme trois points noirs à peine reconnaissables.

La route n'était plus facile. Les pentes s'accusaient davantage, les pieds glissaient sous les coulées de lave, mais enfin on gagnait rapidement vers le plateau supérieur. Quant à l'idée d'atteindre le sommet du volcan, il faudrait y renoncer, si les déclivités de l'est présentaient un angle aussi ouvert que celles de l'ouest.

Enfin, après une heure de marche très-pénible au milieu d'éboulements qui la rendaient fort dangereuse, l'Oncle, le père et les deux enfants arrivèrent à la base du pic proprement dit. C'était un plateau irrégulièrement étroit mais suffisamment praticable. Situé à neuf cents ou mille mètres au-dessus du niveau de la mer, il s'élevait graduellement vers le nord par une courbe oblique. Le pic le dominait de sept ou huit cents mètres et cette grande plaque de neige resplendissait sous les rayons du soleil.

Malgré la fatigue des ascensionnistes, il ne fut pas question de se reposer un instant. Ils avaient hâte de tourner la montagne. Leur vue gagnait de plus en plus vers le nord ; les terres qui fermaient à l'est la baie septentrionale semblaient se rabaisser.

Après une heure de marche, la partie nord du pic avait été contournée. Aucune terre ne s'étendait au-delà. Mais le père, l'Oncle, les enfants s'avançaient toujours, parlant peu, tous en proie à la même émotion. Marc et Robert infatigables, étaient en avant. Enfin, vers onze heures, la position du soleil indiqua à Clifton qu'il avait atteint la côte opposée.

L'immense mer se développait sous les regards des voyageurs jusqu'aux limites de l'horizon. Ils observaient en silence cet océan qui les emprisonnait. Toute communication avec leurs semblables leur était interdite. Nul secours à attendre des hommes. Ils étaient isolés sur une côte perdue du Pacifique.

C'était donc une île dont la circonférence, suivant l'estime de l'ingénieur, devait mesurer vingt à vingt-deux lieues environ, une île plus grande que l'île d'Elbe et d'une superficie double de celle de Sainte-Hélène. Cette île était donc relativement petite, et Clifton ne savait comment expliquer la présence de ces grands animaux dont il avait vu les traces sur une terre aussi restreinte ; mais sa nature volcanique pouvait expliquer bien des choses. N'était-il pas possible que cette île eût été plus grande autrefois et qu'une partie considérable de son sol se fût engloutie sous les flots ? Peut-être même se rattachait-elle alors à un continent maintenant fort éloigné. Clifton se promit de vérifier la valeur de ces hypothèses quand il ferait le tour de l'île. Les enfants, en présence de cet océan sans bornes, avaient compris la gravité de leur situation ; ils restaient silencieux.

Ils ne voulaient point interroger leur père. Celui-ci donna le signal du départ. La descente se fit rapidement. En moins d'une demi-heure, on eut rejoint Mrs. Clifton qui attendait toute pensive.

Dès qu'elle aperçut son mari et ses enfants, elle se leva et vint à eux.

« Eh bien ? dit-elle.
— Une île, répondit l'ingénieur.
— Que la volonté de Dieu soit faite, murmura la mère. »

Nous avons vu monter une fumée entre les roches.

CHAPITRE XXI

Retour à la grotte – La basse-cour – La marmite
Le tabac – Un grain de blé – L'exploration du nord-est de l'île
Le coq Bantam – La pipe de l'Oncle Robinson

Pendant l'absence des voyageurs, Mrs. Clifton avait préparé un repas avec les restes du gibier tué la veille. À midi et demie, toute la famille commença à redescendre les pentes de la montagne. La zone des arbres fut traversée en ligne droite et on atteignit la rivière dans la partie supérieure de son cours, c'est-à-dire au-dessus de la cascade. Elle formait en cet endroit un véritable rapide et son courant écumait sur des têtes de roches noirâtres. Le site était extrêmement sauvage. Après avoir franchi un inextricable fouillis d'arbres, de lianes et de ronces, le canot fut atteint : on y embarqua les provisions, les plantes, les diverses substances recueillies pendant l'exploration ; puis l'embarcation descendit rapidement le cours de la rivière. À trois heures, elle avait atteint l'embouchure sur le lac. La voile fut hissée, et le canot, après avoir couru quelques bords au plus près du vent, pénétra dans le cours inférieur. À six heures du soir, toute la famille était de retour à la grotte. La première parole de l'Oncle fut une exclamation. L'enceinte palissadée portait des traces évidentes de dégradation. On avait essayé de la forcer et d'arracher quelques pieux qui avaient résisté fort heureusement.

« Ce sont ces maudits singes, dit l'Oncle, qui nous ont rendu visite pendant notre absence ! Ce sont des voisins dangereux, monsieur Clifton, et il faudra aviser. »

Après cette fatigante journée, les voyageurs devaient éprouver un irrésistible besoin de dormir. Chacun s'étendit sur sa couche. Le feu n'ayant pas été rallumé, personne ne veilla pendant cette nuit, qui d'ailleurs se passa paisiblement. Le lendemain, mercredi 2 juin, l'Oncle Robinson et l'ingénieur furent les premiers éveillés.

« Eh bien, monsieur Clifton ! s'écria l'Oncle d'un ton joyeux.

— Eh bien, mon digne ami ! répondit l'ingénieur, il faut en prendre son parti. Puisque nous sommes des insulaires, agissons en insulaires et organisons notre existence comme si elle devait se passer tout entière ici.

— Bien parlé, monsieur Clifton, répliqua l'Oncle de sa voix confiante. Je vous répète que nous serons fort bien ici ! Nous ferons un Éden de notre île ! Je dis notre île, car elle est bien à nous. Observez d'ailleurs que si nous n'avons rien à attendre des hommes, nous n'en avons rien à craindre non plus. Cela est à considérer. Et Mrs. Clifton, est-elle résignée à sa nouvelle situation ?

— Oui, l'Oncle, c'est une femme courageuse et dont la confiance en Dieu ne peut faiblir.

— Il ne nous abandonnera pas, dit l'Oncle. Quant aux enfants, monsieur Clifton, je suis certain qu'ils sont enchantés d'être ici.

« — Alors, Oncle Robinson, vous ne regrettez rien ?
— Rien, ou plutôt si, une seule chose.
— Laquelle ?
— Faut-il le dire ?
— Oui, l'Oncle.
— Eh bien, le tabac. Oui, le tabac. Je donnerais une de mes oreilles pour fumer une pipe ! »

Clifton ne put s'empêcher de sourire en entendant le marin exprimer son regret. N'étant pas fumeur, il ne pouvait comprendre cet impérieux besoin créé par l'habitude. Néanmoins, il prit bonne note du désir de l'Oncle Robinson, qu'il ne désespérait pas de satisfaire un jour.

Mrs. Clifton avait réclamé l'établissement d'une basse-cour. Son mari fut d'avis de commencer, par cette utile création, son installation définitive dans l'île. Près de l'enceinte palissadée, sur la droite, on en forma une seconde d'une surface de cent mètres carrés. Ces deux enceintes communiquaient par une porte à l'intérieur. En deux jours, cet enclos fut terminé. Deux petites cahutes de branchages divisées en compartiments n'attendaient plus que leurs hôtes. Les premiers furent ce couple de tinamous qui avaient été pris vivants pendant l'excursion précédente et auxquels Mrs. Clifton avait coupé les ailes. Leur domestication devait être facile. On leur donna pour compagnons quelques-uns de ces canards qui fréquentaient les bords du lac, et qui durent se contenter de l'eau contenue dans les vases de bambous et renouvelée chaque jour. Ces canards appartenaient à cette espèce chinoise dont les ailes s'ouvrent en éventails, et qui, par l'éclat et la vivacité de leur plumage, rivalisent avec les faisans dorés.

Pendant la fin de la semaine, des chasses furent organisées dans le but de peupler la basse-cour. Les enfants s'emparèrent d'un couple de gallinacés à queue large et arrondie faite de longues pennes, qu'on eût pris pour des dindons ; c'étaient des *alectors* qui ne tardèrent pas à s'apprivoiser. Tout ce petit monde, après quelques disputes, finit par s'entendre, et s'accrut bientôt dans une proportion très-rassurante.

Clifton, voulant compléter son œuvre, établit un pigeonnier dans une partie friable du roc. On y logea une douzaine de ces bizets dont les œufs avaient fourni à la famille sa première nourriture. Ces pigeons s'habituèrent aisément à rentrer chaque soir à leur nouvelle demeure. Ils montraient d'ailleurs plus de propension à se domestiquer que ces ramiers, leurs congénères, qui d'ailleurs ne se reproduisent que dans l'état sauvage. Toute cette colonie roucoulait, gloussait ou piaillait à l'envi et faisait plaisir à entendre.

Pendant la première quinzaine de juin, l'Oncle Robinson fit des prodiges dans l'art de la céramique. On se souvient que le canot avait rapporté une certaine quantité d'argile propre à confectionner de la poterie grossière. L'Oncle, n'ayant pas de tour, dut se contenter de fabriquer ses pots à la main. Ils étaient un peu gauches, un peu contrefaits, mais enfin c'étaient des pots. Pendant la cuisson de ces ustensiles, ne sachant encore comment régler son feu, il en cassa un certain nombre, mais fort heureusement l'argile ne manquait pas, et après quelques essais infructueux, il put offrir à la ménagère une demi-douzaine de pots ou de terrines dont elle se servit fort utilement. Il y avait entre autres un énorme pot, digne du nom de marmite.

Tandis que l'Oncle s'occupait de fabriquer ces articles de ménage, Clifton, tantôt avec Marc, tantôt avec Robert, fit des excursions dans un rayon d'une lieue autour de la grotte. Il visita ainsi le marais giboyeux, la garenne qui lui parut inépuisable, le banc d'huîtres dont les précieux produits étaient dirigés vers le parc. Il cherchait toujours quelque cryptogame propre à remplacer l'amadou, mais il ne l'avait pas encore rencontré. Ce fut vers cette époque que le hasard lui permit de satisfaire un des plus vifs désirs de Mrs. Clifton. La mère ne cessait de réclamer du savon pour ses lessives. Clifton avait l'intention d'en fabriquer en traitant les corps gras, huile ou graisse, par la soude que produit l'incinération des herbes marines, mais l'opération était longue, et il put s'en dispenser grâce à la rencontre qu'il fit d'un arbre de la famille des sapinacées. C'était le savonnier, dont les fruits moussent abondamment dans l'eau et qui peuvent remplacer le savon ordinaire. L'ingénieur connaissait la propriété de ces fruits qui permettent de nettoyer autant de linge que le ferait soixante fois leur poids en savon. On mit à disposition de la mère une certaine quantité de ces végétaux qu'elle employa immédiatement et avec succès.

Harry Clifton aurait bien voulu aussi se procurer sinon du sucre de canne, qui ne se trouve que dans les produits tropicaux, du moins quelque substance analogue provenant de l'érable ou de tout autre arbre saccharifère, et ce fut l'objet de ses recherches assidues dans les parties boisées de l'île.

Ce fut pendant une de ces excursions faite en compagnie de Marc, que Clifton rencontra un produit végétal dont la trouvaille lui causa un plaisir extrême, car elle devait lui permettre de satisfaire l'unique désir de l'Oncle Robinson.

Marc et lui, le 22 juin, exploraient la rive droite de la rivière dans toute cette portion boisée qui lui confinait au nord. Marc, en courant à travers les grandes herbes, fut surpris de l'odeur qu'exhalaient certains végétaux à tige droite, cylindrique et rameuse dans sa partie supérieure ; ces plantes très-glutineuses produisaient des fleurs disposées en grappes et de très-petites graines. Marc arracha une ou deux tiges et revint vers son père, lui demandant quelle était cette plante.

« Et où as-tu trouvé ce végétal ? dit le père.

— Là, dans une clairière, répondit Marc. Ces plantes y poussent abondamment. Il m'a semblé que je les connaissais, mais je n'ai pu...

— Eh bien, répondit Clifton, tu as fait là, mon enfant, une découverte très-précieuse. Il ne manquera plus rien au bonheur de l'Oncle.

— C'est du tabac ! s'écria Marc.

— Oui, Marc.

— Ah ! quel bonheur ! s'écria le jeune garçon. Quelle joie pour ce brave homme d'Oncle ! Mais il ne faut rien lui dire encore, n'est-ce pas, père ? Tu lui feras une belle pipe, et un beau jour on la lui présentera toute bourrée de ce tabac.

— C'est entendu, Marc.

— Est-ce qu'il sera difficile de transformer ces feuilles en tabac à fumer ?

— Non, mon enfant ; d'ailleurs si ce tabac n'est pas de première qualité, ce sera toujours du tabac, et l'Oncle n'en demandera pas davantage. »

Clifton et son fils firent une bonne provision de cette plante et ils l'introduisirent *en fraude* dans la grotte et avec autant de précaution que si l'Oncle eût été le plus sévère des douaniers. Le lendemain, pendant une absence de l'honnête marin, l'ingénieur, ayant détaché les feuilles les plus minces, les mit à sécher, se réservant de les hacher plus tard, puis de les soumettre à une certaine torréfaction sur des pierres chaudes.

Cependant, Mrs. Clifton se préoccupait toujours de la question des vêtements. Les peaux de phoques et de renards bleus ne lui manquaient pas ; mais la difficulté était d'ajuster ces peaux ensemble sans une aiguille à coudre.

À ce propos, l'Oncle raconta bien qu'il avait autrefois avalé le contenu d'un étui, *par mégarde* ajoutait-il, mais malheureusement ces aiguilles lui étaient sorties peu à peu du corps, ce qu'il regrettait maintenant. Cependant, avec de longues épines et des fils de cocos, Mrs. Clifton, aidée de la petite Belle, parvint à fabriquer quelques casaques grossières. L'Oncle, qui savait coudre comme tous les marins, ne lui épargna pas son aide et ses conseils.

Quand ces divers travaux furent achevés, le mois de juin touchait à sa fin. La basse-cour prospérait et le nombre de ses hôtes s'accroissait chaque jour. Les agoutis et les cabiais chassés aux environs tombaient fréquemment sous la flèche des jeunes garçons. La mère se hâtait de les transformer en jambons fumés et d'assurer ainsi ses provisions d'hiver. La famine n'était donc plus à craindre. L'ingénieur songeait aussi à disposer un enclos destiné aux quadrupèdes sauvages, mouflons ou autres, qu'il comptait prendre et domestiquer. Il fut décidé qu'une grande expédition serait faite dans ce but au nord de l'île et on en fixa la date au 15 juillet. Clifton voulait également rechercher si les forêts de l'île ne renfermaient pas quelques échantillons de cet *Artocarpus* qui lui eût été si utile. C'est l'arbre à pain qui croît jusqu'à cette latitude. Le pain manquait en effet à l'alimentation ordinaire, et quelquefois maître Jack en réclamait un morceau.

Cependant, et pour un temps plus ou moins éloigné, la farine de froment ne devait plus manquer à la colonie. En effet, un jour, Belle, retournant sa poche, en fit tomber un grain de blé, mais rien qu'un.

Aussitôt la petite fille d'accourir joyeuse à la grotte où toute la famille était réunie. Elle montra son grain de blé d'un air triomphant.

« Bon ! s'écria Robert toujours moqueur, que veux-tu que nous fassions de cela ?

— Ne ris pas, Robert, répondit Clifton ; ce grain de blé est plus précieux pour nous que ne le serait une pépite d'or.

— Sans doute, sans doute, répondit l'Oncle.

— Un seul grain de blé, reprit le père, produit près de dix épis. Un épi peut donner jusqu'à quatre-vingts graines ; ainsi ce grain de blé de notre petite Belle contient une moisson tout entière.

— Mais pourquoi ce grain de blé se trouve-t-il dans ta poche ? demanda Mrs. Clifton à la petite fille.

— Parce que j'en donnais quelquefois aux poules à bord du *Vankouver*.

— Eh bien, reprit l'ingénieur, nous le conservons soigneusement, ton grain de blé ; nous le sèmerons à la saison prochaine, et un jour il te rapportera des gâteaux, mon enfant. »

Belle fut enchantée de cette promesse et s'en alla toute fière comme si elle eût été Cérès elle-même, la déesse de la moisson.

La date fixée pour l'excursion dans le nord-est de l'île arriva. Il fut convenu que cette fois Marc resterait avec sa mère, Jack et Belle. Clifton, l'Oncle et Robert comptaient aller vite et autant que possible revenir le soir même. À quatre heures du matin, le 15 juillet, ils se mirent en route. Le canot les conduisit par la rivière jusqu'au point où finissait la falaise du nord. Là, ils débarquèrent et, au lieu de contourner le marais en revenant vers le rivage, ils se dirigèrent droit au nord-est.

Ce n'était déjà plus la forêt, car les arbres se massaient par bouquets isolés ; mais ce n'était pas encore la plaine. Des buissons coupaient, çà et là, ce sol très-accidenté d'ailleurs. Parmi les arbres, Clifton en reconnut quelques espèces nouvelles, entre autres le citronnier à l'état sauvage ; ses fruits ne valaient pas ceux de la Provence, mais ils contenaient de l'acide citrique en quantité suffisante et ils avaient la même propriété sédative. L'Oncle Robinson en cueillit une douzaine qui seraient bien reçus par Mrs. Clifton.

« Car, ajouta le digne marin, en tout ce que nous faisons, il faut penser à notre ménagère.

— Eh bien, répondit Clifton, voici encore, si je ne me trompe, une plante qui lui fera plaisir.

— Quoi, ces arbrisseaux nains ? s'écria Robert.

— Sans doute, répondit Clifton, elle appartient aux genres éricinés et elle contient une huile aromatique d'une odeur suave, d'une saveur piquante, qui est antispasmodique. Elle se rencontre dans l'Amérique du Nord où on la nomme vulgairement *palommier*. Vous devez connaître cette plante, Oncle Robinson ?

— Je devrais la connaître, mais je ne la connais pas.

— Sous le nom de *palommier* peut-être, mais sous celui de thé de montagne ou de thé du Canada ?

— Ah ! monsieur, vous m'en direz tant ! répondit l'Oncle. Je le crois bien, ce thé du Canada, c'est excellent et, pris en infusion, il vaut le thé de l'empereur de Chine. Malheureusement le sucre nous manque encore, mais nous le trouverons plus tard. Faisons donc notre récolte de thé, comme si les betteraves poussaient dans nos champs et que notre sucrerie fût prête à fonctionner. »

Les conseils de l'Oncle furent suivis. La provision de thé alla rejoindre les citrons dans les bissacs du voyage ; puis Clifton et ses deux compagnons continuèrent à remonter vers le nord-est. Les oiseaux étaient assez nombreux dans cette partie de l'île, mais ils fuyaient d'arbre en arbre et ne se laissaient pas approcher. C'étaient principalement des becs-croisés de l'ordre des passereaux, très-reconnaissables aux deux mandibules courbes de leur bec ; d'ailleurs, au point de vue comestible, ils ne valaient pas un coup d'arc, mais Robert abattit fort adroitement quelques gallinacés du groupe des tridactyles qui avaient les ailes longues et pointues, la partie supérieure de leur corps d'un jaune cendré et rayée de bandes noires. Ces tridactyles marchaient mal, mais ils volaient avec une rapidité extrême qui, cependant, ne put les préserver de la flèche de Robert.

Vers onze heures du matin, on fit halte près d'une source. Le déjeuner se composa d'un morceau de cabiai froid et d'un excellent pâté de lapin, relevé d'herbes aromatiques. La source fournit son eau vive dans laquelle l'Oncle eut l'idée de mélanger du jus de citron qui lui enleva sa crudité et la rendit excellente. L'excursion fut aussitôt reprise. Clifton pensait toujours à son amadou et il s'étonnait de n'avoir pas encore rencontré un plant de ces parasites dont on connaît plus de six mille espèces et qui poussent naturellement sous toutes les zones.

En ce moment, un froufrou d'ailes se fit entendre dans un taillis voisin. Aussitôt, Robert se porta en avant, mais il avait été précédé par Fido dont le grognement se fit aussitôt entendre.

« Tout beau, Fido, tout beau ! cria Robert. »

Mais sans doute cette recommandation n'eût pas été suivie si Robert ne fut promptement arrivé. La victime de Fido était un magnifique coq sauvage que le jeune garçon put prendre vivant encore. Clifton ne pouvait se tromper sur l'origine de ce gallinacé. Il appartenait évidemment à la race domestique de moyenne taille et à cette variété nommée Bantam de Pékin ; les plumes de son tarse lui faisaient comme une sorte de manchette. Mais une conformation particulière de cet animal provoqua cette observation de Robert :

« Tiens, ce coq a une corne sur la tête !

— Une corne ! s'écria Clifton en examinant l'animal.

— En effet, répondit l'Oncle, une corne, et bien implantée à la base de sa crête. Ce coq eût été redoutable dans un combat. Eh bien, monsieur Clifton, moi qui croyais avoir tout vu, je n'avais pas encore vu de *coqs à cornes* ! »

Harry Clifton ne répondait pas. Il observait attentivement l'oiseau d'un air singulier et il se contenta de dire :

« Oui, c'est bien un coq Bantam ! »

L'Oncle attacha les ailes de l'animal, qu'il voulait rapporter vivant à la basse-cour, et les voyageurs reprirent leur excursion en se rabattant un peu vers l'est, de manière à rejoindre le cours de la rivière. Cependant, ni les champignons du genre polypore, ni les morilles qui peuvent remplacer l'amadou ne se rencontraient. Mais, heureusement, une plante se trouva fort à propos qui pouvait être employée à cet usage. Cette plante appartenait à cette innombrable famille des composées. C'était l'artémise ou la vulgaire armoise qui compte parmi ses principales espèces l'absinthe, la citronnelle, l'estragon, le génépi, etc. Celle-ci, l'armoise chinoise ou armoise à moxa, était recouverte d'un duvet cotonneux que les médecins du Céleste-Empire emploient fréquemment.

Clifton se rappela fort à propos que les feuilles et les tiges de cette plante revêtue de poils longs et soyeux prenaient feu au contact d'une étincelle lorsqu'ils étaient bien desséchés.

« Enfin, voilà notre amadou ! s'écria Clifton.

— Bon ! répondit joyeusement l'Oncle, nous n'avons pas perdu notre journée. Et je ne vois pas ce que la Providence pourrait nous accorder de mieux. Non, je ne le vois pas. Il ne faut pas la tenter, allons-nous-en. »

On recueillit une certaine quantité d'armoise, et on reprit la route vers le sud-ouest. Deux heures plus tard, la rive droite de la rivière était atteinte, et à six heures du soir toute la famille se trouvait réunie au campement. Au souper figura une excellente langouste capturée par Marc dans les rochers de la pointe. Clifton raconta tous les détails de son excursion. Le coq Bantam fut placé dans la basse-cour dont il fit le plus bel ornement.

Mais, le repas terminé, qui fut très-surpris, très-ému même ? L'Oncle Robinson en vérité, lorsque Belle, s'approchant, lui remit une superbe patte de crustacé bien rouge, bien luisante et toute bourrée de tabac. En même temps Jack lui présentait un charbon ardent.

« Du tabac ! s'écria l'Oncle, et vous ne m'en aviez rien dit ! »

Les yeux du digne marin clignotaient malgré lui, ils étaient humides. Aussitôt la pipe fut allumée et une fine odeur de scaferlati parfuma l'atmosphère.

« Vous le voyez bien, mon digne ami, dit alors Clifton, que la Providence, quoi qu'elle eût déjà fait pour nous, vous réservait encore une agréable surprise. »

Un seul grain de blé.

CHAPITRE XXII

La poudre noire – Le *Cycas revoluta* – L'orang

L'Oncle Robinson était donc au comble de ses vœux : une île superbe, une famille adorée, une pipe et du tabac ! Si quelque vaisseau se fût présenté en ce moment, il eût certainement hésité à abandonner ce coin de terre.

Et cependant que de choses manquaient encore à la petite colonie ! Harry Clifton ne savait ce que lui gardait l'avenir, mais il ne négligeait point l'éducation de ses enfants. Il n'avait aucun livre à mettre entre leurs mains, mais lui, véritable encyclopédie vivante, il les instruisait sans relâche et à tout propos, tirant ses meilleures leçons des enseignements de la nature. L'exemple suivait immédiatement le précepte. Les sciences et principalement l'histoire naturelle, la géographie, puis l'étude de la religion et de la morale étaient journellement pratiquées. Quant à la philosophie, à cette philosophie pratique que donnent un sens droit et une longue expérience, qui l'eût mieux enseignée que l'Oncle Robinson et à quel professeur d'Oxford ou de Cambridge n'en eût-il remontré ? La nature se charge de tout enseigner à qui sait la comprendre et l'Oncle était un parfait disciple de cette école. Quant à Mrs. Clifton, avec cette tendresse de femme et sa dignité de mère, avec son amour qui reliait tout ce petit monde, c'était l'âme de la colonie.

On se souvient que, de la grande excursion, les voyageurs avaient rapporté une certaine quantité de soufre recueilli dans la solfatare. L'intention de l'ingénieur était de fabriquer une poudre à canon plus ou moins parfaite si le hasard lui faisait découvrir du salpêtre. Or, précisément le 20 juillet, pendant qu'il explorait les cavités de la falaise du nord, il trouva une sorte de grotte humide dont les parois étaient recouvertes d'efflorescences salines d'azotate de potasse. Cet azotate naturel, c'était le nitre ou salpêtre. Avec le temps, ce sel venait s'effleurir à la surface du granit sous l'action de la capillarité.

Clifton fit part de sa découverte à l'Oncle et lui annonça son intention de fabriquer de la poudre.

« Je n'obtiendrai point une poudre parfaite, ajouta-t-il car, ne pouvant débarrasser le salpêtre des matières étrangères qu'il renferme par le raffinage, je serai forcé de l'employer à l'état naturel ; mais telle quelle cette poudre pourra nous rendre service s'il est nécessaire de creuser le roc et de le faire sauter.
— Bien, monsieur, répondit l'Oncle, nous pourrons ainsi nous agrandir et former des magasins aux environs de la grotte.
— D'ailleurs, reprit Clifton, ce sel de nitre nous servira toujours à salpêtrer le sol de la cour. Mélangé de salpêtre et fortement battu, il deviendra dur et impénétrable à la pluie. »

Ce fut le premier emploi qui fut fait du salpêtre. La cour et le sol même de la grotte, sous ce battage, prirent la consistance du granit, et la mère put le tenir luisant comme un parquet.

L'ingénieur s'occupa ensuite de sa fabrication de poudre. Les enfants en suivirent avec intérêt tous les détails ; bien que l'arsenal de la colonie ne renfermât qu'un pistolet à pierre, cette question de la poudre les passionnait comme s'ils avaient eu un parc d'artillerie à approvisionner.

La poudre n'est qu'un mélange intime de salpêtre, de soufre et de charbon qui développe en s'enflammant une quantité considérable de gaz dont la force est utilisée soit dans les armes à feu, soit dans les fourneaux de mine. Clifton possédait le salpêtre et le soufre. Il ne s'agissait plus que de se procurer le charbon de bois. Ce fut facile et, faute des bois de châtaignier ou de peuplier qui entrent dans la fabrication de la poudre de guerre, l'ingénieur employa l'orme dont le charbon est spécialement utilisé pour la poudre de mine. Il choisit quelques jeunes branches dont il enleva l'écorce qui eût produit trop de cendres et il les carbonisa dans des fosses creusées à cet effet.

Inutile de dire que l'ingénieur connaissait les dosages convenables. Sur cent parties, la poudre en contient soixante-quinze de salpêtre, douze et demie de soufre et douze et demie de charbon. Ces trois substances furent soumises aux divers procédés de la trituration, du mélange, de l'humectation, enfin à celui de la compression sous l'action d'un pilon de bois manœuvré dans un épais mortier d'argile que l'Oncle avait fabriqué. Clifton obtint ainsi une sorte de galette grossière qu'il ne s'agissait plus que de granuler.

C'était la partie difficile mais indispensable de l'opération. En effet, si la poudre restait à l'état de poussière, elle fuserait, sa déflagration ne se ferait pas instantanément, et aucun effet explosif n'en résulterait. Ce serait un mélange fusant et non un mélange détonant.

L'ingénieur chercha donc à obtenir une granulation quelconque. La poudre étant réduite en pulvérin, il la laissa sécher pendant deux jours ; puis, la brisant en petits morceaux, il plaça ces fragments dans un vase d'argile arrondi, auquel, au moyen d'une corde et d'une poulie du canot, il put imprimer un mouvement giratoire assez rapide. Après un travail opiniâtre et fatigant, il obtint ainsi une poudre en grains grossiers, anguleux, peu lisses, mais enfin c'étaient des grains. Sous cette forme, la substance explosive fut exposée aux rayons ardents du soleil qui se chargea de la sécher complètement.

Le lendemain, Robert ne cessa de presser son père afin qu'il expérimentât son nouveau produit. Le pistolet fut donc nettoyé et mis en état ; le silex étant bien affûté, on le chargea et on l'amorça. Robert voulait tirer le premier, mais l'Oncle voulut lui-même faire cet essai, ne voulant pas exposer l'enfant au cas où la poudre trop brisante aurait fait éclater l'arme. Il prit d'ailleurs les précautions nécessaires pour ne pas se faire blesser lui-même.

Le coup fut tiré. L'inflammation de la poudre du bassinet ne se produisit pas très-rapidement, il faut le dire ; mais enfin la charge s'enflamma et moitié fusant, moitié détonant, elle chassa du canon une balle de pierre que l'Oncle y avait placée.

Des hurrahs plus violents que la détonation elle-même lui répondirent. C'étaient les cris de joie des enfants. Enfin, on avait une arme à feu ! Il fallut permettre à Marc et à Robert de tirer chacun un coup de pistolet et ils furent enchantés du résultat obtenu. Mais en somme, si cette poudre était d'une qualité tout-à-fait médiocre pour être employée dans une arme à feu, elle permettait aux colons de pouvoir prétendre blesser grièvement un gibier un peu éloigné. Surtout, elle trouverait un usage incontestable dans un ouvrage de minage.

Pendant ces divers travaux, Mrs. Clifton ne cessait de s'occuper de sa basse-cour qui prospérait. La domestication des gallinacés avait réussi, pourquoi celle des quadrupèdes ne réussirait-elle pas ? Clifton résolut d'établir un enclos spécial, et un terrain d'une superficie de plusieurs ares fut choisi vers le nord du lac, environ à un mille du campement. C'était une prairie herbeuse vers laquelle on pouvait dériver facilement les eaux douces de la rivière. Le périmètre du nouvel enclos fut tracé par l'ingénieur et l'Oncle s'occupa de choisir, d'abattre et d'équarrir les arbres destinés à faire les pieux de la palissade. Le travail était rude, mais il fut mené à bien sans hâte toutefois, car l'Oncle ne comptait pas peupler l'enceinte avant le printemps prochain. On comprend que, pendant la durée de cet ouvrage, les visites à la forêt furent fréquentes. L'Oncle l'aménageait peu à peu en abattant les arbres qui lui étaient nécessaires et il y traçait des routes qui en rendaient l'exploitation plus facile.

Pendant une de ces excursions, l'ingénieur découvrit un arbre précieux de la famille des cycadacées, très-commun au Japon, et dont la présence semblait prouver que la situation de l'île était moins septentrionale qu'on ne le pensait.

Ce jour-là, après un excellent déjeuner dans lequel n'avaient été épargnés ni le poisson ni la viande, Clifton dit à ses enfants :

« Eh bien, mes enfants, que pensez-vous de notre existence ? Est-ce qu'il ne vous manque rien ?

— Non, père, répondirent d'une seule voix Marc, Robert et Jack.

— Pas même aux repas ?

— Ils seraient difficiles ! s'écria l'Oncle. Du gibier, des poissons, des mollusques, des fruits, que leur faut-il de plus ?

— Ah si ! dit le petit Jack, il nous manque quelque chose.

— Quoi donc ? demanda le père.

— Des gâteaux.

— Voilà bien notre gourmand, répondit Clifton, mais en somme il a raison, cet enfant, et il nous est permis de regretter le pain sinon les gâteaux.

— Cela est vrai, dit Flip, nous avons oublié le pain. Mais ne vous inquiétez pas, mes jeunes messieurs, nous en ferons quand le grain de blé de mademoiselle Belle aura poussé.

— Nous n'attendrons pas si longtemps, répondit Clifton, et ce matin même, j'ai découvert un arbre qui produit une fécule excellente.

— Du sagou ! s'écria Marc, comme dans le Robinson suisse !

— Du sagou, répliqua l'Oncle, mais c'est une substance excellente ! J'en ai mangé aux îles Moluques, on trouve là des forêts entières de sagoutiers et chaque tronc d'arbre peut contenir jusqu'à quatre cents kilogrammes de cette moelle dont on fait une pâte très-nutritive. C'est une précieuse découverte que vous avez faite là ! En route pour la forêt de sagoutiers ! »

L'Oncle s'était déjà levé et avait saisi sa hache. Clifton l'arrêta.

« Un instant, Oncle Robinson, dit-il, je n'ai point parlé de forêt de sagoutiers ; cet arbre est un produit des pays tropicaux et notre île est très-certainement située au nord du tropique. Non ! il s'agit tout simplement d'un végétal appartenant à la famille des cycadacées et qui produit une substance analogue au sagou.

— Eh bien, monsieur, il sera reçu comme le sagoutier lui-même. »

Clifton et l'Oncle, laissant les enfants à la grotte, prirent aussitôt le chemin de la forêt, et ils atteignirent la rivière qu'il était nécessaire de traverser.

« Monsieur, dit l'Oncle en s'arrêtant sur la berge, il faudra que nous nous décidions à faire un pont en cet endroit, car s'il fallait toujours remonter en canot jusqu'ici, ce serait une perte de temps considérable.

— J'en conviens, répondit l'ingénieur ; nous ferons un pont tournant que l'on pourra ramener sur la rive gauche, celle qui forme notre frontière naturelle de ce côté, et il ne faut pas oublier que cette rivière nous couvre au nord, au moins contre les animaux sauvages.

— Sans doute, répondit l'Oncle, mais le passage leur est largement ouvert au sud.

— Et qui nous empêchera, dit Clifton, de fermer ce passage soit par une longue palissade, soit par une dérivation des eaux du lac ? Qui nous en empêchera ?

— Ce ne sera pas moi, répondit l'Oncle Robinson, mais en attendant que notre pont soit établi, je vais abattre un tronc qui nous déposera sur l'autre rive. »

Quelques minutes plus tard, Clifton et l'Oncle remontaient la forêt dans la direction du nord-est. Fido, qui les accompagnait, faisait fréquemment lever dans les buissons des cabiais et des agoutis. L'Oncle remarqua aussi plusieurs bandes de singes qui se sauvaient entre les branches, si rapidement d'ailleurs qu'on ne pouvait reconnaître à quelles espèces ils appartenaient.

Après une demi-heure de marche, les deux compagnons atteignirent sur la lisière de la forêt une vaste plaine semée de bouquets d'arbres qui ressemblaient à des palmiers. C'étaient ceux qu'avait signalés Clifton. Ces arbres, appartenant à l'espèce des *Cycas revoluta*, montraient une tige simple revêtue d'une sorte d'écaille et portaient des feuilles zébrées de petites veines parallèles. Leur taille assez médiocre en faisait plutôt des arbustes que des arbres.

« Les voici, ces précieux végétaux, s'écria Clifton, c'est dans leur tronc que se trouve la nourrissante farine et la nature a pris soin de nous la donner toute moulue.

— Monsieur Clifton, répondit l'Oncle, la nature fait bien ce qu'elle fait. Que deviendrait le pauvre diable jeté sur une côte déserte si la nature ne lui venait en aide ? Voyez-vous, j'ai toujours pensé qu'il y avait des îles à naufragés, créées spécialement pour eux, et très-certainement celle-ci en est une. Maintenant, à l'ouvrage ! »

Cela dit, l'Oncle et l'ingénieur s'occupèrent de couper les tiges de *Cycas*, puis, ne voulant pas se charger d'un bois inutile, ils se décidèrent à en extraire la farine sur place.

Le tronc de ces *Cycas* était composé d'un tissu glandulaire ; il renfermait une certaine quantité de moelle farineuse traversée par des faisceaux ligneux et séparée par des anneaux de même substance disposés concentriquement. À cette fécule se joignait un suc mucilagineux d'une saveur désagréable qu'il était facile de chasser par la pression. Cette substance cellulaire formait une véritable farine de qualité supérieure et dont une très-faible ration suffisait à nourrir un homme. Clifton apprit à l'Oncle qu'autrefois les lois du Japon défendaient d'exporter ce précieux végétal.

Après quelques heures de travail, les deux compagnons avaient extrait une quantité considérable de farine ; puis, chargés de leur récolte, ils reprirent le chemin du campement. En rentrant dans la forêt, Clifton et l'Oncle Robinson se trouvèrent au milieu de nombreuses bandes de singes. Cette fois ils purent les observer plus attentivement. Ces animaux étaient de haute taille et devaient être regardés comme les premiers de l'ordre des quadrumanes. L'ingénieur ne pouvait s'y tromper. Que ce fussent des chimpanzés, des orangs, des gorilles ou des gibbons, ces individus appartenaient certainement à la famille des singes anthropomorphes, ainsi nommés à cause de leur ressemblance avec la race humaine.

Ces animaux peuvent devenir des adversaires formidables, car ils ont pour eux la force et l'intelligence. Ceux-ci s'étaient-ils déjà trouvés en présence de l'homme ? Savaient-ils ce qu'ils devaient penser de ce bipède ? Quoi qu'il en soit, ils regardaient passer Clifton et l'Oncle en faisant force contorsions et grimaces. Ceux-ci marchaient d'un bon pas, peu soucieux d'engager une lutte avec ces animaux redoutables.

« Monsieur, disait l'Oncle, nous aurions fort à faire avec un régiment de pareils gaillards.

— En effet, répondait Clifton, il est fâcheux que ces singes nous aient aperçus ; il serait regrettable qu'ils nous suivissent jusqu'aux environs de la grotte.

— Cela n'est pas à craindre, reprit l'Oncle ; la rivière leur barrera bientôt le passage. Pressons le pas. »

Les deux compagnons marchaient donc rapidement sans provoquer la troupe grimaçante ni par un geste ni par un regard. Les singes, au nombre d'une dizaine, continuaient de les escorter. De temps en temps, l'un d'eux, un grand orang qui semblait être le chef de la bande, s'approchait de Clifton ou de l'Oncle, les regardait face à face et retournait près de ses compagnons.

Dans ces conditions, l'ingénieur put l'observer minutieusement. Cet orang mesurait plus de six pieds. Son corps admirablement proportionné, sa poitrine large, sa tête de grosseur moyenne dont l'angle facial atteignait soixante-cinq degrés, son crâne arrondi, son nez saillant, sa peau recouverte d'un poil poli, doux et luisant, en faisaient un type accompli de la famille des anthropomorphes. Ses yeux, un peu plus petits que des yeux humains, brillaient d'une intelligente vivacité. Les dents blanches se montraient sous sa moustache et il portait une petite barbe frisée de couleur noisette.

« Un beau gars, ma foi, murmurait l'Oncle. Si seulement on connaissait sa langue, on pourrait causer. »

Cependant, Clifton et lui marchaient toujours d'un pas rapide. Peu à peu, ils observèrent avec satisfaction que la bande se dispersait dans le bois. L'escorte se réduisit à trois ou quatre singes, et bientôt même le grand orang fut seul à les suivre. Cet animal s'attachait à leurs pas avec une incompréhensible opiniâtreté. Quant à le distancer, il ne fallait pas y songer un instant, ses longues jambes devaient en faire un coureur hors ligne.

Enfin, à quatre heures, Clifton et l'Oncle atteignirent la rivière. Ils retrouvèrent facilement l'endroit où le radeau provisoire avait été amarré. Là allait se décider la question du singe.

L'orang s'était alors avancé jusque sur la berge ; il regardait les deux hommes charger leurs provisions sur le radeau et il observait tous leurs mouvements avec intérêt, puis il se promenait à grands pas, il regardait l'autre rive et semblait peu disposé à abandonner ses compagnons de route.

« Attention, dit l'Oncle, voilà le moment de lui fausser compagnie. »

L'amarrage du bateau avait été détaché. Clifton et l'Oncle sautèrent aussitôt à bord et ils commencèrent à s'écarter de la berge. Mais en ce moment, l'orang s'élançant d'un bond vint retomber à l'extrémité du radeau, au risque de faire chavirer l'appareil. L'Oncle, sa hache à la main, s'était alors précipité vers le singe ; mais celui-ci, immobile, le regardait fixement sans faire aucune démonstration hostile.

L'Oncle abaissa son arme. La lutte était évidemment inopportune, et périlleuse d'ailleurs dans ces conditions ; une fois sur l'autre rive, on verrait à prendre un parti.

La rivière fut traversée. L'Oncle et Clifton débarquèrent. Le singe débarqua après eux et ils suivirent le chemin de la grotte. Le singe le suivit également. Ils contournèrent la rive septentrionale du lac, ils franchirent le rideau de cocotiers, ils longèrent la falaise, le singe ne les quittait pas. Enfin ils arrivèrent à la palissade, ils en ouvrirent la porte et la refermèrent aussitôt après eux.

La nuit était venue alors, une nuit que d'épais nuages rendaient très-obscure. Le singe était-il toujours là ? Oui, car à plusieurs reprises, un cri étrange se fit entendre et troubla le silence de la nuit.

Le singe débarqua après eux.

CHAPITRE XXIII

Maître Jup – En prévision de l'hiver – Flip-Island
Où il est question du coq Bantam

Pendant le souper, Clifton raconta à sa femme et à ses enfants les divers incidents qui avaient marqué cette excursion. Il fut convenu qu'on remettrait au lendemain la solution de la question. Aussi le lendemain tous furent-ils levés de bonne heure. Les enfants allèrent aussitôt regarder à travers les interstices de la palissade. Leurs exclamations attirèrent aussitôt Clifton et l'Oncle Robinson.

L'orang était toujours là, tantôt appuyé contre un tronc d'arbre et les bras croisés, pour ainsi dire, il examinait l'enceinte palissadée, tantôt il s'avançait contre la porte, la secouait d'une main vigoureuse et, ne pouvant l'ouvrir, il retournait à son poste d'observation.

Toute la famille réunie derrière les pieux l'examinait.

« Quel beau singe ! s'écriait Jack.

— Oui, répondait Belle, quelle bonne figure il a ! Il ne fait point trop de grimaces et je n'aurais point peur avec lui.

— Mais qu'allons-nous en faire ? demandait Mr. Clifton. Il ne peut pas toujours rester en faction devant notre porte.

— Si nous l'adoptions ? disait l'Oncle.

— Y pensez-vous, mon ami ? répondait Mrs. Clifton.

— Ma foi, madame, reprenait l'Oncle, il y a de très-bons singes. Celui-là ferait peut-être un excellent domestique. Ou je me trompe fort, ou celui-ci a l'intention de se placer chez nous. Seulement le difficile est de prendre des informations sur son compte. »

L'Oncle, tout en riant, n'exagérait en aucune façon. L'intelligence de ces anthropomorphes est véritablement remarquable. Leur angle facial n'est pas sensiblement inférieur à celui des Australiens et des Hottentots. En outre, l'orang n'a ni la férocité du babouin, ni l'irréflexion du macaque, ni la malpropreté du sagouin, ni l'impatience du magot, ni les violents instincts du cynocéphale, ni le mauvais caractère de la guenon. Harry Clifton connaissait bien ces ingénieux animaux et il cita plusieurs exemples qui dénotaient chez ces individus une intelligence quasi-humaine. Il apprit à ses enfants que ces orangs savaient allumer le feu et s'en servir. Plusieurs, célèbres dans les annales du dressage, avaient été utilement employés dans les maisons ; ils servaient à table, ils nettoyaient les chambres, ils soignaient les habits, ils puisaient de l'eau, ils ciraient les souliers, ils maniaient adroitement le couteau, la cuiller, la fourchette, mangeant de toute espèce de mets, buvant du vin et des liqueurs, et tant d'autres choses encore. Buffon posséda un de ces singes qui le servit pendant longtemps comme un domestique fidèle et zélé.

« Très-bien, répondit alors l'Oncle, et puisqu'il en est ainsi, je ne vois pas pourquoi cet orang ne serait pas admis à titre de serviteur dans la colonie. Il paraît être jeune, son éducation sera facile à faire et certainement il s'attachera à des maîtres qui seront bons pour lui. »

Harry Clifton, après avoir réfléchi quelques instants, se retourna vers l'Oncle et lui dit :

« Est-ce sérieusement que vous pensez adopter cet animal ?
— Très-sérieusement, monsieur. Vous verrez que nous ne serons point obligés d'employer la force pour domestiquer celui-ci, ni de lui arracher les canines comme on fait en pareille circonstance. Cet orang est vigoureux et il peut devenir un aide précieux pour nous.
— Eh bien, essayons-en, répondit Clifton, et plus tard, si sa présence devient trop gênante, nous verrons à nous en débarrasser. »

Ceci convenu, Clifton fit rentrer ses enfants dans la grotte ; puis l'Oncle et lui sortirent de l'enceinte palissadée.

L'orang était retourné près de l'arbre ; il laissa venir à lui ses futurs maîtres et les regarda en balançant doucement la tête. L'Oncle avait pris quelques amandes de cocos et il les présenta au singe. Celui-ci les porta à sa bouche et les mangea avec une évidente satisfaction. Il avait certainement une bonne figure.

« Eh bien, mon garçon, lui dit l'Oncle d'un ton enjoué, comment va la santé ? »

L'orang répondit par un petit grognement de bonne humeur.

« Nous voulons donc faire partie de la colonie ? demanda l'Oncle. Nous voulons donc entrer au service de Mr. et Mrs. Clifton ? »

Nouveau grognement approbateur du singe.

« Et nous nous contenterons de notre nourriture pour tout gage ? ajouta l'Oncle qui tendit la main à l'animal. »

Celui-ci répondit par un geste semblable, serra la main du digne marin, et fit entendre un troisième grognement.

« Sa conversation est un peu monotone, fit observer Clifton en riant.
— Bon, monsieur, répliqua l'Oncle. Les domestiques qui parlent le moins sont les meilleurs. »

Cependant, l'orang s'était levé et se dirigeait délibérément vers la grotte. Il entra dans l'enceinte palissadée. Les enfants étaient sur le seuil de l'habitation, les deux plus jeunes se tenaient près de leur mère, et ils ouvraient de grands yeux en regardant le gigantesque animal. Celui-ci semblait inspecter les lieux ; il examina la basse-cour, il jeta un coup d'œil à l'intérieur de la grotte, puis il se retourna vers Clifton qu'il semblait avoir reconnu pour le chef de famille.

« Eh bien, mon ami, dit l'Oncle, la maison vous convient-elle ? Oui ? eh bien, c'est entendu. Nous ne vous donnerons point de gages pour commencer, mais nous les doublerons plus tard si nous sommes contents de vous. »

Et c'est ainsi que, sans plus de façon, l'orang fut installé dans la maison Clifton. Il fut convenu qu'on lui bâtirait une cabane de branchages à l'angle gauche de la cour ; quant à son nom, l'Oncle demanda qu'à l'exemple d'un grand nombre de Nègres d'Amérique, il fût baptisé du nom de Jupiter. Par abréviation, on l'appela maître Jup.

Clifton n'eut point à se repentir d'avoir agréé cette nouvelle recrue. Cet orang, merveilleusement intelligent et d'une docilité exemplaire, fut dressé par l'Oncle à divers ouvrages dont il s'acquitta parfaitement. Quinze jours après son admission dans la famille, il charriait le bois qu'il allait chercher jusqu'à la forêt, il apportait l'eau du lac dans les vases de bambous, il balayait la cour palissadée. S'agissait-il de s'élever rapidement au sommet d'un cocotier pour en cueillir les fruits, nul n'y réussissait mieux, et l'agile Robert ne pouvait prétendre à rivaliser avec lui.

Pendant la nuit, il faisait bonne garde avec une sagacité dont Fido eût été jaloux. D'ailleurs, le chien et le singe faisaient bon ménage. Quant aux enfants, ils s'accoutumèrent rapidement aux services du singe. Jack, un peu taquin, ne quittait plus son ami Jup. L'ami Jup se prêtait à ses jeux et le laissait faire.

Cependant, les travaux continuaient et les jours s'écoulaient. Au milieu de ces travaux, on avait atteint la seconde moitié de septembre. En prévision du prochain hiver, les réserves de toute sorte avaient été augmentées. L'Oncle Robinson bâtit un vaste hangar couvert contre un angle de la falaise, qui servit de bûcher et fut rempli de bois. Des chasses régulièrement organisées procurèrent un grand nombre d'agoutis et de cabiais dont la chair fut salée et fumée ; de plus, la basse-cour était peuplée de gallinacés de toute sorte, qui assuraient à la colonie une nourriture fraîche pendant les jours de la saison pluvieuse. On fit aussi dans les rochers du sud une véritable rafle de tortues marines dont la chair soigneusement conservée promettait des potages excellents pour l'avenir. Inutile d'ajouter que les provisions de sagou avaient été abondamment renouvelées ; sous forme de pain, de galette ou de gâteau, cette substance formait une nourriture excellente, et Mrs. Clifton la pétrissait avec un talent supérieur. La question d'alimentation était donc à peu près résolue pour l'hiver.

Quant à la question des vêtements, elle ne devait plus préoccuper Mrs. Clifton. Grâce aux soins de l'Oncle, les fourrures ne manquaient pas et il y avait des habits de peau chaudement établis pour toutes les tailles. Il en était de même des chaussures ; l'Oncle avait adroitement confectionné des galoches moitié bois, moitié cuir, qui devaient être d'un excellent usage pour les jours de pluie ou de neige. Quelques-unes, à haute tige, pouvaient être utilisées dans les chasses au marais, quand le froid aurait rabattu tout le gibier aquatique sur le nord de l'île. Quant aux chapeaux, bonnets ou casquettes, les loutres marines en avaient fait tous les frais On n'aurait pu trouver mieux, ni en qualité, ni en quantité. Les loutres, en effet, semblent s'être réfugiées dans cette partie du Pacifique, et les enfants en surprirent plusieurs entre les roches du sud-ouest de l'île.

Il faut dire toutefois que ce désir de l'Oncle d'offrir à Clifton un bon manteau de peau d'ours n'avait encore pu être satisfait. Les traces d'ours ne manquaient pas, mais jusqu'ici ces animaux ne se faisaient point voir. C'était principalement au sud du lac et sur le chemin de la garenne que ces empreintes se voyaient en grand nombre. Évidemment, quelques-uns de ces animaux passaient en cet endroit pour aller s'abreuver aux eaux du lac. L'Oncle résolut donc d'employer le seul moyen qui pût amener la capture de l'un de ces plantigrades. Aidé de Marc auquel il confia son projet, il creusa une fosse profonde et large de dix à douze pieds, puis l'ouverture de cette fosse fut soigneusement dissimulée sous un plancher de branchages. Ce moyen était fort rudimentaire, mais l'Oncle ne pouvait agir autrement, il n'était pas suffisamment armé pour attaquer un ours corps à corps ; il ne fallait donc compter que sur le hasard qui, par les sombres nuits, pouvait précipiter un de ces animaux dans la fosse. C'est pourquoi chaque matin, sous un prétexte ou sous un autre, l'Oncle ou Marc allait visiter la fosse qui, malheureusement, était toujours vide.

Entre toutes ces occupations diverses, l'Oncle ne négligeait pas l'éducation de son singe. D'ailleurs, il avait affaire à un animal d'une remarquable intelligence. Cet orang s'employait avec courage et adresse aux gros travaux domestiques. L'Oncle l'affectionnait beaucoup, et un détail, insignifiant au fond, vint encore resserrer leur amitié. Un jour, l'Oncle trouva maître Jup qui fumait sa pipe, oui, sa propre pipe en patte de homard, et le tabac semblait procurer à l'orang des jouissances sans pareilles. L'Oncle, enchanté, ravi, raconta la chose à Mr. Clifton. Celui-ci ne fut pas autrement surpris de la nouvelle et il cita plusieurs exemples de singes auxquels l'usage de fumer était devenu familier. À partir de ce jour, maître Jup eut sa pipe à lui, qui fut pendue dans sa cabane près de sa provision de tabac. Maître Jup la bourrait lui-même, il l'allumait à un charbon ardent et il la fumait avec ravissement ; de plus, chaque matin, l'Oncle lui offrait un petit verre de coco fermenté. Mrs. Clifton craignait bien que cela ne lui donnât l'habitude de boire, mais l'Oncle lui répondait invariablement :

« Soyez tranquille, madame, ce singe a reçu une bonne éducation et il ne deviendra jamais un pilier d'estaminet. »

Tout ce mois de septembre avait été fort beau. Ni pluie ni vent. Une légère brise, matin et soir, rafraîchissait l'atmosphère. Les feuilles des arbres dorées par l'automne commençaient à tomber peu à peu. La saison froide n'avait pas commencé à se faire sentir, aussi le matin du

29 septembre, la famille fut-elle très-surprise d'entendre le petit Jack s'écrier au-dehors :

« Viens, Marc ! viens, Robert ! Voici la neige, nous allons bien nous amuser ! »

Aux cris de Jack, tout le monde sortit. Le sol depuis la grotte jusqu'à la mer était absolument intact. Aussi Robert commençait-il à se moquer de Jack, quand celui-ci montra l'îlot qui était entièrement recouvert d'un tapis blanc.

« Voilà qui est singulier, dit Clifton. »

Et en effet, cette neige à cette époque de l'année et au moment où un soleil magnifique se levait à l'horizon était inexplicable.

« Bon ! s'écria l'Oncle, nous sommes dans l'îlot Phénomène.
— Il faut voir ce que c'est, dit Clifton.
— Prenons le canot et traversons le canal, répondit Marc. »

Pousser le canot à la mer fut l'affaire d'un instant. En quelques coups d'aviron, l'embarcation aborda l'îlot ; mais au moment où son étrave heurta la berge, la prétendue couche de neige s'enleva et, se déployant comme un gigantesque nuage du côté de l'île, elle cacha un instant la lumière du soleil. Cette neige, c'était une innombrable troupe d'oiseaux blancs dont Clifton ne put dire le nom et qui disparurent jusqu'au dernier dans les hauteurs du ciel.

Cependant, la saison pluvieuse approchait, les jours avaient considérablement diminué ; on était au commencement d'octobre. Il n'y avait plus environ que dix heures de jour, contre quatorze de nuit. Le temps était passé d'entreprendre ce voyage de circumnavigation que Clifton voulait accomplir. On était au début des coups de vent de l'équinoxe et de brusques bourrasques battaient la mer. La frêle embarcation ne pouvait s'exposer soit à être jetée sur les roches, soit à être entraînée au large. Il fallut donc remettre ce projet d'exploration à l'année suivante.

Déjà les soirées étaient longues, le soleil se couchant à cinq heures et demie. Ces soirées, on les passait en famille, dans la grotte, chacun causant, s'instruisant. On formait des plans pour l'avenir et il faut bien reconnaître que la petite colonie était absolument acclimatée à son île.

Pour ces longs soirs d'hiver, Clifton avait dû trouver un mode d'éclairage, car on ne voulait pas se coucher au crépuscule. Aussi avait-il recommandé à Mrs. Clifton de conserver précieusement toutes les graisses d'animaux qui entrent dans la composition du suif. Mais ce suif était à l'état brut. Faute d'acide sulfurique, on ne pouvait le purifier, ni le débarrasser de ses parties aqueuses. Néanmoins, tel il était, tel on dut l'employer. Au moyen d'une mèche grossière faite de fibres de cocos, Clifton fabriqua des chandelles qui coulaient et pétillaient en brûlant. Mais enfin, elles donnaient une lumière quelconque et elles éclairaient au moins la table autour de laquelle la famille était rangée. L'année prochaine, on aviserait à un autre mode d'éclairage et on le remplacerait par un autre plus parfait dans lequel la graisse serait remplacée par l'huile, « En attendant le gaz. », disait l'Oncle qui ne doutait jamais de rien.

Cependant, bien que son île lui parût parfaite et complète d'ores et déjà, un soir, il avoua qu'il lui manquait encore quelque chose.

« Que lui manque-t-il donc ? demanda Mrs. Clifton.

— Je ne sais, mais il me semble que notre île n'existe pas suffisamment, qu'elle n'est pas sérieuse.

— Bon ! dit l'ingénieur. Je vous comprends, Oncle ; ce qu'il faut à notre île, c'est un état civil régulier.

— Justement.

— Et ce qui lui manque, c'est un nom.

— Un nom, un nom ! s'écrièrent les enfants d'une seule voix, donnons un nom à notre île.

— Oui, répondit le père, et non seulement à l'île, mais aux diverses parties qui la composent. Cela simplifiera nos instructions à l'avenir.

— Oui, répondit l'Oncle, et quand on ira quelque part, on saura du moins où l'on va.

— Eh bien, donnons nos noms ! s'écria l'impétueux Robert. Je propose de l'appeler l'île Robert-Clifton.

— Un instant, mon garçon, répondit l'ingénieur, tu ne songes qu'à toi. Si nous imposons aux caps, aux promontoires, aux cours d'eau, aux montagnes de cette île des noms qui nous sont chers, baptisons-les aussi de noms qui nous rappellent soit un fait, soit une situation. Mais avant tout procédons avec ordre. Le nom de l'île d'abord. »

La discussion commença. Plusieurs noms furent mis en avant et comme on ne parvenait pas à s'entendre :

« Ma foi, dit l'Oncle, je crois que je m'en vais vous mettre d'accord. Chez toutes les nations civilisées, c'est le droit du découvreur d'imposer son nom à sa découverte, et c'est pour cette raison que je vous propose d'appeler cette île, l'île Clifton.

— D'accord, répondit vivement l'ingénieur, mais alors que cet honneur soit réservé au véritable découvreur de cette île, au sauveur de ma femme et de mes enfants, à notre ami dévoué, et que cette île s'appelle désormais Flip-Island ! »

Des hurrahs éclatèrent. Les enfants se pressaient autour de l'Oncle Robinson. Mr. et Mrs. Clifton, s'étant levés, lui serraient les mains. Le digne marin, fort ému, voulait se défendre contre un tel honneur, mais il avait l'unanimité contre lui et, malgré sa modestie, il dut se rendre. Ainsi donc le nom de Flip-Island fut définitivement acquis à l'île, et c'est sous cette appellation qu'elle figurera dans la cartographie moderne.

Les noms secondaires furent ensuite discutés et l'Oncle obtint sans peine que le volcan qui dominait l'île se nommât Clifton-Mount. La conversation continua sur ce sujet, les noms de situation donnèrent lieu à d'intéressants débats entre les enfants dont les résultats furent ceux-ci : la baie dans laquelle se jetait la rivière s'appela baie de Première Vue, car elle avait reçu les premiers regards des naufragés, la rivière, assez sinueuse dans son cours, prit le nom de Serpentine-River qu'elle justifiait bien.

Au marais du nord, près duquel l'Oncle avait rencontré Clifton, on donna le nom de marais du Salut, au cap qui terminait l'île au nord, cap de l'Aîné, et à celui qui terminait l'île au sud, cap du Cadet, en l'honneur de Marc et de Robert, au lac le nom de lac Ontario qui rappelait à la famille abandonnée un souvenir de la patrie absente, au canal situé entre l'îlot et la côte le nom de canal Harrisson en mémoire de l'infortuné capitaine du *Vankouver,* à l'îlot le nom de l'îlot Phoque. Et enfin, au port formé au fond de la baie de Première Vue par l'embouchure de la rivière le nom de port Deo Gratias, témoignage de reconnaissance envers Dieu qui avait si visiblement protégé la famille abandonnée.

Belle et Jack regrettaient bien un peu que leur nom eût été omis sur cette liste géographique, mais Mr. Clifton leur promit de les appliquer aux premières découvertes qui seraient faites dans l'île.

« Quant à votre excellente mère, ajouta-t-il, son nom ne sera pas oublié. L'Oncle et moi nous avons le désir de construire une habitation confortable dont nous ferons notre demeure principale, et cette habitation portera le nom de celle qui nous est si chère à tous. Elle se nommera Élise-House. »

Cette dernière notion fut vivement applaudie et les baisers ne manquèrent pas à la courageuse mère.

Pendant cette discussion, la soirée s'était prolongée. L'heure du coucher était venue. Les enfants et la mère se retirèrent sur leurs lits de peaux et de mousse. Maître Jup lui-même était déjà rentré dans sa hutte.

Avant de se livrer au sommeil, l'Oncle et Clifton allèrent suivant leur habitude examiner les alentours de la grotte. Quand ils furent seuls, l'Oncle remercia encore une fois l'ingénieur d'avoir donné son nom à l'île.

« Enfin, dit-il, nous avons donc une île véridique, dont l'existence est légalement constatée et qui peut figurer honorablement sur une carte et, remarquez bien, monsieur, que nous pouvons revendiquer le droit de l'avoir découverte.

— Mon digne ami, répondit Clifton, c'est une grave question de savoir si Flip-Island n'a pas été habitée avant notre arrivée sur ces rivages, et je dirai plus, si même elle ne renferme pas d'autres habitants que nous.

— Que voulez-vous dire, monsieur ? s'écria l'Oncle. Avez-vous donc quelque indice ?

— J'en ai un, répondit Clifton en baissant la voix, un seul ; mais je n'en parle qu'à vous, et il est inutile de jeter quelque inquiétude dans notre petite colonie.

— Vous avez raison, monsieur, dit l'Oncle. Qu'y a-t-il ?

— Voici. Vous connaissez bien ce coq cornu que nous avons pris et qui est acclimaté maintenant dans notre basse-cour.

— Parfaitement, répondit l'Oncle.

— Eh bien, mon ami, ne croyez pas que cette corne, cet appendice que notre coq porte sur la tête soit naturel. Non. Quand ce coq était un jeune poulet, on lui a coupé la crête, et on lui a implanté un ergot postiche à la base même de cette crête. Au bout de quinze jours, cette véritable greffe a pris racine et fait maintenant partie intégrante de l'oiseau. C'est donc l'ouvrage d'une main humaine.

— Et quel est l'âge de ce coq ? demanda l'Oncle.

— Je ne lui donne guère plus de deux ans. Ainsi donc, on peut affirmer qu'il y a deux ans des hommes, et probablement des blancs, se trouvaient sur notre île. »

Cette île s'appelle désormais Flip-Island !

CHAPITRE XXIV

Le secret de l'île – Le sucre d'érable
Les semailles – Des vêtements pour l'hiver
Un grain de plomb !

L'Oncle, se conformant à la recommandation de l'ingénieur, garda le secret sur ce dernier entretien, mais les conséquences déduites par Clifton de la présence de ce coq cornu sur Flip-Island étaient absolument logiques. Il y a deux ans, l'île était encore habitée, le fait ne pouvait être mis en doute. L'était-elle encore ? l'Oncle en doutait puisqu'ils n'avaient trouvé aucune trace de créatures humaines. D'ailleurs cette question ne pouvait être résolue que par une complète reconnaissance de l'île qui était remise à l'année prochaine.

Le mois d'octobre s'écoula au milieu des coups de vent et des pluies d'équinoxe. Le canot avait été retiré à l'abri du ressac et, la quille retournée, il devait passer l'hiver au pied de la falaise. Le hangar qui servait de bûcher était rempli de bois, de fagots rangés soigneusement. Les réserves de viandes avaient été considérablement accrues et la chasse devait d'ailleurs fournir de temps à autre du gibier frais. Quant à la basse-cour, elle prospérait, et son enceinte devenait déjà trop petite. La ménagère, aidée de ses enfants, était fort occupée à nourrir ce monde emplumé. On y voyait maintenant un beau couple d'outardes, mâle et femelle, entouré de leurs petits. Ces échassiers appartenaient à l'espèce dite *houbara*, caractérisée par une sorte de mantelet formé autour de leur cou par les plumes allongées ; ces outardes se nourrissaient indistinctement d'herbage ou de vers. Les canards s'étaient multipliés ; ces souchets, dont la mandibule supérieure était prolongée de chaque côté par un appendice membraneux, barbotaient avec entrain dans leur mare artificielle. On remarquait aussi un couple de poule et coq nègres qui comptaient déjà de nombreux poussins. C'étaient de ces poules et coqs du Mozambique qui doivent leur nom à la couleur noire de leur crête, de leur caroncule et de leur épiderme, quoique leur chair soit blanche et de très-bon goût.

Il va sans dire qu'à l'intérieur de la grotte, l'Oncle avait dû établir des planchettes et des armoires. Un coin particulier était réservé aux provisions végétales qui étaient considérables. Les amandes de pins pignons avaient été récoltées en grande abondance. On voyait aussi une certaine quantité de cette racine appartenant à la famille des araliacées qui se rencontrent dans toutes les régions du globe. C'étaient ces racines du *Dimorphantus edulis*, aromatiques, un peu amères, mais agréables au goût et dont les Japonais se nourrissent pendant l'hiver. L'Oncle se souvenait d'en avoir mangé à Yedo et en effet, elles étaient excellentes.

Enfin, un des plus ardents desiderata de la mère fut enfin satisfait grâce aux conseils de l'Oncle, que son expérience de toute chose servait merveilleusement.

Ce fut dans les premiers jours de novembre que Harry Clifton dit à sa femme :

« N'est-il pas vrai, chère amie, que tu serais enchantée si nous pouvions mettre du sucre à ta disposition ?

— Sans doute, répondit Mrs. Clifton.

— Eh bien, nous sommes à même de t'en fabriquer.

— Vous avez trouvé des cannes à sucre ?

— Non.

— Des betteraves ?

— Pas davantage, mais la nature nous a gratifiés sur cette île d'un arbre très-commun et très-précieux, c'est l'érable.

— Et l'érable vous fournira du sucre ?

— Oui.

— Qui a jamais entendu parler de cela ?

— L'Oncle. »

En effet, l'Oncle ne se trompait pas. L'érable, l'un des plus utiles membres de la famille des acerinées, se rencontre communément dans les régions tempérées, en Europe, en Asie, dans le nord des Indes, dans l'Amérique septentrionale. Des soixante espèces que comprend cette famille, la plus utile est représentée par l'érable du Canada, nommé aussi *Acer saccharinum* parce qu'il produit abondamment une substance sucrée. C'était dans une excursion au sud, au-delà des collines qui fermaient la partie méridionale de l'île, que Clifton et l'Oncle avaient rencontré de nombreux groupes de ce végétal.

L'hiver était précisément la saison la plus favorable à l'extraction du sucre de l'*Acer saccharinum*. On résolut donc d'employer les premiers jours de novembre à ce travail. Le père, l'Oncle, Marc et Robert se rendirent donc à la forêt d'érables, laissant Élise-House à la garde de Fido et de maître Jup.

En passant près de la garenne, l'Oncle fit un léger détour afin de visiter sa fosse aux ours, toujours vide à son grand désappointement.

Arrivés à la forêt, Robert, avec sa légèreté habituelle, se mit à rire en voyant ces soi-disant arbres à sucre ; mais on s'inquiéta peu de ses railleries, et l'opération commença.

L'Oncle, à l'aide de sa hache, fit de profondes incisions dans une douzaine de troncs d'érables, et aussitôt une liqueur sucrée d'une limpidité parfaite coula abondamment. On n'eut que la peine de la recueillir dans les vases qui avaient été apportés. On le voit, la récolte proprement dite exigeait peu de travail. Lorsque les vases furent remplis, l'Oncle les ferma soigneusement et l'on revint à Élise-House.

Mais tout n'était pas terminé. Depuis le moment où elle avait été recueillie, la liqueur de l'érable tendait à prendre une couleur blanchâtre et une consistance sirupeuse ; mais ce n'était pas encore ce sucre cristallisé que réclamait Mrs. Clifton. Il fallait l'épurer par une sorte de raffinage qui était heureusement fort simple. La liqueur placée sur le feu fut soumise à une certaine évaporation, bientôt une écume monta à sa surface ; dès que la substance commença à s'épaissir, l'Oncle eut soin de la remuer avec une spatule de bois, ce qui devait accélérer son évaporation et l'empêcher en même temps de contracter un goût empyreumatique. Après quelques heures d'ébullition, la liqueur s'était transformée en un sirop épais. Ce sirop fut versé dans des moules d'argile que l'Oncle avait façonnés exprès en leur donnant des formes variées. Le lendemain, ce sirop refroidi formait des pains et des tablettes : c'était du sucre de couleur un peu rousse, mais presque transparent et d'un goût parfait. Mrs. Clifton fut enchantée, et plus qu'elle encore, Jack et Belle qui entrevoyaient dans l'avenir des entremets sucrés et des gâteaux, et enfin plus que les deux enfants encore, maître Jup qui se montrait un peu gourmand. C'était là son seul défaut, mais on le lui pardonnait.

Le sucre ne devait donc plus manquer à la colonie et, tout d'abord, on l'employa à la composition agréable qui varia l'usage du coco fermenté. Voici comment.

Clifton savait parfaitement qu'au moyen des jeunes pousses de certains conifères on prépare une liqueur antiscorbutique employée sur les navires qui font de longues traversées. À cet usage servent principalement les pousses de l'*Abies canadensis* et l'*Abies nigra,* qui croissaient sur les premières rampes du pic central. Sur son avis, on en recueillit une quantité considérable. Ces jeunes pousses furent mises dans l'eau et on les fit bouillir sur un feu ardent, puis ce liquide fut édulcoré avec le sucre d'érable. On laissa le tout fermenter, et on obtint de la sorte une boisson agréable et particulièrement hygiénique que les Anglo-Américains nomment *spring-beer,* c'est-à-dire bière de sapin.

Avant les premiers froids, une importante opération fut encore menée à bien : elle ne présentait aucune difficulté il est vrai. Il s'agissait de semer le grain de blé de la petite Belle. Cet unique germe, c'était une moisson dans l'avenir. D'un seul grain de blé, il peut sortir dix tiges produisant chacune quatre-vingts grains, soit huit cents grains ; donc, à la quatrième récolte, – et peut-être pouvait-on en obtenir deux par an sous cette latitude –, on devait avoir en moyenne quatre cents milliards de grains.

Il s'agissait donc de protéger cet unique grain de blé contre toutes les chances de destruction. Il fut donc semé dans un terrain abrité des vents de mer, et Belle se chargea de le préserver des vers et des insectes.

Vers la fin de novembre, le temps devint pluvieux et froid. Fort heureusement, la grotte était confortablement aménagée ; il ne lui manquait qu'une cheminée intérieure et l'on dut procéder sans délai à cette installation. Cette besogne fut difficile. Elle nécessita de nombreux tâtonnements ; mais enfin l'Oncle Robinson parvint à fabriquer une sorte de poêle en argile dont on put tirer un bon parti. Il était assez large et assez profond pour être chauffé au bois et il devait donner une chaleur suffisante. Restait la question du tuyau destiné à conduire la fumée au-dehors. C'était la plus grave. On ne pouvait songer à percer un trou au sommet de la grotte, puisque l'épaisse falaise de granit la dominait jusqu'à une hauteur considérable. Clifton et l'Oncle cherchèrent donc à pratiquer une ouverture dans la paroi latérale et sur la façade même de la falaise. Ce travail exigea du temps et de la patience. Les outils manquaient. Cependant, avec un long clou bien affûté que l'Oncle enleva au canot, il parvint à faire un trou qui donna passage à un long tuyau de bambou percé dans toute sa longueur. Ce tuyau rejoignait à l'extérieur un autre tuyau d'argile coudé qui prenait naissance sur le poêle, et la fumée pouvait être ainsi conduite à l'extérieur. On obtint donc ainsi une cheminée à peu près passable qui, pour tout dire, fumait un peu par les vents de sud-ouest ; mais il ne fallait pas être trop difficile, et l'Oncle se montra enchanté de son ouvrage.

La saison des pluies était arrivée avec la fin de novembre. Il fallut organiser certains travaux à l'intérieur de la grotte. L'Oncle qui avait récolté une certaine quantité d'osiers, apprit aux enfants à fabriquer des paniers et des corbeilles. Lui-même, en employant l'osier et la terre glaise, fit de grandes cages dans lesquelles les hôtes de la basse-cour devaient trouver un refuge pour l'hiver. Par le même procédé, il rendit aussi plus habitable la cabane de maître Jup. Celui-ci l'aidait en lui apportant les matériaux nécessaires. Pendant le travail, l'Oncle, faisant il est vrai les demandes et les réponses, causait avec son compagnon. C'étaient deux vrais amis. La cabane terminée, maître Jup s'en montra très-satisfait, et il ne lui manqua que la parole pour complimenter son architecte. Quant aux enfants, ils trouvèrent cette habitation si élégante qu'ils la baptisèrent du nom pompeux de Jup-Palace.

Dans les premiers jours de décembre, le temps devint subitement très-froid. Il devint nécessaire d'endosser les nouveaux habits. Et avec ces peaux dont la fourrure était extérieure, les membres de la petite colonie avaient un aspect tout particulier.

« Nous ressemblons à Jup, disait l'Oncle en riant, avec cette différence que nous pouvons ôter nos habits et qu'il ne peut pas ôter les siens. »

La famille Clifton avait alors l'air d'une troupe d'Esquimaux ; mais peu importait, puisque la bise ne pouvait se glisser sous ces chaudes fourrures. Chacun avait alors des vêtements de rechange et pouvait braver les intempéries de l'hiver.

Vers le milieu du mois de décembre, des pluies torrentielles vinrent à tomber. La Serpentine-River se gonfla considérablement sous la masse des eaux que lui versait la montagne. L'emplacement du premier campement fut inondé jusqu'au pied de la falaise. Le niveau du lac s'éleva sensiblement, aussi Clifton craignit même qu'il ne débordât, ce qui eût causé de grands ravages à ses plantations, et certainement l'inondation se fût étendue jusqu'à Élise-House. Il comprit alors la nécessité d'élever dans la suite des remblais destinés à contenir la crue des eaux, car toute la partie de la côte située en contrebas du lac pouvait être inondée.

Fort heureusement, les pluies se calmèrent et la crue fut arrêtée à temps. Aux averses succédèrent des ouragans et des bourrasques dont la forêt eut beaucoup à souffrir. On entendait craquer les arbres avec fracas, mais l'Oncle ne s'en plaignait pas trop, disant qu'il fallait laisser faire à l'ouragan son métier de bûcheron. C'était en effet autant de peine épargnée pour la récolte du bois. Maître Jup et l'Oncle n'auraient plus que la peine de le ramasser sans avoir la fatigue de l'abattre.

Il va sans dire qu'on faisait du bon feu dans la cheminée d'Élise-House. Pourquoi aurait-on économisé le combustible ? La réserve était inépuisable. Le pétillement du bois égayait la grotte tout comme le babil des deux jeunes enfants. On travaillait en famille. La fabrication des flèches et des paniers, le raccommodage des vêtements, les soins de la cuisine occupaient tout le monde et dans ces travaux chacun avait sa spécialité et suivait un programme judicieusement arrêté par Clifton.

Le travail intellectuel, l'éducation morale, n'étaient pas oubliés. Clifton faisait des leçons quotidiennes à ses enfants. Il avait rassemblé les quelques feuilles de papier qu'il avait sur lui au moment où il quitta le *Vankouver* et il tenait note exacte des divers incidents qui marquaient son existence sur cette île déserte. Les notes étaient brèves, mais exactes, et elles devaient permettre de reconstituer un jour l'histoire de la famille abandonnée dont ce récit n'est que la reproduction véridique.

L'année 1861 allait donc finir. Depuis neuf mois, Clifton et les siens habitaient Flip-Island. Leur condition d'abord misérable s'était singulièrement améliorée. Ils possédaient une grotte confortable, bien défendue par une enceinte palissadée, une populeuse basse-cour, un parc aux huîtres, un enclos pour le gros bétail qui était presque achevé. Ils avaient des arcs, de la poudre, du pain, de l'amadou, des vêtements. Ni la viande, ni les poissons, ni les fruits ne leur manquaient. Ne pouvaient-ils donc compter sur l'avenir ? Oui, sans doute.

Toutefois, une grave question préoccupait Clifton. L'île était-elle habitée ? L'incident du coq cornu faisait un sujet de conversation souvent répété entre Clifton et l'Oncle. Que des hommes eussent déjà mis le pied sur l'île, ce n'était pas douteux ; mais ces hommes s'y trouvaient-ils encore ? Non, évidemment, car aucune trace de créature humaine n'avait été observée. Clifton et l'Oncle en étaient donc arrivés à bannir toute crainte à cet égard. Ils n'y pensaient même plus, quand un incident très-inattendu vint modifier leur opinion.

Le 29 décembre, Marc s'était emparé d'un tout jeune levraut sans doute égaré loin de son gîte. Cet animal fut tué, rôti et servi au dîner. Chacun en eut sa part et l'Oncle, qui n'était pas mal partagé, eut une des cuisses de l'animal.

L'honnête marin mangeait avec appétit et grand fracas de mâchoires, quand soudain un cri lui échappa.

« Qu'avez-vous ? lui demanda vivement Mrs. Clifton.
— Rien, madame, rien, si ce n'est que je viens de me casser une dent ! »

Et cela était vrai, en effet.

« Mais qu'y avait-il donc dans la chair, ce levraut ? demanda Clifton.

— Un caillou, monsieur, un simple petit caillou, répondit l'Oncle. Cela est véritablement fait pour moi !

— Pauvre oncle ! dit Belle, une dent de moins.

— Oh mademoiselle ! répondit l'Oncle, il m'en reste encore trente-deux. J'en avais précisément une de trop ! »

On se mit à rire et le repas continua.

Mais quand le dîner fut terminé, l'Oncle, prenant Clifton à part :

« Voilà le caillou en question, monsieur, lui dit-il. Faites-moi le plaisir de me dire comment vous appelez ce caillou-là ?

— Un grain de plomb ! s'écria Clifton. »

C'était un grain de plomb, en effet.

… oOo …

Un grain de plomb !

FIN DE LA PREMIÈRE PARTIE

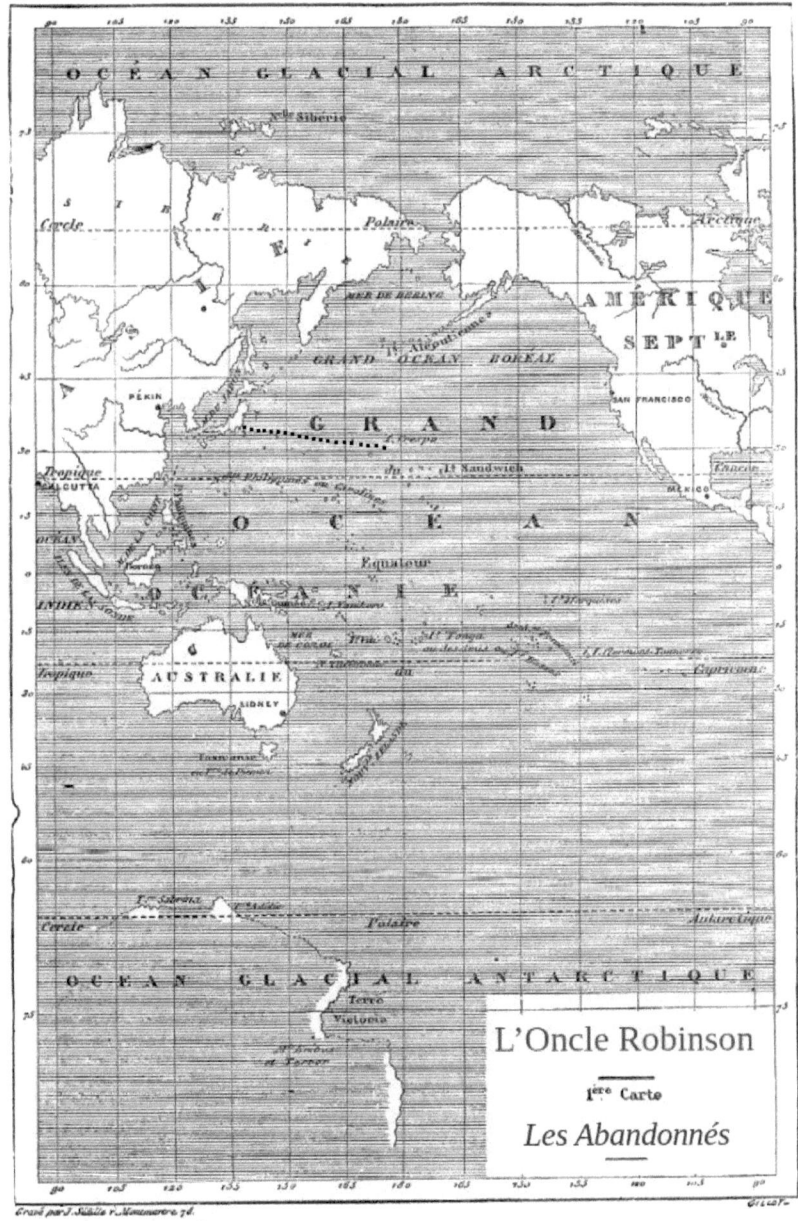

TABLE DES CHAPITRES

CHAPITRE I

Le nord de l'océan Pacifique – Un canot abandonné – Une mère et ses quatre enfants – L'homme qui tient la barre – Que la volonté du ciel soit faite ! – Une demande sans réponse

9

CHAPITRE II

Le *Vankouver* – L'ingénieur Harry Clifton – Une cargaison de Kanaques – À travers l'océan Pacifique – Une révolte à bord – Le second Bob Gordon – Clifton emprisonné – Une famille à la merci des flots – Dévouement de Flip

19

CHAPITRE III

Les premiers instants – La tempête – Les encouragements de Flip – On prend des ris – L'aspect de la côte – Le coup de mer – Entre les brisants – Flip inquiet – L'échouage

30

CHAPITRE IV

Enfin à terre ! – Inspection de la côte – La récolte de bois – De la question du flottage – Une allumette ! – Le premier foyer

41

CHAPITRE V

Éloge du *bowie-knife* – Préparation du campement – Singulière utilisation du canot – Un ustensile d'un prix inestimable – Première nuit sur la côte.

52

CHAPITRE VI

Préparation d'une exploration – En direction du sud – Une terre accueillante – Récoltes de coquillages et d'œufs – Provision de bois

61

CHAPITRE VII

Excursion à l'intérieur des terres – Exploration de la rivière Jacamar et couroucous – Tétras et Cabiai – Un lac

73

CHAPITRE VIII

Des projets – Découverte d'une grotte – Une bonne pêche Déménagement ajourné

89

CHAPITRE IX

Départ pour la grotte – Voyage en canot – Un chef de famille de dix-sept ans – Le transport du foyer

99

CHAPITRE X

Exploration du lac – Le jardin d'herboriste – Une garenne – Un bien curieux festin – La situation s'améliore – Six jours depuis l'atterrissage

110

CHAPITRE XI

Où il est question de la position des lieux – L'art de la pêche Jour de repos – L'art de la chasse – Excursion au lac – Un hérisson très-utile – Aménagement de la grotte – Une perte considérable !

125

CHAPITRE XII

L'art du feu – Nouvelles découvertes – Une tortue – Un coup du sort

143

CHAPITRE XIII

Le désespoir de Flip – Excursion vers le nord – Un marais giboyeux – Un chien ! – L'ingénieur Harry Clifton

157

CHAPITRE XIV

Des soins au blessé – Retour de Flip à la grotte – Le plan de Flip – À la rencontre de Flip

171

CHAPITRE XV

La famille réunie – La convalescence d'Harry Clifton – Ce qui s'est passé sur le *Vankouver* – Ce qu'il en est de la situation des naufragés – L'Oncle Robinson

189

CHAPITRE XVI

Un secret bien difficile à garder – Différentes questions – De l'amadou !

204

CHAPITRE XVII

Un festin – La question de l'île ou du continent – Le train de bois – Le courage de Jack – La palissade – Des chacals !

218

CHAPITRE XVIII

Exploration de la côte du sud-est – Des armes de chasse – Jack a disparu ! – Excursion sur l'îlot – Chasse aux pingouins, manchots et phoques

232

CHAPITRE XIX

De la question vestimentaire – La grande exploration – Nombreuses découvertes

244

CHAPITRE XX

Un mouflon – Une fumée entre les roches – Une nuit au campement – Ascension du pic – Une île dans l'océan Pacifique

258

CHAPITRE XXI

Retour à la grotte – La basse-cour – La marmite – Le tabac – Un grain de blé – L'exploration du nord-est de l'île – Le coq Bantam – La pipe de l'Oncle Robinson

271

CHAPITRE XXII

La poudre noire – Le *Cycas revoluta* – L'orang

285

CHAPITRE XXIII

Maître Jup – En prévision de l'hiver – Flip-Island – Où il est question du coq Bantam

297

CHAPITRE XXIV

Un détail énigmatique – Le sucre d'érable – Les semailles – Des vêtements pour l'hiver – Un grain de plomb !

311

... oOo ...

TABLE DES ILLUSTRATIONS

Une embarcation flottait à sa surface.

    18

Le *Vankouver* était un trois-mâts canadien.

    29

Il vint s'échouer doucement sur une plage de sable.

    40

Le sol formait un vaste herbage.

    51

Le canot fut retourné.

    60

Toute la colonie entourant le foyer pétillant.

    72

Le cabiai s'était plongé dans ce lac.

    88

Marc, en entrant dans la grotte.

    98

Ce pic majestueux qui dominait l'ensemble.

    109

J'ai mon oiseau ! j'ai mon oiseau !

    124

L'ouragan avait dispersé les pierres.

    142

Bon voyage, tortue !	156
Fido ! s'écria-t-il enfin.	170
Mrs. Clifton tomba évanouie.	188
Nous serons les Robinsons du Pacifique !	203
Il a de l'amadou !	217
C'est un monstre marin.	231
Je fais le brave !	243
Ces rives sont véritablement charmantes.	257
Nous avons vu une fumée monter entre les roches.	270
Un seul grain de blé.	284
Le singe débarqua après eux.	296
Cette île s'appelle désormais Flip-Island !	310
Un grain de plomb !	321
Première carte	323

… oOo …